AF195974

Enzo Maldini

Der Tote am Tiber

Der erste Fall für Giulia Malfante

Oktopus

Für den Blick hinter die Verlagskulissen:
www.oktopusverlag.ch/newsletter

Ein Oktopus Buch bei Kampa

Alle Rechte vorbehalten
Copyright © 2025 by Kampa Verlag AG,
Hegibachstrasse 2, CH-8032 Zürich
info@kampaverlag.ch
www.oktopusverlag.ch
GPSR-Kontakt: Schöffling & Co. Verlagsbuchhandlung GmbH,
Kaiserstraße 79, D-60329 Frankfurt am Main
info@schoeffling.de
Der Verlag behält sich eine Nutzung des Werkes für Text-
und Data-Mining im Sinne des § 44b UrhG ausdrücklich vor.
Lektorat: René Stein
Covergestaltung: Lara Flues, Kampa Verlag
Covermotiv: © DALU11 / AdobeStock
Satz: Tristan Walkhoefer, Leipzig
Gesetzt aus der Stempel Garamond LT / 1. Auflage 2025
Druck und Bindung: Friedrich Pustet, Regensburg
Auch als E-Book erhältlich
ISBN 978 3 311 30077 9

*»Mehr noch als eine Stadt ist Rom
ein geheimer Teil von euch, ein verstecktes Raubtier.«*

Gianfranco Calligarich

Eins

So früh am Morgen war noch nicht mit Gästen zu rechnen, wenngleich manchmal der ein oder die andere Berufstätige hereinschneite, einen Caffè bestellte und in einer fliegenden Bewegung zu sich nahm. Man musste munter werden – vielleicht hatte der müde Gast Angst, an der Straßenbahnhaltestelle nach einer viel zu kurzen Nacht einzuschlafen und zu spät ins Büro oder in die Fabrik zu kommen. Tatsächlich gab es hier im klassischen Arbeiterviertel Trastevere sogar noch ein paar Arbeiter, auch wenn man sie fast schon an einer Hand abzählen konnte. Längst war der Stadtteil jenseits des Tiber von jungen Hipstern aus aller Welt eingenommen worden – und von Touristen. Die Ureinwohner taten sich manchmal schwer damit, sich in ihrem alten *Quartiere* noch zu Hause zu fühlen. Wenn sie es sich überhaupt leisten konnten, hier zu wohnen. Aber nach und nach, so schien es zumindest Giulia, nach und nach wurden die Alteingesessenen wieder präsenter. Manche, die hier aufgewachsen waren, kehrten zurück, als würden sie sich ihr Stückchen von Rom zurückerobern wollen. Vielleicht redete sie sich das auch nur ein, nun, da sie wieder hier war. Sie stammte aus Trastevere – es ließ sich nicht leugnen.

Ihr Vater hatte die Bar aufgebaut, er würde vielleicht sogar behaupten, er habe sie *groß* gemacht. Er hatte die goldenen Zeiten miterlebt, die Sechzigerjahre, als Elsa Morante und Alberto Moravia Stars waren und Federico Fellini, Marcello Mastroianni und Pier Paolo Pasolini zum Feiern vorbeikamen. Ja, auch bei Giulias Vater Giuseppe hatten sie manch-

7

mal ihren Caffè getrunken oder einen Aperitif am Abend, bevor sie weiterzogen in eins der noch ganz traditionellen Restaurants oder auch in Kaschemmen, je nachdem. Heute musste man dieses alte Trastevere mit der Lupe suchen, aber ganz untergangen war es noch nicht, Giulias Bar war der beste Beweis dafür: Nicht viel hatte sich verändert, seit ihr Vater jung gewesen war und Da Giuseppe eröffnet hatte, hier an der Piazza di San Francesco D'Assisi. Das Haus gehörte der Familie, im ersten Stock waren vier Zimmer, die an Touristen vermietet wurden – eine Neuerung, die Giulia eingeführt hatte, als sie im Jahr 2011 – vor vier Jahren – zurückgekommen war. Und im zweiten Stockwerk wohnte Giuseppe, komfortabel und geräumig. Als Wohnzimmer allerdings diente ihm sein altes Café. Er kam morgens spätestens um zehn, um genüsslich sein Cornetto zu verspeisen, und abends um zehn saß er noch mit seinen alten Freunden beim Glas Wein, bis Giulia die Rollläden herunterließ, mit den Gläsern klirrte, ein Gute-Nacht-Lied pfiff und den alten Herren einfach die Schlüssel auf den Tisch legte und nach Hause ging, wenn sie die Zeichen glattweg ignorierten.

Giulia selbst wohnte ein paar Straßen weiter. Manchmal kam es ihr komisch vor, dass nun alles seine Ordnung hatte. Sie war zurückgekehrt, und ihr Vater durfte stolz auf sie sein: die heimgekehrte Tochter. Das Erbe ihres Vaters hatte sie doch noch angenommen, nachdem sie sich so sehr dagegen gesträubt hatte. Das Sträuben – lange her. Sie konnte es allerdings nicht verhehlen, dass sie sich freute, morgens das Café aufzuschließen, Tische und Stühle vor die Tür zu stellen, die Markise herunterzukurbeln, die Kaffeemaschine anzuwerfen, die Panini vorzubereiten, ein Pläuschchen mit dem Pasticciere aus der Via della Luce zu halten, der ihr die Dolci vorbeibrachte, und schließlich alles in der Auslage zu drapieren. Die meiste Zeit in diesen frühen Morgenstunden aber durfte sie schweigen, bevor sie den restlichen Tag über ununterbrochen mit ihren Gästen plauderte, die meisten davon Stammgäste, also Freunde.

Ohne Vittorio allerdings wäre sie verloren gewesen. Vittorio kam erst gegen elf. Ein junger schlaksiger Kerl, der ein Glücksgriff war. Ihr schien er zunächst ein bisschen reserviert, so wie er auch den Gästen gegenüber immer erst ausgesprochen zurückhaltend wirkte. Aber nach einer Weile taute er auf, und dann war er ein wahrer Schatz. Vittorio sah zu allem Überfluss recht schmuck aus, weshalb einige Frauen des Viertels regelmäßig vorbeikamen – Männer übrigens auch. Giuseppe würde zwar behaupten, die Männer kämen allein wegen Giulia, wegen ihrer wilden, rötlich schimmernden Locken, ihrer jugendlichen Verve, ihrer herzlichen und beherzten Art. Sie aber wollte sich das nicht einbilden, hatte sie doch immerhin eine volljährige Tochter. Die Zeiten waren vorbei, da ihr hinterhergepfiffen wurde. Und wenn es doch einmal vorkam, so ignorierte sie diese etwas machohafte Bewunderungsgeste geflissentlich. Sie konnte gut auf männliche Dummheiten verzichten, ohne Zweifel war sie eine emanzipierte Frau.

Wie sie es liebte, den ersten Caffè morgens allein zu trinken. Manchmal setzte sie sich einfach auf die Bordsteinkante vor ihrer Bar und schaute der Stadt dabei zu, wie sie erwachte. Zumindest dem kleinen Ausschnitt der Stadt, den sie hier zu Gesicht bekam, den vorbeiknatternden Autos und Vespas, den beschwingt und mit flatternden Armen grüßenden Geschäftsleuten der Nachbarstraßen, den beflissenen Kulturreisenden, die sich schon am frühen Morgen von Berninis seliger Lodovica Albertoni verzücken lassen wollten. Die Lage jedenfalls konnte besser nicht sein. An der Peripherie des touristischen Hotspots gelegen, herrschte hier noch ein bisschen dörflicher Friede.

Giulia hatte freilich gar nichts gegen Touristen, immerhin war sie jahrelang selbst eine gewesen. Wo sie überall herumgekommen war! Südamerika, Japan, Ghana, in ganz Europa natürlich, in Berlin hatte sie eine ganze Weile gelebt, sie sprach ein paar Sprachen, nicht unbedingt perfekt, aber passabel. Manchmal fragte sie sich, ob sie das Nomadendasein vermisste. Ja und nein, lautete dann stets die Antwort. Als ihre Tochter heranwuchs, wurde Giulia immer sesshafter, und das nicht nur notgedrungen, sondern auch einem inneren Bedürfnis folgend. Einige Jahre hatte sie mit der kleinen Carla in Berlin verbracht. Giulia nannte sie manchmal »tedesca«, und seltsamerweise hörte ihre Tochter das gar nicht ungern. Carla vermisste das ruppige Berlin. Sie sagte das nicht laut, aber Giulia konnte das spüren, weil es ihr ganz ähnlich ging. Den Berliner Winter allerdings vermisste sie nicht.

Die Glocken von San Francesco a Ripa läuteten ohrenbetäubend zum Morgengebet, eine deutliche Aufforderung. Der erste Gast kam, Elio, ein Werbegrafiker, alteingesessen und verschmitzt. Er las bei Giulia seine Zeitung, machte Witze über die Politik und kritzelte immerzu in ein Notizbuch. Und es kam noch jemand anderes, den sie jedoch nicht kannte und der, wie sich schnell herausstellen sollte, auch kein Interesse an ihrem Caffè oder einem Frühstücks-Snack hatte.

»Signora Malfante?« Der Mann hatte einen bestimmten und bestimmenden Ton. Zum Plaudern schien er nicht aufgelegt.

»Ja, ganz richtig, Giulia Malfante. *Buon giorno*. Und mit wem habe ich die Ehre?«

»Commissario Rignoni. Entschuldigen Sie bitte die Störung. Haben Sie einen Augenblick, können wir uns setzen?«

Giulia führte den Kommissar an einen Tisch in der Ecke,

bot ihm ein Getränk an, aber der schüttelte nur den Kopf und bat sie, Platz zu nehmen. Giulia wunderte sich über diesen Besucher, und in den wenigen Sekunden, die nun vergingen, durchkreuzten unzählige schreckliche Ahnungen ihre Gedanken – zuerst dachte sie an ihre Tochter Carla, die im Centro wohnte. Giulia gehörte nicht zu den ängstlichen Müttern, von denen sie in ihrem Leben einige kennengelernt hatte, aber nun kamen ihr alle möglichen Unglücksfälle in den Sinn, die Carla ereilt haben mochten. Dann dachte sie an ihren Vater, der hoffentlich oben in seinem Bett lag und schlief und nicht auf dumme Gedanken gekommen war. Aber zuzutrauen war ihm doch einiges … Zum Glück wurde sie von diesen Fantasien rasch erlöst.

»Kennen Sie einen gewissen Gianfranco Crivelli?«, fragte der Commissario ohne weiteres Vorgeplänkel.

»Selbstverständlich. Er ist Gast in meiner Pension.«

»Wann«, fragte der Kommissar mit einer gewissen Dringlichkeit in der Stimme, »wann haben Sie ihn zuletzt gesehen?« Er blickte sie dabei an, es schien Giulia fast, als würde er niemals zwinkern. Der Mann irritierte sie.

»Das muss gestern gewesen sein, gestern Morgen. Er hat hier in der Bar gefrühstückt, dann hat er sich verabschiedet.«

»Zu welcher Uhrzeit war das?«

Giulia überlegte. Sie war sich nicht ganz sicher, es musste aber vor 10 Uhr gewesen sein, denn ihr Vater hatte sich noch nicht blicken lassen.

»Ich denke, gegen halb neun oder neun«, sagte sie mit einer etwas unsicheren Stimme, über die sie sich ärgerte. Welchen Grund gab es, eine wackelige Stimme zu haben? Was wollte dieser schnöselige Commissario überhaupt von ihr? Jung und grün hinter den Ohren war er, auf jeden Fall etwas jünger als sie.

»Wissen Sie, wo Signor Crivelli hingegangen ist?«

»Nein, das kann ich Ihnen nicht sagen.«

»Sie haben aber doch bestimmt ein gutes Verhältnis zu Ihren Gästen und unterhalten sich manchmal mit ihnen, nicht wahr?« Commissario Rignoni war ihr wenig sympathisch. Sie mochte seinen Ton nicht.

»Natürlich unterhalte ich mich zuweilen mit meinen Gästen, aber ich frage sie nicht aus. Sie erzählen mir von ihren Unternehmungen, wenn sie Lust dazu haben. Und wenn nicht, dann eben nicht.« Sie hatte die Sicherheit in ihrer Stimme wiedergewonnen. Und wunderte sich zugleich über den strengen Klang. Ob Rignoni es bemerkt hatte? Sie wollte es wiedergutmachen und fügte hinzu: »Wenn Sie mich aber fragen, was ich annehme, dann würde ich wohl auf einen Spaziergang tippen. Signor Crivelli schien einen Morgenspaziergang machen zu wollen. Er pfiff ein Lied und winkte mir beim Hinausgehen zu. Aber nun verraten Sie mir: Was ist passiert? Warum stellen Sie mir Fragen zu meinen Gästen?«

Commissario Rignoni ging darauf gar nicht ein, sondern sagte nur, eher zu sich selbst als zu seiner Gesprächspartnerin: »Aha.«

Dann sagte er noch einmal »Aha« und wollte von Giulia wissen, ob sie sich gar nicht darüber gewundert habe, dass er nicht zurückgekommen sei.

»Er ist nicht zurückgekommen?«, fragte Giulia ein wenig erschrocken.

»Sie haben ihn also nicht gesehen?«

»Nein, aber das will nichts heißen. Am Mittag mache ich oft Besorgungen. Mein Mitarbeiter Vittorio ist dann im Café, und gestern war auch Anna da, sie kümmert sich halbtags um die Pensionszimmer und hilft manchmal hier unten aus.«

»Dürfte ich Signor Crivellis Zimmer sehen?«

»Dürfen Sie das?«

»Ich kann Ihnen versichern: Ich darf. Ich habe die Frage, wenn ich ehrlich bin, nur aus Höflichkeit gestellt. Und um Ihnen weiteres Rätselraten zu ersparen: Crivelli wurde heute Morgen am Ufer des Tibers tot aufgefunden, gar nicht weit von hier. Er trug einen Hotelschlüssel in seiner Tasche bei sich, auf dem der Name Ihrer Pension eingeprägt ist.«

Giulia war wie vor den Kopf gestoßen. Es dauerte eine Weile, bis sie begriff, was ihr gerade in großer Nüchternheit verkündet worden war. Einer ihrer Gäste tot? Gefunden am Ufer des Tibers? Sie versuchte diese sehr einfachen Informationen – das waren sie ja ohne Zweifel – einzuordnen, aber das dauerte. Derweil starrte sie den Commissario ungläubig an, als sei er ein sprechendes Kamel oder ein fliegender Hund.

»Signora Malfante?« Von weit her kam diese Stimme, aber langsam fasste sich Giulia wieder.

»Ja, entschuldigen Sie. Ich bin ein wenig verwirrt. Natürlich können wir in sein Zimmer gehen. Ich werde Ihnen aufschließen.«

Giulia holte den Generalschlüssel hinter dem Tresen hervor und stieg mit Rignoni die Treppen ins erste Stockwerk hinauf. Auch wenn sie wusste, dass das Zimmer leer war – leer sein musste –, war es ihr unbehaglich, die Tür zu öffnen.

»Hier ist es.«

Der Commissario sah sich in dem kleinen, gemütlichen Raum um. Auf dem Sekretär lag ein Brief. Rignoni nahm ein Tuch aus seiner Tasche, hob das Papierstück an und begann zu lesen.

»Das dachte ich mir schon«, murmelte er vor sich hin. Und aus Giulia platzte es heraus: »Was dachten Sie sich?«

Commissario Rignoni drehte sich zu ihr um, zuckte mit den Schultern und bat Giulia, nichts im Zimmer anzurühren. Es würden gleich noch zwei Kollegen kommen, die sich – aus Routinegründen, wie er sagte – genauer umschauen würden.

»Können Sie mir nicht sagen, was passiert ist?«

»Nun, es sieht so aus, als hätte Signor Crivelli Hand an sich gelegt.«

Giulia wunderte sich über diese Ausdrucksweise. Ein Polizist, hätte sie erwartet, spräche von Selbstmord oder Suizid. Immerhin hätten solche Begriffe etwas Handfestes, erinnerten mehr an einen Fall als an eine ganz harmlos scheinende Handbewegung.

»Das ist wohl sein Abschiedsbrief. Ich nehme ihn mit aufs Präsidium, da wird er untersucht. Können Sie versichern, dass seit gestern niemand im Zimmer war?«

»Na, Anna war hier, das Zimmermädchen, sie fängt ihren Rundgang an, wenn die Gäste das Haus verlassen.«

»Ist sie hier?«

»Ja, in der Küche. Sie hilft morgens dabei, das Frühstück zu machen.«

»Gut, dann würde ich gern kurz mit ihr sprechen.«

Der Commissario steckte den Brief in eine kleinformatige Klarsichthülle, die er aus seiner Jackeninnentasche zauberte, und folgte Giulia wieder treppab ins Café. Er hatte etwas an sich, das sie irritierte. Es war der Duft eines bestimmten Aftershaves, nicht sehr scharf, aber auffällig, der sie an jemand anderen erinnerte, auf den sie nicht kam. Sie wusste, dass sie dieser Geruch beschäftigen würde, bis sie herausfände, wen Rignoni da aus ihrer Vergangenheit heraufbeschwor.

Anna, die sehr jung war und noch viel jünger aussah, wurde vom Commissario befragt. Giulia war immer wieder verblüfft über ihre Schüchternheit, die sich in manchen Momenten in eine geradezu mädchenhafte Albernheit und einen entzückenden Übermut verwandeln konnte. Jetzt wirkte sie eingeschüchtert. Rignoni wollte wissen, wann sie im Zimmer von Crivelli war, ob ihr etwas aufgefallen sei, ob Schreibzeug und ein Brief auf dem Tisch gelegen hätten. Anna hatte keines gesehen, zumindest erinnerte sie sich nicht daran. Sie hätte aber auch, fügte sie eilfertig hinzu, keinen Blick darauf geworfen oder etwas zurechtgerückt. Sie interessierte sich nicht für das Privatleben der Gäste. Dabei schaute sie Giulia an, fast als wollte sie mit ihren Augen fragen, ob sie wohl die richtigen Antworten gegeben hatte.

»Gut«, sagte Rignoni. »Das war erst einmal alles. Meine Kollegen werden gleich da sein. Bitte verändern sie nichts im Zimmer. Und seien Sie nicht verwundert. Es geht eben alles nach Vorschrift. Übrigens«, fügte er leise hinzu, »werden meine Kollegen dezent sein. Ihre Gäste sollen selbstverständlich nicht verschreckt werden, Selbstmord ist ja kein Verbrechen. Zumindest keines, das die Justiz zu interessieren hätte. Der liebe Gott mag das anders sehen.« Er lächelte.

Giulia war einem so seltsamen Menschen wohl noch nie begegnet. Sie wurde aus ihm nicht schlau. Und wie er sprach! Ihr Vater kam die Treppe herunter. Der Commissario grüßte ihn, blickte sich noch einmal zu Giulia um und trat dann energisch hinaus auf die Piazza.

Zwei

Beppo und Nello hatten es sich bei Giulia bequem gemacht. Sie waren aufgetaucht, kurz nachdem sie ihrem Vater Giuseppe von dem morgendlichen Abenteuer erzählt hatte. Die beiden saßen an der Bar, tranken Cappuccini und blickten ihre Gastgeberin neugierig an. Ein Toter also, der gestern Morgen noch hier im Hotel gefrühstückt hatte – in ihren Gesichtern standen tausend Fragen.

»Und die Polizei war da«, sagten sie. Eine Feststellung, keine Frage. Es war eine Aufregung, die sich von Giulia auf die Brüder Beppo und Nello übertragen hatte.

Die beiden hatten vor zwei Jahren in der Via Natale del Grande ein Antiquariat aufgemacht – vom Erbe ihres Vaters, das äußerst üppig ausgefallen war. Vom einen Tag auf den andern mussten sie eigentlich gar nichts mehr tun. Das war auch ganz gut so: Mit ihrem Antiquariat verdienten sie genau genommen nichts, das beklagten sie jedenfalls immer, wenn sie bei Giulia einkehrten. Die Römer läsen nicht, grummelten sie. Die Römer starrten von morgens bis abends auf ihre Handys. Das Finanzamt habe kürzlich angefragt, ob sie überhaupt eine Gewinnabsicht hätten. Sie liebten Bücher und hatten eine romantische Vorstellung davon, inmitten ihrer Schätze zu sitzen, mit ihren Kunden ins Gespräch zu kommen, sich über Literatur auszutauschen, prächtige Bände wie Heiligtümer zu präsentieren. Dabei hatten sie beide einmal einen ganz anderen Weg eingeschlagen, ihrem alten Herrn zuliebe, der Bankier war und wusste, wie er sein Geld anzulegen hatte. Lange war das her! Beppo hatte Ingenieurwesen studiert und tatsächlich viele Jahre als Statikexperte in verschiedenen Ländern beim Bau von Brücken mitgearbeitet. Nello war Anwalt gewesen, in einer gut gehenden Kanzlei. Man hatte ihm die Partnerschaft angeboten, aber er war lieber ausgestiegen. Beide – gerade einmal Anfang 50 der eine, Mitte 50 der andere – waren aus ihrem Leben geflohen, um endlich, ohne Last des Gelderwerbs, zu lesen und zu horten, und manche der Bücher, die sie aus Nachlässen erwarben, würden sie niemals hergeben können.

Ihr Antiquariat war sehr eigen. Es handelte sich um zwei schöne, miteinander verbundene Räume, die Regale waren maßgefertigt und schwer und edel, und trotzdem wirkte alles geradezu elegant und großzügig. Es war Platz für eine kleine Sitzecke mit Sesseln und Sofa, es gab jeweils in der Mitte der Zimmer einen großen Tisch, der – zu Ehren von Fausto Coppi – auf zwei alten Rennrädern aus Stahl aufgebockt war und auf dem sehr luftig die neuesten Erwerbungen ausgestellt wurden. Es gab Abteilungen mit italienischer Belletristik, oftmals in Erstausgaben, Kunst- und Architekturbänden, Kochbüchern, historischen Werken und Nachschlagewerken zur Religionsgeschichte. Außerdem ein Regal mit englischer, deutscher, spanischer und französischer Literatur – handverlesene Titel, denn Beppo und Nello waren Kenner. Auf die Gestaltung der beiden Schaufenster legten sie besonderen Wert. Für jede Jahreszeit ließen sie sich etwas Neues einfallen, jetzt, im Frühling, waren grüne Bände ausgestellt, alle möglichen Schattierungen von grün, alle möglichen Genres, alle möglichen Formate. Prachtvoll sah das aus, und sie erzählten, dass sich zuweilen sogar Menschen in ihren Laden verirrten, die unumwunden und frei von Scheu zugaben, noch niemals ein Buch gelesen zu haben. Sie gingen dann meist mit einem Bildband nach Hause, manchmal aber auch mit einem Roman. Giulia ahnte, dass die Geschäfte so schlecht gar nicht liefen, wie es die beiden vielleicht gerne hätten – sie konnten sich nur so schwer von ihren Büchern trennen. Bald würde womöglich nicht einmal mehr das Finanzamt eine spitze Bemerkung machen können.

»Und dein Gast hat sich wirklich umgebracht?«, fragte Beppo.

»Es ist ja schon sehr ungewöhnlich, dass die Polizei in so einem Fall diesen Aufwand betreibt«, fügte Nello hinzu.

Giulia hatte ebenfalls ihre Zweifel. »Ich weiß auch nicht. Es ist schon merkwürdig. Signor Crivelli wirkte so wohlgemut und aufgeräumt.«

»Crivelli?«

»Ja, Gianfranco Crivelli. Er war so …« Giulia kam nicht dazu, ihren Satz zu beenden.

»Gianfranco Crivelli?«, riefen beide vollkommen synchron. Sie sahen zunächst sich und dann Giulia an, und schließlich blickten sie hinter sich, wo am kleinen Tischchen in der Ecke Giulias Vater in die Gazzetta dello Sport vertieft war. Er hatte den Aufschrei der beiden mitbekommen und linste über die Zeitung hinweg zur Bar. Schulterzucken seinerseits, aufgeregtes Handwedeln bei den Brüdern.

»Gianfranco Crivelli, ungefähr Mitte 70, ein distinguierter Herr?«

»Ja, Mitte 70, das dürfte stimmen.«

Beppo und Nello blickten sich an.

»Wenn das nicht …«, sagte Beppo.

»… ein starkes Stück ist«, fügte Nello an.

»Könntet ihr mich einmal aufklären, was in euren Köpfen vor sich geht, und wer dieser Gianfranco Crivelli eurer Ansicht nach ist?«

»Also, liebe Giulia …«, begann Nello in einem kaum kaschierten pädagogischen Tonfall, den Beppo in selber Tonlage aufgriff: »… Gianfranco Crivelli, wenn es denn unser Gianfranco Crivelli ist, könnte man als eine Legende der italienischen Linken bezeichnen.«

»Im Übrigen ein Kollege von mir«, ergänzte Nello, »ein Anwalt. Und was für einer. Er galt als Rächer der Entrechteten, verteidigte die, die es sich nicht leisten konnten, aber auch einige Prominente der *brigate rosse*. Man nannte ihn den *brigatista Crivelli*.« Beppo und Nello atmeten lautstark und im Chor aus.

Giulia schaute hinüber zu ihrem Vater, der sich aber hinter seine Zeitung duckte.

»Das war ihm nicht gerade in die Wiege gelegt, also der Kampf für die Linke. Er stammte aus einem sehr bürgerlichen, sehr katholischen, sehr wohlhabenden Haus. Du kannst dir vorstellen, dass er für Aufsehen gesorgt hat.«

»Ich erinnere mich«, hörte man Giulias Vater nun hinter der Gazzetta hervormurmeln. »Ich erinnere mich.« Manchmal sprach er mit sich selbst, was Giulia zunehmend Sorgen bereitete. Eine Alterserscheinung, von der sie nicht wusste, was sie davon halten sollte. Aber diesmal legte er die Zeitung auf den Tisch und kam zur Bar.

»Er war doch mit Silvana Zano verheiratet gewesen, nicht wahr?«

»Das stimmt, natürlich, das hatte ich schon fast vergessen«, sagte Beppo.

»Ein aufsehenerregendes Paar«, sagte Giulias Vater. »Die waren übrigens in den späten Sechzigerjahren einmal hier in der Bar. Gefolgt von einer Horde Paparazzi. Ich glaube, ein Foto, das damals in einer Zeitung gedruckt wurde, müsste ich noch irgendwo haben. Ich suche es später.«

Silvana Zano kannte sogar Giulia. Sie war eine der exzentrischsten Schauspielerinnen des Landes gewesen, hatte mit Marcello Mastroianni und Vittorio de Sica gedreht, aber auch in Frankreich mit Alain Delon und Jean-Paul Belmondo. Giulia war ihr schon in ihrer Kindheit begegnet, wenn sie an Sonntagen im Fernsehen alte Filme ansah. Zanos Leben endete unglücklich. Sie starb bei einem Reitunfall, da musste Giulia etwa zehn gewesen sein.

»Und als Zano ums Leben kam, war sie da noch mit Crivelli zusammen?«, fragte sie in die Runde der allwissenden Herren.

»Oh ja«, sagte Beppo. »Das muss ihm das Herz gebrochen haben. Er tauchte danach kaum noch in der Öffentlichkeit auf, sondern verschwand einfach. Auch der politische Kampf war verloren. Aber es waren die Achtzigerjahre. Der politische Kampf war noch nicht ganz vorbei, aber eigentlich schon.«

Nello nickte und machte ein betrübtes Gesicht.

»Dass Gianfranco Crivelli ausgerechnet nach Trastevere kommt, in einem deiner Zimmer wohnt und sich am Tiber umbringt! Was das wohl zu bedeuten hat?«, fragte Beppo.

Giulia wunderte sich mindestens ebenso sehr wie die beiden Antiquare. Vielleicht erklärte das auch, warum der Commissario sich so merkwürdig verhalten hatte.

»Wie ist er denn umgekommen? Ist er in den Fluss gesprungen?«, frage Nello.

Giulia wusste darauf nichts zu sagen. Sie hatte den Kommissar nicht gefragt, und er hatte von sich aus nichts gesagt. Dieser Tag nahm einen äußerst kuriosen Verlauf: Plötzlich war Giulias kleine heile Welt ein bisschen aus den Fugen geraten. Ein Mann, mit dem sie sich gestern noch unterhalten hatte, war nun tot. Die Polizei durchwühlte eines ihrer Zimmer. Und dann stellte sich auch noch heraus, dass ihr Gast einmal eine bekannte Persönlichkeit gewesen war, die einst auf geheimnisvolle Weise aus der Öffentlichkeit verschwand, um dann bei ihr – ausgerechnet in ihrer Pension – wieder aufzutauchen. Seltsam!

Ihr Vater verabschiedete sich. Er wollte einen alten Freund treffen, mit dem er sich über die letzten Spiele von *i Giallorossi* austauschte und traditionellerweise das erste Gläschen Rotwein des Tages trank. Er war natürlich Anhänger von AS Rom; immerhin stammte Giuseppe ursprünglich aus dem Arbeiterviertel Testaccio, und schon sein Vater war ins Stadion gegangen, um die Gelb-Roten anzufeuern. Die Leidenschaft hatte sich also vererbt, allerdings nicht ganz so energisch auf Giulia. Wobei sie im Zweifel doch immer sehr familienbewusst gegen Lazio war und das auch, wenn es hart auf hart kam, mit einiger Deutlichkeit kundtun konnte. Beppo und Nello mussten ebenfalls los, das Antiquariat sollte wieder geöffnet werden, sie erwarteten eine neue Lieferung alter Bücher. Es war schließlich ein ganz normaler Tag, auch wenn er sehr ungewöhnlich begonnen hatte.

Drei

Luca Crivelli war am Vormittag von der ligurischen Küste nach Rom zurückgekehrt. Er war noch etwas müde, nicht nur von der Reise. Luca hatte mit Freunden gefeiert, in einer Villa bei Levanto, die direkt am Meer auf einer Anhöhe lag, umgeben von einem an den Hang geschmiegten Park, der von der luxuriösen Verschwendungsfreude seiner Besitzer zeugte. Pflanzen aus allen Weltgegenden konnte man dort bestaunen, sorgsam gepflegt von einem Heer von Gärtnern. Der Blick, den Luca von seinem Zimmer aus aufs Meer hatte werfen können, war atemberaubend gewesen. Er wäre lieber nicht abgereist, die Urlaubswoche war viel zu schnell vergangen, doch es gab noch einen anderen Grund dafür, warum es ihm schwergefallen war, am Morgen seinen Koffer zu packen. Die Abschiedsnacht hatte es nämlich auf überraschende Weise in sich gehabt. Da war dieser bezaubernde Simone aus Florenz gewesen, verdammt gut aussehend und obendrein gar nicht mal so blöd. Er war anhänglich, wich Luca den ganzen Abend nicht mehr von der Seite. Sie hatten sich gut unterhalten, und irgendwann wurde die Unterhaltung schweigend weitergeführt, zunächst noch mit den Augen, dann aber mit den Lippen, und schließlich – er wusste gar nicht mehr, wie sie auf seinem Zimmer gelandet waren –, mit allen anderen Körperteilen. Luca zitterte beim Gedanken an die vergangenen Stunden.

Es gab allerdings nicht wenige gute Gründe, warum er seine Freunde und Simone in ihrem Paradies zurücklassen und nach Rom heimkehren musste. Nicht nur, dass wichtige

Prüfungen an der Universität anstanden. Nicht nur, dass er einer Freundin versprochen hatte, sie bei einem Arztbesuch zu begleiten (es ging um eine Schönheitsoperation). Nicht nur, dass seine Mutter darauf bestanden hatte, er möge unter allen Umständen einem festlichen Essen im Hause Crivelli beiwohnen, zu dem auch Valeria Sala eingeladen sei, die gebildete, äußerst hübsche, überaus vermögende Freundin eines Geschäftspartners seines Vaters. Valeria Sala – seit Kindestagen kannte man sich, und wie im 19. Jahrhundert hatten sich sowohl ihre als auch seine Eltern in den Kopf gesetzt, dass eine Liaison der beiden Familien mittels Heirat der Kinder nicht nur eine entzückende, sondern obendrein noch gewinnbringende Angelegenheit wäre. Die Pläne waren mit einigem Ehrgeiz verfolgt worden, als Valeria und Luca kurz vor ihrem Schulabschluss standen. Aber die Anstrengungen schienen nicht recht zu fruchten, sodass zumindest die Väter ihre Freude an der Kuppelei verloren. Die Mütter hingegen ließen sich durch die Widerspenstigkeit der Kinder nicht so rasch entmutigen, und immer wieder starteten sie neue Versuche, die beiden in ein Traumpaar zu verwandeln. Luca war inzwischen 26, und er wusste schon seit einigen Jahren, dass sich sein Interesse an Frauen sehr in Grenzen hielt. Seine Eltern wussten das nicht, sie ahnten es vermutlich nicht einmal, weil nicht sein konnte, was nicht sein durfte. Ein sich als schwul outender Crivelli – das wäre ungefähr so gewesen, als würde der Papst öffentlich verkünden, regelmäßig eine Domina aufzusuchen.

Der wichtigste Grund aber, der ihn zur Abreise genötigt hatte, war ein geheimnisvoller Brief gewesen. Das Schreiben hatte ihn auf verschlungenen Pfaden über einen Freund erreicht, den Absender kannte er nur als mythische Figur oder besser: als Persona non grata. Sein Onkel Gianfranco war in der Familie nicht wohlgelitten. Wie zu biblischen Zeiten hatte man ihn verstoßen – oder vielleicht hatte er sich selbst hinausgestoßen aus seiner Familie –, und damit der Bann nicht gebrochen wurde, durfte nicht einmal der Name in Nebensätzen erwähnt werden. Seine Eltern zumindest waren sehr konsequent im Verschweigen, und Luca hatte sich nur über entferntere Verwandte so etwas wie einen verschwommenen Eindruck von seinem Onkel verschaffen können: Als eigensinnig war er beschrieben worden, als gerecht und fast schon über die Maßen moralisch – ganz das Gegenteil seines Bruders, also Lucas Vater, der ein kühler Geschäftsmann und ein zuweilen ziemlich autoritärer Brocken war. Es gab Jahre, da hatte Luca seinen Vater ohne den Hauch eines Zweifels gehasst. Er war froh gewesen, auf einem Internat zu sein, um diesem Mann nicht jeden Tag unter die Augen treten zu müssen. Angst und Wut hielten sich bei Luca lange Zeit die Waage. Inzwischen hatte er fast ein wenig Mitleid mit diesem in seinen Konventionen und Ansprüchen gefangenen Vater, der sich seinen Erfolg durch eine geradezu einschüchternde Disziplin erkauft hatte und dessen Mangel an Empathie ihn für all seine Geschäftspartner zu einem gefürchteten Gegner machte. Man musste bei ihm damit rechnen, dass er immer schon drei Schritte voraus war und zugleich mit einem gezückten Messer hinter dem Rücken auftauchen konnte. Er hatte einen – Luca empfand diesen Begriff als sehr passend – angeborenen Killerinstinkt. All das beim eigenen Vater als grundsätzliche Eigenschaften wahrzunehmen, auf die der sich auch noch etwas einbildete und die er an seinen Sohn weitergeben wollte, führte bei Luca zu eisigem Trotz: In allem wollte er das genaue Gegenteil seines alten Herrn sein, wollte das Gegenteil denken und empfinden und vor allem leben. Angst und Wut und, ja, sogar Hass – das waren die Antriebskräfte, die Luca zu einem sensiblen Mann gemacht hatten, der Männer liebte und die Kunst und manche Künstler anbetete – und dem Geld doch ziemlich egal war. Nun, das war wiederum nur die halbe Wahrheit. Natürlich hatte er sich um Geld niemals Gedanken machen müssen – sein Vater nämlich ließ sich nicht dazu reizen, den Sohn zu verstoßen oder ihm mit dem Entzug des Erbes zu drohen. Vielleicht sah er in dessen Eigensinn sogar seinen eigenen gespiegelt.

Luca war also weniger der Prüfungen wegen zurückgekehrt. Auch nicht, weil er sehr erpicht darauf gewesen wäre, seiner Freundin beim Schönheitschirurgen die Hand zu halten oder gar von seiner Mutter einmal mehr in die Arme von Valeria Sala getrieben zu werden. Der eigentliche Grund war dieser seltsame, dringliche Brief, den er von seinem Onkel erhalten hatte, von einem Gespenst der Familie, das zwar überall herumspukte, aber doch verschollen schien. Was hatte noch mal in dem Brief gestanden? Von der heiligen Familie war die Rede gewesen, und damit hatte der unsichtbare Onkel nicht jene gemeint, der man in Roms Aberhunderten Kirchen begegnen konnte. Damit meinte er die Familie Crivelli, und es war ein Ton in den wenigen Zeilen seines Onkels, der ihm gefallen hatte, der ihm zeigte, dass es möglich war, eine Distanz zur heiligen Familie aufzubauen, auch wenn man ihr niemals ganz entkommen konnte. Er wünsche sich, hatte der Onkel geschrieben, möglichst bald, in wenigen Tagen schon mit Luca zusammenzutreffen. Einen bestimmten Ort, einen bestimmten Tag und eine bestimmte Zeit hatte er genannt. Alles in diesem Brief klang so, als hätten die beiden sich vergangene Woche zum letzten Mal gesehen und würden sich nun auf ein Getränk verabreden. Der Onkel schien die Tatsache zu übergehen, dass er für Luca ein Fremder war – und umgekehrt auch Luca für ihn ein Fremder sein musste. Gleichwohl gab ihm der Onkel sehr deutlich zu verstehen, dass er mit niemandem über das geplante Treffen sprechen sollte – er zog gar nicht in Betracht, dass Luca möglicherweise kneifen, keine Zeit oder vielleicht einfach keine Lust auf eine Begegnung haben könnte. Und er hatte mit dieser Annahme ganz recht. Luca war so neugierig und aufgeregt wie lange nicht mehr, obwohl natürlich auch seine Nacht mit Simone einen gewissen Aufruhr in ihm erzeugt hatte. Der Brief hatte etwas Konspiratives und Clandestines, und dass er von seinem Onkel zu einem solch verschwiegenen, heimlichen Treffen eingeladen worden war, von dem der Rest der Familie nichts wusste, steigerte die Spannung nur umso mehr. Was seinen Onkel allerdings bewogen haben konnte, sich mit ihm in Verbindung zu setzen, blieb ihm ebenso rätselhaft wie die Schlusszeile des Briefes: *Die Zeit drängt, und das Kommende wird die Vergangenheit erhellen*, hatte sein Onkel geschrieben, bevor er mit einem sehr innigen Gruß endete: *In Liebe, dein Gianfranco*. Was konnte in der Vergangenheit geschehen sein, und was würde ihm sein Onkel berichten, das ein anderes Licht auf Vergangenes werfen konnte? Luca hatte sich im Haus der Freunde, wenn er auf seinem Balkon saß und aufs Meer hinausblickte, das Gehirn zermartert. In dem Schreiben hatte er aber keinen weiteren Anhaltspunkt gefunden, keine Spur, die ihn weiterbringen konnte. Ihm fehlte so viel: eine Geschichte, in der Gianfranco Crivelli eine Rolle spielte. Ihm fehlten die Erzählungen, die doch über alle anderen Familienmitglieder kursierten, die bei Festen imposant ausgeschmückt und mit immer neuen Volten weitergegeben wurden, um Aufstieg und Glanz der Familie Crivelli in die nächste Generation zu tragen. Natürlich hatte er von seinem Onkel gelesen, hatte in alten Zeitungen auch Berichte gefunden über dessen Anwaltstätigkeit, über seine berühmtesten Fälle, über seine angeblichen Verbindungen in den linken Untergrund, über seine Ehe mit Silvana Zano, über deren Tod und sein Verschwinden aus der Öffentlichkeit. Vielleicht, dachte Luca in den vergangenen Nächten, vielleicht wollte er nun seinen Teil der Familiengeschichte an Luca weitergeben. Vielleicht hatte er Erkundigungen eingeholt und ihn auserkoren – nicht seine beiden Schwestern oder irgendjemand anderes aus der weitverzweigten Verwandtschaft –, um ihm anzuvertrauen, was in den letzten Jahrzehnten passiert und was ihm widerfahren war. Luca ertappte sich dabei, von diesem Gedanken geschmeichelt zu sein. Aber ganz sicher war er sich nicht, ob er damit auf der richtigen Fährte war. Warum sollte er ausgerechnet jetzt auftauchen, warum wollte Onkel Gianfranco überhaupt wieder Kontakt zur Familie, obwohl er doch die letzten 25 Jahre sehr gut ohne sie gelebt hatte?

Luca hatte vorsichtshalber sein Handy auf der Fahrt nach Rom abgestellt, ließ es ausgeschaltet, als er aus dem Zug stieg, machte es auch nicht an, als er mit einem Taxi zu dem vom Onkel vorgeschlagenen Ort fuhr. Seine Mutter würde irgendwann bestimmt anrufen, und er wollte nicht in ein Gespräch mit ihr verwickelt werden. Luca kannte sich. Ihm war es nicht gegeben, ihr gegenüber zu schwindeln. Schon als Kind war er beim Flunkern sofort ertappt worden, sodass er sich gar nicht mehr darin versuchte. Entweder sagte er die Wahrheit – was für alle Beteiligten und sowieso für ihn nicht immer sehr angenehm war. Oder er schwieg einfach. Luca konnte Geheimnisse gut für sich behalten. Aber wenn ihn seine Mutter gefragt hätte, wo er sich aufhalte, welche Geräusche denn im Hintergrund zu hören seien, wohin er unterwegs sei – da wäre er eingeknickt und hätte ihr gestehen müssen, dass er verabredet und gerade auf dem Weg zu einem Treffen war. Und hätte seine Mutter dann nachgefragt ... Ach, er wollte es besser nicht darauf ankommen lassen. Also verzichtete er auf sein Handy, auch wenn es ihm schwerfiel, denn natürlich hoffte er auf eine Nachricht von Simone. Weil er konsequent sein Kommunikationsgerät ignorierte, malte er sich die WhatsApp-Botschaften seines nächtlichen Liebhabers umso lebhafter aus – schwärmerische Sehnsuchtsbekundungen, der Wunsch nach einem baldigen Wiedersehen, mit den Fingerspitzen geflüsterte Leidenschaft. Aber er blieb standhaft. Keiner sollte wissen, wo er war. Mit niemandem wollte er sprechen, bevor er nicht seinem Onkel von Angesicht zu Angesicht begegnet war, bevor er nicht von ihm gehört hatte, welche Neuigkeiten oder Geheimnisse er ihm anvertrauen wollte. Das Taxi hielt. Er kannte Trastevere natürlich, aber die Bar an der Piazza di San Francesco D'Assisi kannte er nicht. Er stieg aus. Und sah als Erstes eine gut aussehende, rotblond gelockte Frau, die einem Gast lachend einen Campari servierte. Er setzte sich an einen freien Tisch vor dem Café. Und wartete.

Vier

W as darf ich Ihnen bringen?«, fragte Giulia den Gast, den sie zuvor noch nie gesehen hatte.

»Un caffè, per favore.«

Giulia verschwand im Innern der Bar, und während sie mit geübten Handgriffen die eben aufgenommenen Bestellungen auf einem Tablett unterbrachte, schielte sie mit einem Auge nach draußen zu dem jungen Mann. Wie alt mochte er sein? Mitte 20 vielleicht? Ein paar Jahre älter als ihre Tochter, das auf jeden Fall. Er kam ihr bekannt vor. Sie konnte nicht festmachen, an wen er sie erinnerte. Aber dass er etwas an sich hatte, was ihr schon einmal begegnet war, bei einem anderen Menschen, das konnte sie mit Bestimmtheit sagen. Giulia nahm das Tablett, ging wieder hinaus auf die Terrasse, brachte Cola und Kaffees an die anderen Tische, bevor sie dem adretten Fremden seinen Espresso hinstellte.

»Bitte sehr«, sagte sie.

Er bedankte sich, schaute sich ein wenig unruhig um, als ob er jemanden erwartete. In der nächsten halben Stunde trank er noch drei weitere Espressi, was sehr ungewöhnlich war. Seine Nervosität schien sich von Minute zu Minute zu steigern. Giulia beobachtete seine fahrigen Bewegungen. Immer wieder wuschelte er mit der Hand durch die Haare. Am Handgelenk trug er eine Kette, an der ein kleiner goldener Anker baumelte; er glitzerte, als Giulia ihm einen Wein brachte, den er bestellt hatte. Während sie das Glas auf den Tisch stellte, fragte er, ob möglicherweise ein älterer Herr im Café gewesen sei und eine Nachricht hinterlassen habe. Er sei mit ihm verabredet, aber nun sei schon eine Dreiviertelstunde vergangen und er sei sich nicht sicher, ob er vielleicht etwas falsch verstanden habe.

»Nein, Signore, und ich bin den ganzen Tag hier im Café gewesen. Darf ich fragen, wen Sie erwarten?«

»Ja, selbstverständlich. Mein Name ist Luca Crivelli, und ich wollte mich hier mit meinem Onkel Gianfranco Crivelli treffen.«

Giulia ließ das Tablett fallen, zum Glück war kein Geschirr mehr darauf. Es schlug direkt vor den pinkfarbenen Turnschuhen Luca Crivellis auf den Boden. Die anderen Gäste blickten zu ihr hinüber. Sie hob das Tablett auf und lächelte entschuldigend, auch wenn ihr das eigene Lächeln eher wie eine Grimasse vorkam.

»Verzeihen Sie«, sagte Giulia. »Darf ich mich setzen?«

Sie wartete seine Antwort erst gar nicht ab, nahm Platz und erzählte Luca, was am Morgen geschehen war, ganz ruhig und mit allem Feingefühl, das sie in ihrer eigenen Aufregung aufbringen konnte. Und als sie bemerkte, dass der junge Mann mit den Tränen kämpfte, legte sie ihm ihre Hand auf den Unterarm. Eine Geste, die ihr ganz angemessen vorkam und gar nicht zu vertraulich, obwohl sie hier einem Wildfremden gegenübersaß. Immerhin hatte sie ihm gerade eine Todesnachricht überbracht, und sie konnte ja nicht ahnen, dass die Beziehung zwischen Onkel und Neffe eine war, die gerade erst beginnen sollte. Es war eine merkwürdige Situation: Eine ganze Weile saßen Giulia und Luca Crivelli stumm beieinander; sie hatte ihre Hand noch immer nicht zurückgezogen, und für einen außenstehenden Beobachter hätte dieser Anblick gewiss etwas sehr Anrührendes gehabt.

»Tot? Sind Sie sicher? Mein Onkel? Aber Signora, das

kann nicht sein ...« Und während diese wenigen Worte aus ihm herauspurzelten, zog er einen Brief aus seiner Jackettasche, faltete das Blatt auseinander, las mit einem etwas wirren Blick darin, bevor er Giulia das Papier hinhielt, den Finger unter eine Zeile haltend, in der das Café genannt war, in dem sie gerade saßen: Da Giuseppe.

»Können Sie mir noch einmal sagen, was die Polizei herausgefunden hat?«

Giulia wusste nicht mehr zu berichten als das, was Rignoni ihr anvertraut hatte. Sie zeigte Luca Crivelli allerdings die Visitenkarte, die der Commissario ihr dagelassen hatte.

»Sie müssen dort unbedingt hingehen und sich erkundigen«, sagte Giulia, die ein seltsames Gefühl beschlich. Der Tote am Morgen, ohne Zweifel ein Mann mit bewegter Vergangenheit, der aufgeregte junge Luca Crivelli, die Nachforschungen der Polizei – plötzlich ahnte sie, dass hinter all dem eine Geschichte lauern konnte, die der Selbstmordtheorie etwas ziemlich Eigentümliches verlieh. Und sie bemerkte, dass sie neugierig war. Oder nein, das war das falsche Wort. Sie wollte etwas verstehen. Etwas herausbekommen, was ihren Gast, diesen fröhlich und wohlgesinnt wirkenden Herrn dazu gebracht haben könnte, sich an diesem schönen Frühlingstag am Ufer des Tibers umzubringen.

»Gab es denn einen bestimmten Grund für das Treffen mit Ihrem Onkel?«, hörte sie sich fragen. Schon im Moment, als sie die Frage ausgesprochen hatte, war ihr klar, dass sie damit eine Grenze sowohl des Anstands als auch ihrer eigenen Dezenz überschritten hatte. Die Frage klang, als würde sie Ermittlungen führen. Und obwohl sie wusste, dass sie ein wenig zu forsch war, schaute sie ihren Gast unbeirrt an – so, wie es vielleicht Commissario Rignoni getan hätte. Und auch darüber musste sie sich wundern: Wie kam sie jetzt auf Rignoni? Was bildete sie sich ein? Sie war doch gar nicht befugt, so vorzupreschen. Aber die Frage stand nun einmal im Raum.

»Ich …«, Luca Crivelli hielt ihrem Blick nicht stand, er suchte Halt auf dem Tisch, seine Augen huschten vom Weinglas zum Aschenbecher und weiter zum Serviettenhalter, kehrten dann aber doch zu Giulia zurück. »Ich …«, hob er ein zweites Mal an, unterbrach sich jedoch wieder. Sah sich seine Hände an, als würde er zum ersten Mal bemerken, dass er Hände besaß. »Ich weiß es nicht«, brachte er schließlich hervor, als hätte er damit ein unmögliches Geständnis seines eigenen Unvermögens abgelegt.

»Sie wissen es nicht? Hat Ihr Onkel keine Andeutungen gemacht? Haben Sie gar keine Idee?« Giulia hatte Blut geleckt.

Luca schaute sie aus traurigen Augen an. Es schien ihm gar nicht so sehr aufzufallen, dass er gerade von einer ihm gänzlich unbekannten Frau, die eine Bar und ein Hotel führte, ausgefragt wurde. Er räusperte sich und erzählte das, was er von seinem Onkel zu wissen glaubte, erzählte auch von dem Zerwürfnis mit der Familie und besonders seinem Vater, Gianfrancos Bruder. Es schien Giulia, als würde Luca Crivelli sich von dieser Geschichte befreien wollen, als würde ihn die verwirrende und unglaubliche Nachricht zum Reden bringen, als könnte er gar nichts gegen das Herauspurzeln seiner Worte tun. Zum Glück war Vittorio inzwischen aufgetaucht. Er huschte zwischen den Tischen hin und her, bediente die Kunden auf seine nonchalante Art und warf Giulia ab und an einen fragenden Blick zu, den Giulia mit hochgezogenen Augenbrauen beantwortete, was ihm mitteilen sollte, dass er später schon alles erfahren würde.

Bestimmt eine halbe Stunde hatte sie sich mit Luca Crivelli unterhalten und selbst bei Vittorio einen Caffè bestellt. Der junge Mann hatte sie dabei auch noch über seine sexuelle Orientierung aufgeklärt. Giulia kam sich vor wie sein Beichtvater, musste sich aber eingestehen, dass Luca Crivelli sie wohl eher als eine Art Mutterersatz sah – zumal es keiner allzu großen psychologischen Expertise bedurfte, um zu sehen, dass Luca an einem gehörigen Ödipuskomplex litt. Erschwerend kam hinzu, dass ihm seine richtige Mutter wohl viel zu nah war, er sie aber zu zerbrechlich hielt für diese Welt. Der arme Junge. Er schien verwirrt, und Giulia schämte sich ein bisschen, dass sie diese Verwirrung ausnutzte, um Details über die Familie Crivelli zu erfahren, die auch die Brüder Nello und Beppo schwerlich aus ihren Lektüren filtern konnten.

»Entschuldigen Sie, ich muss jetzt gehen.« Ganz plötzlich stand Luca Crivelli auf, legte zwanzig Euro auf den Tisch und entschuldigte sich noch einmal.

»Ich danke Ihnen, dass Sie mir zugehört haben. Aber ich glaube, ich hätte nicht so über meine Familie reden dürfen. Verzeihen Sie.« Dann ging er grußlos davon, fast hatte man den Eindruck, als würde er rennen, und Giulia schaute ihm noch eine Weile gedankenverloren nach. Er sieht seinem Onkel ähnlich, dachte sie. Der arme Junge.

Fünf

Am nächsten Morgen kam Anna in die Küche gestürmt, wo Giulia gerade dabei war, eine Einkaufsliste zusammenzustellen – es fehlte einiges, was bei Großhändlern und umliegenden Geschäften besorgt werden musste. Anna, die gute Seele des Hauses, war in hellem Aufruhr.

»Hier«, sagte sie und hielt Giulia einen Brief hin.

»Was ist das?«

Anna verdrehte die Augen. »Ein Brief. Selbstverständlich nicht irgendein Brief. Schau mal, was da draufsteht.«

Giulia nahm das Schreiben und las den Namen, der handschriftlich in Druckbuchstaben auf dem Umschlag stand: *Luca Crivelli.*

»Wo hast du den her?«

Anna erklärte, dass sie gerade dabei war, das Zimmer, in dem bis gestern noch Signor Crivelli genächtigt hatte, aufzuräumen. Die Polizei hatte alles mitgenommen, was sich an persönlichen Gegenständen des toten Gastes im Raum befunden hatte. Man hatte keinen Einwand erhoben, als Giulia darum bat, den Hotelbetrieb doch so schnell wie möglich weiterlaufen zu lassen. Die Polizei musste aber wohl nicht ganz gründlich vorgegangen sein. Unter dem Bettlaken, das Anna wechseln wollte, fand sich dieser Brief, der fest zugeklebt war. Die beiden sahen sich an, und sie spielten wohl beide mit dem Gedanken, den Umschlag zu öffnen. Giulia hatte Anna und Vittorio alles über den Besuch des jungen Crivelli erzählt, wobei sie – natürlich konnte sie verschwiegen sein, sah aber in diesem Falle keine

34

Notwendigkeit darin – auch Lucas familiäre Verstrickungen nicht unerwähnt gelassen hatte. Anna fiel es schwer, ihre Neugier zu zügeln, und Giulia bemerkte wieder mit einem kleinen Erschrecken, was ihr auch schon gestern an sich aufgefallen war: Sie entwickelte einen gewissen kriminalistischen Ehrgeiz, in ihrem Kopf purzelten diverse Fragen durcheinander: Warum hatte Crivelli diesen Brief versteckt? Legte man seinen Abschiedsbrief auf das Tischchen, während man eine andere, persönlich adressierte Nachricht zwischen Matratze und Bettlaken deponierte? Konnte er nicht ahnen, dass das Zimmermädchen diesen Brief finden würde? Wollte er, dass das Zimmermädchen ihn fand? Und warum sollte die Polizei ihn nicht in die Hände bekommen? Oder seine Familie – also der Rest seiner Familie, an die seine privaten Habseligkeiten wohl eines Tages ausgehändigt werden würden? Ob sie Commissario Rignone informieren sollte? Oder gar musste?

Sie legte den Brief auf den Tisch und fragte Anna, was sie von der ganzen Sache hielt.

»Na, wir wissen ja von Luca, dass Avvocato Crivelli nicht das beste Verhältnis zu seinem Bruder hatte. Und vermutlich wollte er eben nicht, dass der Brief an seinen Neffen seinem Bruder ausgehändigt würde. Vielleicht erklärt er darin, warum er Luca erst herbestellt und es sich dann doch anders überlegt hatte, um stattdessen am Tiber Selbstmord zu begehen. Ist ja doch ein bisschen unentschlossen, der Herr, findest du nicht? Wer weiß, möglicherweise hat er Luca sogar etwas vererbt, von dem die anderen sauberen Leute aus der Sippe nichts wissen sollten. Wäre doch gar nicht so abwegig.«

Anna hatte recht. Das bedeutete aber auch, dass sie das Fundstück erst einmal nicht an Commissario Rignoni weitergeben wollte – wer weiß, ob er dann nicht einfach im

Briefkasten der Familie landete –, sondern Luca den Brief persönlich bringen. Und sie versuchte ihr – sie doch ziemlich irritierendes – Verlangen zu verbergen, auf diese Weise selbst etwas über seinen Inhalt zu erfahren.

Luca hatte weder eine Telefonnummer noch eine Adresse hinterlassen. Sie wusste aber, dass er Architektur und Kunstgeschichte studierte. Es durfte nicht so schwer sein, ihn an der Universität ausfindig zu machen. Zumal, wenn man eine Tochter hatte, die ebenfalls Studentin war und tausend Leute kannte. Außerdem hatte sie Carla schon seit zwei Wochen nicht mehr gesehen. Es wurde Zeit, dass sie sich auf die andere Seite des Tibers aufmachte.

»Anna, du hast alles im Griff, nicht wahr? Es kommen heute keine neuen Übernachtungsgäste, und Vittorio wird bis zum Abend unten im Café sein. Ich fahre zu Carla. Und ich nehme den Brief mit. Am besten sprichst du nicht darüber, ich meine, wer weiß, vielleicht taucht die Polizei noch mal auf. Ich finde, die muss davon erst einmal nichts wissen.«

»Verstehe. Aber du musst mir alles erzählen, versprochen?«

»Versprochen. Und, ach ja, würdest du vielleicht die Liste fertigmachen? Und meinen Vater bitten, die Bestellungen aufzugeben und ein paar Sachen in der Nachbarschaft zu besorgen? Das wäre wunderbar.«

Anna lächelte und wünschte Giulia viel Spaß. »Liebe Grüße an Carla«, rief sie ihr hinterher. »Sie soll sich mal wieder hier blicken lassen.«

»Richte ich aus.«

Giulia schwang sich auf ihre Vespa und fuhr über den Ponte Sublicio auf die andere Seite des Flusses, am Ufer entlang Richtung Piazza Venezia, wo sie sich mit einer gewissen Kaltschnäuzigkeit durch den dichten Verkehr schlängelte. Sie liebte es, auf ihrer Vespa durch Rom zu fahren – *ihr* Rom. Sie fühlte sich dabei frei und zugleich geborgen. Dachten die Touristen bei ihrem Anblick wahrscheinlich an einschlägige Rom-Filme, musste sie an ihre Kindheit zurückdenken, als sie an ihren Vater geklammert verwegen über das uralte Kopfsteinpflaster der großen Straßen und kleinen Gassen gebrettert war. Selbstverständlich mochte sie die Geräusche des Straßenverkehrs, die Aufgeregtheit, das geordnete Chaos. Sie hupte gern – falls das überhaupt Erwähnung finden musste. Sie hupte, wenn ein Fußgänger zu zögerlich die Straße überquerte oder ein Autofahrer ihr in die Quere kam. Sie hupte, wenn es ihr zu langsam ging und manchmal auch einfach nur, wenn sie sich freute. Zuweilen, wenn sie sich freinahm, was allerdings zu selten vorkam, fuhr sie einfach so durch die weniger pittoresken Randbezirke der Stadt, und in solchen Momenten musste sie doch an einen bestimmten Film von Nanni Moretti denken. Dann sang sie irgendeine Melodie vor sich hin und fuhr Schlangenlinien, bis sie ein anderer Verkehrsteilnehmer zur Vernunft rief oder besser: zur Vernunft hupte; oder bis ihr selbst bewusst wurde, dass sie es vielleicht ein bisschen übertrieb. Aber konnte man es überhaupt übertreiben? Normalerweise nicht. An diesem Tag aber schon. Heute fuhr sie auf direktem Weg zu ihrem Ziel, hatte kaum ein Auge für die Menschenmassen, die zum Forum Romanum strömten, um sich aus der Gegenwart mitten hinein in die Antike versetzen zu lassen; hielt nicht an bei einem der Cafés in der Via Cavour, in die sie manchmal auf einen Espresso einkehrte – einen, den sie nicht selbst zubereitet hatte. Nein, sie wollte so schnell wie möglich zu Carla. Ihre Tochter wohnte in einem winzig kleinen Apartment in der Via Urbania, einer ihrer Lieblingsstraßen, nicht erst seit Carla dort lebte. Viele nette Geschäfte, sogar noch ein paar alte Handwerksbetriebe fanden sich da. An kleinen und äußerst römischen Restaurants, in die sie manchmal mit Carla einkehrte, war ebenfalls kein Mangel. In einem winzigen Club um die Ecke gab es im Keller Konzerte amerikanischer, englischer oder französischer Bands. Man bekam kaum Luft, saß dicht gedrängt auf alten Stühlen und Sofas, und sie genoss es, mit Carla von Zeit zu Zeit dort hinzugehen. Es war, als würde sie mit einer Freundin um die Häuser ziehen. Manchmal wurde sie dann sogar von einem Jungen angesprochen, der ihr Sohn hätte sein können, mit unschuldigen Augen und dennoch einem koketten Wissen darum, was mit solchen Augen bei einer Frau anzurichten war. Carla blinzelte ihr dann zu, doch Giulia ließ die Jungs abblitzen. Geschmeichelt war sie aber schon.

Erst jetzt, als sie vor Carlas Tür stand, kam ihr in den Sinn, dass sie gar nicht da sein könnte. Immerhin war es Nachmittag, und wahrscheinlich saß ihre Tochter in einer Vorlesung – wie es sich gehörte. Auf ihr Klingeln öffnete tatsächlich niemand. Sie schrieb Carla eine Kurznachricht, und nur Sekunden später schon kam die Antwort: *Bin mit Andrea in der Bar Viminale. Komm doch vorbei.* Von wegen Vorlesung, dachte Giulia, ging die wenigen Schritte Richtung Teatro Nazionale und sah Carla schon von Weitem, vor allem aber hörte sie ihr Lachen, das sie in einem gefüllten Fußballstadion aus Tausenden Kehlen herausgehört hätte.

Giulia umarmte ihre Tochter, gab ihr einen Kuss auf die Wange und begrüßte Andrea, Carlas neue Flamme. Sie hatte ihn in einer Vorlesung kennengelernt, zu der er zu spät gekommen war. Giulia war nach einem langen Telefonat mit Carla genau im Bild. Er hatte sich, obwohl alle Augen auf ihn gerichtet waren, in aller Seelenruhe im Saal umgeschaut und war dann ganz selbstsicher zum Platz neben Carla gegangen, obwohl es ungefähr fünfzig freie Sitzgelegenheiten im Raum gegeben hätte, die meisten davon sehr viel leichter zu erreichen. Er hatte sie angeschaut und ihr ins Ohr geflüstert, dass er sich nur deshalb noch aus dem Bett und in die Vorlesung gequält habe, weil er nach dem Aufwachen gefühlt hätte, dass er sie kennenlernen würde. Carla hatte die Augen verdreht und sich wieder dem Professor und seinen Ausführungen zur Soziolinguistik zugewandt. Nach dem Ende der Vorlesung ließ er sich allerdings nicht so leicht abschütteln, wie sie gehofft hatte. Er wollte sie auf einen Kaffee einladen, und seine Ausdauer gefiel ihr schließlich doch. Und dann ging alles ziemlich schnell. Am Abend schon waren sie im Kino. Und dann. Nun ja, so ganz genau wusste Giulia dann doch nicht, wie es weitergegangen war. Ihre Tochter sollte ruhig ein paar Dinge für sich behalten. Andrea jedenfalls begrüßte die attraktive Mutter seiner Freundin mit einer stürmischen Umarmung, dabei hatten sie sich bislang erst einmal ganz kurz gesehen. Aber er gefiel ihr, und es gefiel ihr, dass Andrea Carla guttat. Zumindest hatte Carla dieses Strahlen, das sie an ihrer Tochter liebte.

»Was magst du trinken? Ich hol dir was.« Carla sprang zum Tresen und brachte ihrer Mutter eine Orangina.

Giulia erklärte den beiden, dass sie nicht ganz ohne Grund die Tiberseite gewechselt und Giuseppes Bar Anna und Vittoria überlassen hatte. Sie erzählte in Kurzfassung, was gestern passiert war. Und sie erzählte von dem Brief, den Anna gefunden hatte.

»Ah, und wir sollen dir dabei helfen, diesen Luca Crivelli ausfindig zu machen? Das kriegen wir hin, oder?« Carla stupste Andrea an, der nickte und augenblicklich sein Handy zückte.

»Ein guter Freund studiert Architektur, und der kennt so ziemlich jeden. Na ja, eigentlich kennt er zumindest jede Kommilitonin und viele davon auch näher. Aber ich probier mal mein Glück.« Andrea, der im Gegensatz zu vielen Landsleuten in Sachen moderner Kommunikation ein äußerst höflicher Mensch war, stand auf und ging ein paar Schritte in einen Häusereingang. Das gab Carla Gelegenheit, ein paar Minuten lang allein mit ihrer Mutter zu sprechen.

»Warum hast du gestern nicht angerufen, als die Polizei da war?«, fragte sie und sah Giulia ein bisschen vorwurfsvoll an, die jedoch nur eine wegwerfende Geste machte. Sie sei ja selbst so verwirrt gewesen und wollte sie außerdem nicht stören, sie wusste doch … Und da erst fiel es ihr wieder ein:

»Wie war denn deine Prüfung heute?«

»Ach *mamma*, die Prüfung, die habe ich fast schon vergessen. Gut war sie, vermute ich. Also, durchgefallen bin ich jedenfalls nicht.«

»Das freut mich zu hören«, sagte Giulia mit gespieltem Ernst, »deine Bildung liegt mir am Herzen, und es ist in meinem Interesse, wenn aus dir mal etwas wird. Immerhin musst du meine Rente finanzieren. Oder schlimmer noch, du wirst mich einmal durchfüttern müssen, denn eine Rente bekomme ich garantiert nicht.«

»Ja, ich spare schon auf die Schnabeltasse und den Rollator, mit dem du dann über die römischen Pflastersteine holpern darfst. Noch ist es aber nicht so weit. Wollen wir nicht nächste Woche zu einem Konzert gehen? Bislang schaffst du es durch die Alterskontrolle am Eingang. Eine Berliner Band übrigens, ich dachte, das interessiert dich. Und mein Heimweh wird dadurch vielleicht ein bisschen gemildert.«

»Gute Idee. Kommt Andrea mit?«

»Ach, Andrea, der fährt nächste Woche mit seiner Ex-Freundin eine Woche nach Sizilien.«

»Mit seiner Ex-Freundin?«

»Ja, die ist sehr nett. Du musst dir keine Sorgen machen, *mamma*. Die beiden sind einfach gut befreundet. Und ich bin auch froh, mal wieder ein paar Tage allein sein zu können. Und mit dir zum Konzert zu gehen.«

»Soso, du bist also froh, mal ein paar Tage allein zu sein« – Andrea hatte sein Gespräch beendet und Carlas letzte Sätze mitbekommen. Giulias Tochter lachte nur und gab ihm einen Kuss, er schmollte, aber nur zum Schein. Er setzte sich, trank einen Schluck Bier und streckte den Rücken durch, als wollte er zu einer staatstragenden Rede anheben.

»Meine Recherchen haben Folgendes ergeben: Luca Crivelli ist ein ziemlich bekannter Hecht bei den Architekten. Er ist die Hilfskraft eines Professors, leitet zuweilen selbst Übungen, schmeißt wilde Partys und scheint ein Herzensbrecher zu sein – allerdings pflastern keine Frauen, sondern gut aussehende junge Männer seinen Weg. Er spricht wohl nie über seine Familie, aber jeder am Institut weiß Bescheid. So wie auch jeder weiß, dass Lucas Vater sehr spendabel ist und der Universität immer wieder größer Summen zukommen lässt, zum Beispiel Stiftungsgelder oder so was in der Art. So genau wusste es Franco auch nicht. Luca scheint genau das aber gehörig zu stinken. Wahrscheinlich, weil er nicht möchte, dass man ihn als Günstling der Professoren betrachtet – die wiederum den Sohn des Geldgebers protegieren.«

»Warum studiert er dann ausgerechnet in Rom?«, fragte Carla.

»Gute Frage«, erwiderte Andrea. »Aber da musst du ihn wohl selbst fragen. Und vielleicht ergibt sich dazu bald Gelegenheit. Heute Abend findet nämlich am Institut eine Party statt, und Franco ist sicher, dass Luca Crivelli auch dort sein wird. Da gehen wir nachher hin.«

»Vielleicht«, wandte Giulia ein, »ist das nicht der richtige Ort, um ihm den Brief zu geben und mit ihm zu sprechen. Und ganz sicher ist es nicht der richtige Ort für eine alte Schachtel wie mich.«

»Schon klar, *mamma*«, wies Carla ihre Mutter zurecht. »Außerdem geben wir dir Begleitschutz.«

»Genau«, sagte Andrea. »Ich gebe dich einfach als meine Freundin aus. Carla möchte ja ohnehin auch mal allein was unternehmen.«

Die drei lachten, standen auf und spazierten zu einer nahe gelegenen Pizzeria. Es war noch früh, vor elf würde die Party keinesfalls in Schwung kommen. Und Luca Crivelli würde gewiss nicht als einer der Ersten dort auftauchen.

Sechs

Luca Crivelli hatte sich am Morgen zu seinen Eltern aufgemacht. Sein Vater hatte sich telefonisch zu einer selbst für ihn unchristlichen Zeit gemeldet, mitten in der Nacht, und hatte ihn so schnell wie möglich sehen wollen. Inzwischen hatte die Nachricht vom Tod des Onkels bereits in der Zeitung gestanden, Luca hatte also keinen Grund mehr, sich zu verstellen und so zu tun, als wüsste er nicht von dem Unglücksfall. Warum seine Eltern ihn nicht früher vom Selbstmord Gianfrancos in Kenntnis gesetzt hatten, war ihm noch ein Rätsel, aber vermutlich eines, das sich aufklären würde. Er war gespannt, ob sein Vater überhaupt den Namen des verhassten Bruders über die Lippen bringen würde.

Als er bei der Villa ankam, verabschiedete sein Vater gerade einen schneidigen Mann. Sehr steif wirkte der. Als hätte er einen Stock verschluckt, stand er auf der Treppe zum Eingangsportal.

»Commissario, ich danke Ihnen für Ihre Arbeit. Wenn Sie weitere Fragen haben sollten, Sie wissen, wo Sie mich finden«, hörte er seinen Vater sagen.

Der Commissario drehte sich um, grüßte Luca mit einem lediglich angedeuteten Nicken und spazierte dann zu einem Wagen, der bei der großzügigen Villa unter einem Schatten spendenden Baum geparkt war.

Lucas Vater begrüßte seinen Sohn ein wenig unbeholfen. Zuerst wollte er ihm die Hand geben, dann umarmte er ihn doch, zog ihn zu sich heran, an seinen schweren, kampferprobten Körper, der Luca vertraut und zugleich so

43

verhasst war, dass er sich schnell aus der Umklammerung löste.

»*Ciao papà*«, sagte er, wollte locker wirken und klang doch eine Spur nervös. Der alte Crivelli sah ihn an, und für einen Moment kam es Luca so vor, als würde er fixiert, als würde er gescannt, durchleuchtet werden, als könnte sein Vater jetzt in ihn hineinschauen und etwas in ihm lesen, was ihm bisher verborgen geblieben war.

»Hast du den Bericht in der Zeitung gesehen, Luca? Diese schmierigen Journalisten. Es reicht ihnen nicht, einen Toten zu entehren. Sie müssen zugleich noch auf die Lebenden spucken.«

Luca wusste, worauf sein alter Herr anspielte. Der Autor des Berichts hatte auf die Entzweiung der beiden Brüder hingewiesen, hatte sogar die biblische Geschichte von Kain und Abel zitiert, um die Unversöhnlichkeit zwischen Gianfranco und Paolo zu illustrieren. Kain und Abel, kein Wunder, dass sein Vater aufgebracht war. In diesem Haus wurde nicht leichtfertig mit religiösen Bildern gespielt. »Und hast du gelesen, dass der Schmierfink der Polizei anempfiehlt, doch noch ein wenig in der Vergangenheit meines werten Bruders zu stöbern? Weil sich dann vielleicht auch ein paar Details über mich finden ließen, die die Öffentlichkeit sicherlich interessieren würden. Eine Frechheit. Ich habe beim Verleger angerufen. Ich glaube, du kennst ihn auch, Gino Baliscani. Der sogenannte Journalist wird sich wünschen, niemals auch nur eine Zeile über unsere Familie geschrieben zu haben. Der Kommissar«, fügte er hinzu, »ist übrigens eine freundliche Person. Er hat sich sehr um uns bemüht und uns versichert, dass wir nicht weiter belästigt würden. Um die Beerdigung werden wir uns aber wohl oder übel doch kümmern müssen. Offensichtlich gab es in den letzten Jahren niemanden im Leben deines Onkels. Ich sage es ungern: Mein Bruder war ein armer Kerl. Aber er hat sich doch alles selbst zuzuschreiben.«

Noch nie hatte er seinen Vater so ausführlich über seinen Bruder reden hören. Mit dessen Tod schien auch die Blockade gelöst – plötzlich konnte er sich frei fühlen. Ja, diesen Eindruck machte der Patriarch gerade auf ihn. Wie ein freier Mann kam er Luca vor.

»Hat der Commissario auch etwas über die Todesursache gesagt?«, fragte Luca.

»Natürlich, aber wir wollen uns vielleicht besser nicht den Appetit verderben. Deine Mutter hat der Köchin aufgetragen, das Essen zuzubereiten, sobald du da bist. Komm, lass uns einen Aperitif nehmen.«

Paolo Crivelli ging ins Haus. Luca folgte ihm mit einem gewissen Unbehagen. Seine Mutter trat gerade aus dem Salon, sie sah blass aus. Luca kam es vor, als habe sie geweint. Ihre Augen waren gerötet, nun rang sie sich ein Lächeln ab. Eine gute Schauspielerin war sie nie gewesen.

»Ciao, mein lieber Luca.« Die beiden umarmten sich. Sie hielt ihn länger als sonst und drückte ihn eng an sich, als müsste sie etwas festhalten, was ihr zu entgleiten droht.

Das Essen verlief ziemlich schweigsam, jeder schien mit seinen Gedanken anderswo zu sein. Luca hatte den Eindruck, als würde sein Onkel Gianfranco mit am Tisch sitzen, als ungebetener Gast. Er war präsenter, als er es zu Lebzeiten jemals gewesen war. Zu gerne hätte Luca ein Türchen am Hinterkopf seines Vaters aufgeklappt und hineingeschaut, um zu erkennen, welche Gedanken sich da gerade überschlugen. Ob er vielleicht doch so etwas wie sentimentale Gefühle haben sollte? Möglicherweise dachte er an seine Kindheit zurück, als die Feindschaft wohl noch nicht solche Ausmaße angenommen haben dürfte. Möglicherweise dachte er daran, wie er mit Gianfranco Fußball gespielt hatte – vermutlich nicht auf irgendeinem Bolzplatz, sondern im Park des Familienanwesens, hinter einschüchternd hohen Mauern, die vor der Welt draußen abschirmten und so gewaltig waren, dass kleine Jungs keinen Ball darüber schießen konnten. Wahrscheinlich war das Personal dazu abkommandiert gewesen, mit den beiden auf dem Rasen zu tollen. Der Gärtner musste Torwart spielen, der Hauslehrer gab den Verteidiger, die Haushälterin den Schiedsrichter.

»Was ist mit dir, Luca, iss doch.«

Seine Mutter konnte es auch heute noch nicht ertragen, wenn er tagträumte. Schon früher, als er noch klein war, hatte sie alles darangesetzt, ihn aus seinen Fantasien zurückzuholen. Die Realität war für seine Mutter etwas, vor dem man nicht so einfach türmen durfte, Fahnenflucht vor der Wirklichkeit war nicht zu dulden. Luca kaute langsam, das Fleisch war saftig, butterweich, es schmeckte ihm in der Tat, der zarte Salbeihauch der Soße, das war fein und vertraut. Wie sein Vater wohl reagieren würde, wenn er vom Brief seines Bruders wüsste? Luca mochte sich das wiederum nicht vorstellen. Seine Mutter lächelte ihn an. Das Dessert wurde serviert, liebevoll angerichtetes Obst, Sorbet. Alles war in schönster Ordnung. Aber Luca wurde übel. Er wischte sich mit der Serviette den Mund ab, beinahe hätte er sich schon in diesem Moment übergeben, brachte noch eine Entschuldigung hervor und sprang vom Tisch auf, hinaus auf die Veranda, von wo aus er sich in ein vorbildlich gepflegtes Blumenbeet erbrach. Sein Vater brummte, das hörte er, als er sich aufrichtete. Es war ein missbilligendes Brummen, das Lucas Feinfühligkeit, seiner Verweichlichung galt. Damit konnte sein alter Herr nicht umgehen. Seine Mutter kam zu ihm, streichelte ihm über die Stirn und führte ihn in sein Zimmer, wo er sich hinlegte und sofort einschlief.

Als er aufwachte, wusste er für Momente nicht, wo er war.

Kurz glaubte er, noch am Meer zu sein. Das Schattenspiel an der Wand führte ihn in die Irre. Simone würde gleich zur Tür hereinkommen, schoss es ihm durch den Kopf. Aber die Realität hatte ihn schnell wieder. Vor seinem inneren Auge tauchten Bilder auf, die er geträumt haben musste. Er hatte sich im Schlaf auf einem Boot befunden, das den Tiber hinuntertrieb. Es hatte heftig geschaukelt, ruder- und führerlos, Luca hatte sich festhalten und einen Balanceakt vollbringen müssen, um nicht zu kentern. Im Traum hatte er versucht, um Hilfe zu schreien, aber es war kein Laut aus seiner Kehle gedrungen. Er erinnerte sich auch an einen Mann, der am Ufer auf- und abgegangen war, ohne dabei Notiz von Luca zu nehmen. Signore, hatte er rufen wollen, Signore, retten Sie mich. Retten Sie mich, das waren die Worte gewesen, die er aber nur hatte flüstern können. Der Mann am Ufer hatte ihn nicht bemerkt. Er war mit sich selbst beschäftigt, er schien gar mit sich selbst zu sprechen. Luca hatte noch mitbekommen, dass er etwas in seiner Hand gehalten hatte, das wie eine Pistole aussah. Und für einen Augenblick hatte er in seinem Traum geglaubt, der Mann wollte auf ihn schießen. Da hatte er sich auf den Boden des Bootes geworfen und war dort kauernd liegen geblieben, bis er schließlich aufgewacht war.

Er lag noch eine Weile da, bevor er nach unten ging. Sein Vater saß im Sessel, vertieft in ein Buch. Luca trat leise näher und konnte, ihm über die Schulter blickend, erkennen, dass es ein Fotoalbum war. Er hatte diese Bilder noch nie gesehen: Zwei Jungen, die sich innig umarmten und zusammen auf einem Baum saßen, lachend und stolz. Auf einem anderen Foto hielten sie sich an den Händen, der eine nur ein bisschen größer als der andere, frech und heiter blickten sie in die Welt.

»Bist das du, *papà*? Du und Gianfranco?«

Der alte Crivelli fuhr herum. Für einen Augenblick musste man, wenn man ihn so gut kannte, wie Luca es tat, damit rechnen, dass er losbrüllen würde. Aber der Vater sackte stattdessen in sich zusammen, er blickte auf eines der Bilder, strich das halbdurchsichtige Schutzpapier glatt. Fast schien es, als würde er über den Kopf des kleineren Jungen streichen, der da ganz arglos in die Kamera sah, als würde ihm die Welt gehören oder als würde er sie, weil sie ihm noch nicht gehörte, bald erobern wollen.

»Gianfranco hat immer gelacht«, sagte Lucas Vater. Und als würde er ein Selbstgespräch führen, fügte er mit tiefer Stimme hinzu: »Warum bist du verschwunden, warum hast du alles hinter dir gelassen?«

Luca war verblüfft. War das Alterssentimentalität? Nicht, dass er solche Gefühlsregungen jemals an seinem Vater wahrgenommen hätte. Ihm war es ein wenig unangenehm, hier bei ihm zu stehen und ihn so schutzlos zu erleben. Und zugleich entdeckte er plötzlich einen Menschen. Ja, einen Menschen. Er wusste, dass das ungerecht war. Aber genau dieser Gedanke kam ihm: Mein Vater ist ja ein Mensch!

»Was ist damals nur passiert?«, fragte Luca.

Und sein Vater seufzte, so laut, dass es vermutlich im ganzen Haus zu hören war und das Personal aufschrecken ließ. »Was passiert ist?«, wiederholte er mechanisch. »Nichts ist passiert. Mit uns ist nichts passiert. Wer handelt, versucht die Dinge selbst in die Hand zu nehmen. Gianfranco hat gehandelt. Er hat eigensinnig gehandelt. Er hat die Firma verlassen. Er hat die Familie verlassen. Er hat unsere Welt verlassen. Niemand konnte ihn aufhalten, weil er es so wollte. Und weißt du was?«

Jetzt richtete sich der Patriarch in seinem Sessel auf, schlug das Album zu und drehte sich zu Luca um.

»Er hat uns nicht nur verlassen, nein, er hat uns verraten.

Und zwar nicht nur einmal. Wegen ihm, wegen ihm wäre beinahe …« Er unterbrach sich, merkte offenbar, dass es nun ernst werden würde, dass ein einziges weiteres Wort viele Worte nach sich ziehen müsste. Crivelli schien die Kontrolle über sich zurückzugewinnen. »Du hast keine Ahnung, welche Kraft in Gianfranco steckte. Er hätte alles zerstören können. Ich wusste, wenn er zurückkehrte, irgendwann, würde er alles zerstören.«

Eisig klangen diese Sätze. Luca schauderte es. Sein Vater hatte zu seiner alten Form zurückgefunden. Hart und unerbittlich, so hatte er ihn oft erlebt. So kannten ihn alle, die es sich mit ihm verscherzt hatten und selbst die, die es sich vielleicht nur eines Tages mit ihm verscherzen könnten.

»Was meinst du damit, was hätte er zerstört? Bist du froh, dass er tot ist, dass er nun nichts mehr anrichten kann? Was wollte er in Rom?« Luca wusste, dass er seinen Vater mit den Fragen reizen würde, aber er sprach dennoch weiter. »Wie ist er umgekommen? Was hat der Kommissar gesagt? Was ist passiert?«

Der alte Crivelli stand auf. Er war auch mit seinen 70 Jahren noch eine imposante Gestalt, groß und mit breiten Schultern. Er war einer, mit dem man sich nicht anlegen sollte.

»Tot ist er, das genügt. Ins Gesicht hat er sich geschossen, damit wir ihm nicht mehr in die Augen sehen können. Das ist passiert. Nun ist er wirklich tot. Es ist vorbei.«

Sein Vater griff nach dem Fotoalbum und verließ den Salon. Luca nahm den entgegengesetzten Weg, verließ das Haus und fuhr mit seinem Cabriolet viel zu schnell in die Abenddämmerung.

Sieben

Giulia kam sich ein wenig fremd vor. Und doch gefiel es ihr hier. Die Stimmung war heiter, die Musik wurde lauter. Immerhin hatte sie ein paar Menschen in ihrem Alter entdeckt, Dozenten vermutlich. Vielleicht konnte sie ebenfalls als Professorin durchgehen. Jedenfalls schien sie keiner schief anzusehen. Carla und Andrea tanzten. Giulia hatte sich einen Campari Soda geholt und lehnte an einer der Säulen. Die Architekten wussten stilvoll zu feiern, das musste man ihnen lassen. Das Gebäude hatte einen leicht morbiden Charme, ein riesiger Saal, gestützt auf Säulen, an den Seiten antike Skulpturen, in den Nischen diverse Bars. Immer mehr junge Menschen drängten herein, lachend und aufgekratzt. Wer sich unterhalten wollte, musste seinem Gegenüber sehr nahe kommen und ihm etwas ins Ohr brüllen. Dass man Luca hier nicht finden würde, war keine Überraschung, aber Carla und Andrea waren nicht davon abzubringen gewesen, hier nach ihm zu suchen. So wie die beiden sich auf der Tanzfläche austobten, hatten sie aber den eigentlichen Zweck des Ausflugs sicherlich schon wieder vergessen. Giulia merkte, wie sie langsam beschwipst wurde, obwohl sie sonst für gewöhnlich mehr vertrug. Sie tastete nach dem Brief in ihrer Tasche. Kurz war sie versucht, ihrer Neugierde nachzugeben, da tippte sie jemand an.

»Das ist mein Freund Franco«, sagte Andrea. »Er hat Luca entdeckt. Komm mal mit.«

Giulia folgte den beiden durchs Gedränge. Franco bahnte

den Weg, der zum DJ-Pult führte. Und da war er, hinter zwei Plattentellern, im Mundwinkel eine Zigarette. Luca nahm keine Notiz von den dreien, die da vor ihm standen wie Ministranten vor dem Altar. Es dauerte eine Weile, bis er aufblickte und Giulia tatsächlich erkannte. Sein Gesichtsausdruck zeigte eindeutig Verwunderung, dann lächelte er und signalisierte Giulia gestenreich, dass sie sich noch ein paar Minuten gedulden solle.

Also setzte sie sich neben ein knutschendes Paar auf ein altes Plüschsofa, das wie ein kleines Kunstobjekt vor das DJ-Pult gerückt war, und beobachtete Luca bei seinem Tun. Es schien, als sei er gar nicht anwesend. Sie wusste nicht, ob das Hingabe war oder eher doch etwas ganz anderes: Apathie. Die Beats rasten, vor den Boxen hüpften einige Partygäste wild durcheinander, stießen sich gegenseitig an. Aus dem Tanz war ein aggressives Geschubse geworden. Zwei Platten schienen gleichzeitig zu laufen, ein fremder Sound über einen fremden Rhythmus gelegt worden zu sein. Giulia hatte für einen Moment den Impuls, sich die Ohren zuzuhalten, während auf der Tanzfläche ein euphorisches Schreien anhob. Dann sah sie, wie Luca einem jungen Mann mit langen Haaren ein Zeichen gab, ihm den Kopfhörer lässig überreichte, von dem kleinen Podium heruntersprang, Giulia an der Hand nahm und vom Sofa zog. Er führte sie in einen anderen Raum, in dem es ein wenig leerer als im großen Saal, aber kaum ruhiger war. In der Ecke standen zwei Barhocker, auf die Luca, Giulia noch immer an der Hand haltend, zusteuerte.

»Das ist ja eine Überraschung«, sagte er, und weil es kein Ort fürs Siezen war, fügte er hinzu: »Was machst du denn hier?«

Giulia musste lachen. Eine Art Übersprungshandlung. Sie hatte sich nicht recht überlegt, wie sie ihm erklären sollte, warum sie ihn aufgesucht hatte. Natürlich, der Brief. Reichlich seltsam aber war das alles schon.

»Das ist eigentlich ganz einfach«, setzte sie an. »Wenn auch nicht so ganz.«

Nun musste Luca lächeln.

»Es gibt da einen Brief, den Anna im Hotel gefunden hat. Ach, du weißt ja gar nicht, wer Anna ist. Anna ist das Zimmermädchen, na, sie ist viel mehr als ein Zimmermädchen. Aber wie auch immer, sie hat einen Brief im Zimmer deines Onkels gefunden, also im Zimmer, in dem dein Onkel gewohnt hat. Entschuldige, ich bin ein bisschen konfus.«

Luca sah sie neugierig an und forderte sie mit seinem Blick auf weiterzureden.

»Nun ja, der Brief trägt als Empfänger deinen Namen. Dein Onkel scheint ihn versteckt zu haben, unter dem Bettlaken. Die Polizei hat ihn seltsamerweise nicht gefunden. Der Brief sollte wohl jedenfalls nicht gefunden werden. Und ich dachte …« Giulia zögerte einen Augenblick, beugte sich nahe zu Luca, damit sie nicht mehr so laut gegen den Lärm der Musik anschreien musste. »Ich dachte, dass weder der Commissario noch deine Eltern den Brief als Erste bekommen sollten – nach allem, was du mir erzählt hast. Deshalb bin ich hier. Also, meine Tochter oder besser ein Freund ihres Freundes hat uns hierhergeführt, weil er meinte, du würdest … Nun, du bist da, und ich kann dir den Brief endlich geben.«

Giulia zog das Schreiben aus der Innentasche ihrer Lederjacke und überreichte es Luca.

»Komm mit«, sagte er, nahm sie wieder an der Hand und zog sie durch die Menge nach draußen. Sie gingen ein paar Schritte, bis die Musik zu einem sanften Hintergrundgeräusch wurde, fast so, als hätte man sie in einen Wattebausch gehüllt. Giulias Ohren fiepten. Und sie hatte zugleich das Gefühl, ihre Gehörgänge seien verstopft und müssten erst einmal richtig durchgepustet werden. Luca ging mit ihr zu einer abgelegenen Bank, über der eine Laterne mondgelb leuchtete. Sie setzten sich, Luca hielt den Brief in beiden Händen und schien ebenso aufgeregt wie Giulia.

»Komisch, nicht wahr, jahrelang war dieser Onkel ein Phantom. Dann will er mich treffen, schreibt mir einen Brief. Und jetzt bekomme ich einen zweiten Brief, sozusagen von einem Toten.«

Giulia nickte und sah Luca dabei zu, wie er das Schreiben vorsichtig öffnete, den Zeigefinger als Brieföffner verwendend. Es war nur ein Blatt Papier in dem Umschlag, auf dem sich nur wenige handschriftliche Zeilen fanden. Luca hielt das Schreiben ins Licht der Laterne und begann laut vorzulesen.

Mein lieber Luca,

wir müssen unser Treffen verschieben. Ich werde beobachtet, und es ist zu riskant, uns am helllichten Tag zu sehen. Du wirst meine Worte rätselhaft finden. Und ich will Dir keinen Schrecken einjagen. Du wirst vermuten, in etwas Merkwürdiges hineingezogen zu werden. Aber bitte vertrau mir. Und sprich mit niemandem über unser Geheimnis. Ich werde heute meinen alten Freund Silvio aufsuchen und mich von dort aus wieder bei Dir melden. Ich habe die Adresse Deiner Wohnung, es war gar nicht so einfach, sie herauszufinden. Sei unbesorgt und –

Mitten im Satz brach der Brief ab.

»Solltest du den Brief nicht vielleicht besser doch zur Polizei bringen?«

Luca schien ein wenig in sich versunken, er schwieg, schüttelte dann aber entschieden mit dem Kopf.

»Mein Onkel wollte nicht, dass meine Familie etwas von der Kontaktaufnahme mitbekommt. Und mein Vater scheint sich sehr gut mit dem Commissario zu verstehen. Wer weiß, was das alles zu bedeuten hat. Wir sollten herausfinden, wer dieser Silvio ist und was mein Onkel bei ihm wollte«, sagte Luca mit großer Bestimmtheit. »Verzeih, ich meinte nicht, dass du dich verpflichtet fühlen müsstest …«

Giulia schüttelte ihre Lockenmähne. »Auf keinen Fall, das tue ich nicht, ich würde dir …«, sagte sie mit unverhohlener Freude, »… ich würde dir sehr gerne helfen. Und darf ich ehrlich sein: Ich bin äußerst neugierig, was hinter all dem steckt.«

Die beiden verabredeten sich für den nächsten Morgen in ihrer Bar. Giulia kämpfte sich wieder durch die Partymeute, um ihre Tochter und Andrea zu finden, was gar nicht so einfach war. Sie entdeckte das Paar in einer Ecke, eng aneinandergeschmiegt, erschöpft vom Tanzen und dem langen Tag.

»Ich habe mit Luca gesprochen«, begann sie und erzählte, fast schon heiser vom vielen Brüllen, was in dem Brief stand – natürlich unter dem Siegel der Verschwiegenheit.

»*Mamma*, ich wusste ja gar nicht, dass in dir so viel detektivischer Eifer steckt«, meinte Carla neckisch. »Wo das noch hinführt!«

»Wer weiß«, gab Giulia lachend zurück, »vorerst aber ins Bett. Ich muss mich jetzt schleunigst auf meine Vespa schwingen und zurück nach Trastevere. Gute Nacht, ihr zwei.«

Giulia durchquerte heiter das nächtliche Rom. Die Musik dröhnte noch in ihrem Kopf, vermischt mit den Geräuschen der Stadt, die ihr sanft und vertraut vorkamen. Sie fuhr vorbei an Paaren und ausgelassenen Touristen, an Obdachlosen und einer Gruppe junger Priester, die ganz beseelt schienen von der heiligen Stadt, in die sie ihr Glaube verschlagen hatte. Sie winkte ihnen zu, und sie winkten überschwänglich zurück. Trastevere empfing sie wie eine Heldin, die von einer siegreichen Schlacht heimkehrt. Die feiernden Menschenmengen ließ sie aber links liegen, bog stattdessen in ihre Seitenstraße, die sie für den Inbegriff des alten Roms hielt. In dieser Nacht lag sie lange wach, ging den gefundenen Brief immer und immer wieder in Gedanken durch und schlief erst ein, als es schon dämmerte und die Vögel gut gelaunt den neuen Tag begrüßten.

Acht

Giulia war von ihrem Wecker aus dem Tiefschlaf gerissen worden. Mehr als zwei, drei Stunden Ruhe hatte sie nicht gefunden. Sie war aber, darin doch sehr von ihrer Zeit in Deutschland geprägt, pflichtbewusst aufgestanden, hatte das Café aufgeschlossen, die Kaffeemaschine in Gang gesetzt, die Vitrine mit Dolci und frischen Sandwiches bestückt und die ersten Gäste empfangen. Vittorio hatte sie gestern vorsichtshalber schon früher einbestellt. Er schien besser und länger geschlafen zu haben als sie, trällerte ein Liedchen und war die gute Laune in Person, was ihr für diese frühe Morgenstunde doch eher ungewöhnlich und auch eine Spur überdreht vorkam. Giulia fragte ihren treuen Kellner, was denn mit ihm geschehen sei, ob er sich womöglich verliebt habe. Vittorio hob die Augenbrauen und zuckte gleichzeitig mit den Schultern, dann grinste er so unverschämt, dass Giulia lieber nicht weiter nachfragen wollte. Der Glückspilz sang weiter vor sich hin, während er mit einem lässig über die Schulter geworfenen Geschirrtuch zwischen den Tischen entlangtänzelte. Der Grafiker blieb heute erstaunlich lange, trank schon seinen dritten Espresso und rauchte dazu eine Zigarette nach der nächsten. Wild kritzelte er in einem Buch herum, Giulia konnte nicht erkennen, was er zeichnete. Zwei junge Frauen saßen über einen Reiseführer gebeugt an einem anderen Tisch, wobei sie ihre Cornetti mehr zerkrümelten, als dass sie sie aßen.

Luca kam pünktlich um elf, obwohl seine Nacht wahrscheinlich noch viel kürzer gewesen war als Giulias. Ob er überhaupt ins Bett gekommen war? Nun, er war schließlich auch … ein paar Jahre jünger – Giulia verbat es sich, die genaue Zahl auch nur in Gedanken zu benennen. Ein bisschen Selbstachtung sollte man sich doch bewahren. Sie freute sich, den jungen Crivelli zu sehen, der sie an die feine Art seines Onkels erinnerte. Die beiden begrüßten sich mit Küsschen, als würden sie sich ewig kennen und nicht vorgestern erst durch einen kuriosen Zufall aufeinandergestoßen sein. Vittorio brachte lächelnd Kaffee, winkte Luca Crivelli entwaffnend freudig zu, der ihn wiederum mit seinem hellsten Strahlen bedachte.

»Und?«, fragte Luca zu Giulia, »was schlägst du vor? Hast du schon einen Plan?«

»Ehrlich gesagt«, entgegnete sie mit einem Lächeln, »ich habe da eine Idee.«

»Schieß los«, entgegnete Luca.

»Gut, dann lass uns einen Schritt nach dem anderen machen. Wir müssen zuerst herausfinden, wer dieser Silvio ist, den dein Onkel im Brief erwähnt hat. Er wird uns mehr darüber sagen können, warum Gianfranco so überstürzt aus der Pension geflohen ist. Und vielleicht auch, warum er sich umgebracht hat.«

Luca zuckte zusammen, als würde ihm erst jetzt wieder bewusst werden, um wen es da eigentlich ging und was geschehen war. Giulia biss sich auf die Lippen und boxte Luca dann zärtlich den Oberarm.

»Wir werden alles herausfinden«, sagte sie. »Und dann wird es dir besser gehen, das verspreche ich.«

»Gut.« Luca sah ihr in die Augen. »Das machen wir.«

»Komm mit, ich weiß, wer uns dabei helfen kann.«

Vittorio blickte den beiden verträumt hinterher, während er sein Tablett lässig unter den Arm geklemmt hielt. Giulia ging, Luca im Schlepptau, forschen Schrittes Richtung Via

Natale del Grande, zum Antiquariat von Beppo und Nello. Das Schaufenster war neu gestaltet, und es sah hinreißend aus: Man hatte das Gefühl, in einen Blumenladen zu blicken – aber die florale Pracht war allein mithilfe von bunten Büchern gestaltet. Kleine Ausgaben bildeten Blütenblätter, größere verbanden sich zu Stängeln, prächtige Bildbände waren aufgeschlagen und offenbarten Stillleben von zu Skulpturen verwandelten Pflanzen. Was für eine Üppigkeit. Die beiden hatten gestern ganze Arbeit geleistet. Niemand konnte an diesem Schaufenster vorbeigehen, ohne ins Staunen zu geraten.

Giulia und Luca betraten den Laden, und Beppo begrüßte sie freudig.

»Ciao, meine Liebe.«

»Ciao, Beppo. Darf ich vorstellen: Luca Crivelli.« Luca verbeugte sich leicht, streckte Beppo die Hand entgegen und gratulierte dem etwas verdutzten Antiquar zu der gelungenen Schaufenstergestaltung.

»Ach was, das ist doch kein Kunstwerk«, wehrte Beppo geschmeichelt ab. Er lächelte und fügte doch mit einigem Stolz hinzu: »Wir haben uns durchaus Mühe gegeben und unsere ganzen Bestände durchforstet. Nello hat schließlich das Konzept erstellt. Zugegeben, es ist ganz schön geworden.«

»Wunderschön«, sagte Giulia. »Apropos: Wo steckt denn dein Bruder?«

»Der ist hinten im Lager. Soll ich ihn holen? Können wir euch helfen?«

»Allerdings. Glauben wir zumindest. Wir setzen all unsere Hoffnung in euer enzyklopädisches Wissen.«

»Nun denn, nehmt doch Platz, ich sehe mal, ob ich Nello hinter den Bücherregalen hervorlocken kann.«

Giulia und Luca setzten sich auf das einladende Sofa in

der Ecke. Auf einem Tischchen standen Wasser und Gläser für die Kunden bereit, und Giulia schenkte zwei Gläser voll. Luca ließ sichtlich beeindruckt seinen Blick über die unendlichen Bücherreihen schweifen. Am liebsten, dachte Giulia, würde er wohl das eigentliche Anliegen vergessen und sich diesen Papierschätzen widmen.

»Ich kannte dieses Antiquariat nicht«, sagte er. »Garantiert werde ich wiederkommen, mit viel Zeit und ohne investigativen Auftrag. Was für ein großartiger Ort.«

Giulia sah ihn an, als hätte er ihr ein Kompliment gemacht, immerhin hatte sie ihn hierhergeführt. Jetzt traten Beppo und Nello hintereinander aus dem angrenzenden Raum, der durch einen schweren Vorhang vom Laden getrennt war. Giulia stellte Luca vor und schwärmte von der ungeheuren Belesenheit der Brüder, die bei diesen Worten erröteten.

»Ihr wisst ja eine ganze Menge über Gianfranco Crivelli, und vielleicht wisst ihr auch etwas über sein Umfeld, über seine Freunde«, begann Giulia.

»Es ist nämlich so«, griff Luca ihre Worte auf, »dass wir auf der Suche nach einem Freund meines Onkels sind, einem gewissen Silvio. Als einziger Anhaltspunkt dient uns die Information, dass er vermutlich hier in Rom lebt. Kurz vor seinem Tod muss mein Onkel ihn aufgesucht haben.«

»Ja«, sagte Giulia, »und wir wollen versuchen, ihn zu finden. Habt ihr eine Idee, um wen es sich bei diesem Silvio handeln könnte?«

Beppo und Nello sahen sich an, zogen fast simultan die Augenbrauen nach oben, standen wortlos auf und verschwanden hinter dem Vorhang in den Schatzkammern des Antiquariats, die selbst Giulia noch nicht kennenlernen durfte. Beppo lugte noch einmal hinter dem Vorhang hervor und bat um ein paar Minuten Geduld, man sei gleich wieder da – sollte ein Kunde vorbeikommen, wäre es nett, wenn Giulia und Luca den Laden schmeißen würden. Es kam kein Kunde. Dafür aber der Postbote, der acht riesige Pakete ablieferte, deren Empfang Giulia bestätigte. Es vergingen bestimmt zehn Minuten, da kehrten die Antiquare aus ihrem geheimen Bestandslager zurück. Nello präsentierte seinen Gästen ein Buch, dessen Einband ziemlich ramponiert war. Doch den Titel konnte Giulia erkennen: *Unten und oben. Der Beitrag der bürgerlichen Linken zum revolutionären Prozess.* Und kleiner gesetzt stand das eigentlich Entscheidende: *Herausgegeben von Silvio Fanni.*

Noch bevor jemand etwas sagen konnte, riss Beppo seinem Bruder das Buch aus den Händen, überblätterte die ersten Seiten, bis er zum Inhaltsverzeichnis kam, das er aufgeschlagen in die Runde hielt. Mit dem Zeigefinger wies er auf einen Beitrag mit dem Titel *Das Recht und die rechte Justiz* von Gianfranco Crivelli.

»Das ist ein Sammelband aus dem Jahr 1973. Ich wusste, dass wir ihn irgendwo herumstehen haben. Entschuldigt, dass es so lange gedauert hat«, sagte Nello.

»Schaut euch das Büchlein doch mal in Ruhe an, aber hinten in der Küche, wir haben nämlich Hunger.«

Nello hängte ein Chiuso-Schild ans Fenster, schloss die Tür ab und wies den beiden Gästen den Weg durchs Lager in eine kleine, aber ziemlich professionell eingerichtete Küche.

»Hier verbringen wir unsere Zeit, wenn wir Mittagspause machen«, erklärte Beppo. »Setzt euch.«

Giulia und Luca gehorchten, zwängten sich nebeneinander an einen wackligen, von den vielen Jahren und den wahrscheinlich unzählbaren Speisen, die darauf abgestellt wurden, schon leicht mitgenommen aussehenden Tisch, um den vier Stühle platziert waren – mehr ließ der Raum auch nicht zu. Nello hantierte indessen an einem Schrank, aus dem er einen überdimensionierten Topf und eine Schüssel laut polternd hervorholte.

»Silvio Fanni«, Beppo wies auf das Buch, »ist Philosoph, hat in Mailand gelehrt, lebt aber inzwischen in Rom.«

»Was wir deshalb wissen, weil wir letztes Jahr einen Vortrag von ihm besucht haben, den er an der historischen Fakultät gehalten hat. Man hatte ihn damals als Sohn der Stadt bezeichnet, der nach seiner Universitätskarriere wieder an den Tiber zurückgefunden habe.«

»Der Tiber ist selbstverständlich lang, aber da wir anschließend noch mit dem Vortragenden und den Veranstaltern essen waren …«

»… übrigens in einem sehr guten Restaurant in der Via della Impresa, ihr solltet das unbedingt einmal ausprobieren …«

»… haben wir von Professore Fanni erfahren, dass er nach Rom gezogen ist. Allein übrigens. Seine Frau hat er in Mailand zurückgelassen. Oder sie wollte lieber dort bleiben, so genau wissen wir es dann doch nicht.«

»Es ist also nicht notwendigerweise so«, sagte Nello, »dass es sich bei Silvio Fanni eben um jenen Silvio handelt, den Ihr Onkel« – dabei blickte er Luca mit einem anteilnehmenden Lächeln an – »aufgesucht hat oder aufsuchen wollte. Aber aller Wahrscheinlichkeit nach schon.«

Giulia und Luca hatten aufmerksam zugehört. Sie blätterten in dem Buch, überflogen die biografischen Angaben der Beitragenden am Ende des Bandes und blickten dann bewundernd zu den beiden Tausendsassas auf.

»Lesen Sie ruhig ein bisschen«, sagte Nello zu Luca. »Es ist ein interessanter Text. Damals ging es noch um etwas.«

»Ja, lest das mal«, echote Beppo und zog eine Käseraspel aus einer Schublade. »Das hier dauert nicht lange – wir machen einen Teller Pasta, wir müssen uns ja ein bisschen stärken, um bis zum Abend durchzuhalten. Und ihr natürlich auch.«

Während Beppo aus dem Kühlschrank ein riesiges Stück Pecorino holte, zauberte Nello ein Schälchen mit Oliven hervor und stellte es mitten auf den Tisch.

»Die sind grandios, probiert mal«, sagte er, während er sich selbst gleich zwei nahm und dabei ein schmatzendes, höchst zufriedenes Geräusch machte. Beppo hatte inzwischen Wasser aufgesetzt, das er behutsam salzte – »nicht zu viel, nicht zu viel«, rief ihm Nello warnend zu –, was Beppo dazu veranlasste, seinen Blick Luca und Giulia zuzuwenden und dabei demonstrativ die Augen zu verdrehen. Giulia schenkte ihm dafür ein Lächeln, aber Luca hatte gar nicht aufgeschaut, er las weiter in dem Buch, das aufgeschlagen vor den beiden lag.

»Sehr gut«, bescheinigte sie, auf die Oliven weisend.

Nello freute sich darüber, als hätte er selbst sie angebaut und vom Bäumchen gepflückt. »Vom Markt«, fügte er geschmeichelt wie eine gute Hausfrau hinzu.

Das Wasser blubberte. Beppo gab eine ganze Packung Tonnarelli in den Topf, stocherte mit der Gabel noch ein bisschen nach, um sie im Wasser zu ertränken.

»Der Käse, Nello, was ist mit dem Käse?!«

»Oh, ja, natürlich.«

Nello machte sich ans Reiben und Raspeln, schnitt ein Stück des reifen Pecorino ab, reichte es Giulia, die mit geschlossenen Augen den salzigen Geschmack genoss, Daumen und Zeigefinger zu einem Kreis formte, die anderen Finger abspreizte und mit gespitzten Lippen Daumen- und Zeigefingerspitze küsste.

»Ottimo!«

Luca ließ sich vom Treiben um ihn her gar nicht ablenken, sondern in vergangene Zeiten eintauchen. Er meinte vielleicht, seinem Onkel so ein Stückchen näherzukommen.

Nello hatte es geschafft, das riesige Käsestück bis zum letzten Krümel fein zu reiben. Nun pfefferte er das Ganze ausgiebig, und man konnte nicht behaupten, dass Nello am Pfeffer sparte. Schwarzer Pfeffer, für Giulia noch immer das großartigste aller Gewürze, machte aus dem Käse ein Gedicht. Mit einer Kelle schöpfte er anschließend Nudelwasser aus dem Topf, gab es zum Pecorino und rührte ihn cremig. Giulia beobachtete mit Hingabe dieses Tun. Selbst bei einem so einfachen Gericht wie Cacio e Pepe muss man mit Liebe vorgehen, dachte sie. Tatsächlich lässt sich auch bei einer simplen Pasta vieles falsch machen. Das Wasser, mit dem der Käse gerührt wird, darf weder zu heiß noch zu kalt sein, sonst verklumpt er. Nello gab immer wieder noch ein bisschen Wasser hinzu, bis die Soße die richtige cremige Konsistenz hatte. Fast zeitgleich waren die Tonnarelli *al dente*. Selbstverständlich musste Beppo sich weder einen Wecker stellen noch die Nudeln probieren. Er hat es einfach im Gefühl, wenn die Pasta al dente war. Beppo fischte mit einer Nudelzange nach den Tonnarelli und gab sie in die Schüssel mit dem Pecorino. Nello hob sie unter den Käse, was ein wunderbar schlonziges Geräusch erzeugte und einen unvergleichlich würzigen Duft, der auch Luca aufblicken ließ.

»Ach, wunderbar«, hörte sie ihn seufzen, während er das Buch zuschlug und sich vom Brot nahm, das Nello in einem kleinen Körbchen bereitgestellt hatte. »Herrlich.«

Die Herren Köche verteilten die Pasta auf vier große tiefe Teller. Noch einmal kam die Pfeffermühle zum Einsatz, die Beppo mit einer gewissen theatralischen Geste über den Tellern kreisen ließ, während grobe Körner herabrieselten.

»*Allora*, unsere kleine Zwischenmahlzeit.«

Beppo und Nello setzten sich zu ihren beiden Gästen, schenkten von einem einfachen, nicht allzu schweren Roten ein, betonten, wie schön es sei, hier zusammenzusitzen und helfen zu können, und stürzten sich auf die Tonnarelli, die mit Geschick aufgerollt auf den Gabeln und dann im Mund landeten. Beim Essen wurde nur übers Essen geredet. Über die frühesten Erinnerungen an Cacio e Pepe – bei Giulia war es *papà* Giuseppe, der seine Tochter damit mittags empfangen hatte, wenn sie aus der Schule kam; bei Luca war es das Essen, das er manchmal in der Küche bei der Köchin der Crivellis bekam, wenn er mittags Hunger hatte und seine Eltern Wichtigeres zu tun hatten, als sich um die Bedürfnisse ihres Filius zu kümmern. Es wurde auch über Lieblingsspeisen gesprochen, die besten Marktstände, die besten Obst- und Gemüseläden und Fredos Macelleria. Die Metzgerei hatte zum Glück wieder geöffnet, nachdem Fredo längere Zeit im Krankenhaus hatte verbringen müssen.

Bald aber kehrten sie zurück zu dem, was sie hergeführt hatte. Luca erzählte mit Begeisterung von den wenigen Seiten, die er gerade gelesen hatte, von der Ernsthaftigkeit der damals jungen Revoluzzer, die sich mit Wut gepaart hatte.

»Das fehlt uns heute.«

Beppo und Nello stimmten lauthals zu, nahmen ihre Gläser und stießen mit ihren Gästen an. »Auf die alten Zeiten!«, riefen sie unisono. Und Giulia fügte lachend hinzu: »Die wir alle nur aus Büchern kennen …«

Ihre drei Männer bestätigten das eifrig, betonten aber zugleich, dass es auch solche Bücher heute nicht mehr gebe.

»Auf die alten Bücher!«

Die Mittagspause dehnte sich ganz schön in die Länge. Giulia war es, die zum Aufbruch drängte, man müsse schließlich Professore Fanni finden. Luca fühlte sich sehr wohl, und für einen Augenblick machte es den Anschein, dass er gerne noch ein bisschen länger mit den beiden Buchhändlern plaudern wollte. Eine zweite Flasche Wein wurde schon an den Tisch gebracht, aber Giulia untersagte eine solche Völlerei am Mittag.

»Ihr macht mal schön euren Laden wieder auf. Und wir, Luca, fahren noch einigermaßen nüchtern zu Silvio Fanni. Ihr wisst nicht zufällig auch noch, wo Fanni in Rom wohnt?«

»Zufälligerweise wollte er von uns ein paar Bücher zugeschickt bekommen, von denen wir ihm erzählt haben. Eine Erstausgabe von *Du côté de chez Swann*, er ist ein echter Proustianer«, erwiderte Beppo.

»Und sehr frankophil«, ergänzte Nello. »Ein paar seltene Balzac-Ausgaben hat er gleich noch mitbestellt. Weshalb wir selbstverständlich auch seine Anschrift haben.«

Aus der Innentasche seiner Sommerjacke zückte er ein Smartphone, was bei Giulia höchste Verwunderung auslöste, da sie niemals geglaubt hätte, dass einer der beiden technisch so weit ins 21. Jahrhundert vorgedrungen sein könnte. In Sekundenschnelle hatte er die Adresse gefunden. Luca notierte sich alles, auch den Titel des Buches.

»Das ist eine ziemlich gute Spur, würde ich mal sagen.« Giulia sprang auf und gab jedem der beiden einen dicken Kuss auf die Wange. »Ihr seid Gold wert.«

Man versprach, sich bald in Giulias Bar auf einen Wein zu treffen. Immerhin hatten Nello und Beppo noch einiges über die Siebzigerjahre und über Silvio Fanni zu erzählen.

Neun

Giulia hatte Luca auf die Vespa gepackt, war in ihrer gewohnt tollkühnen Art durch die Straßen gesaust, sodass sich der junge Mann an ihr festklammern musste. Sie waren nicht gleich aufgebrochen, Giulia hatte noch ein paar Dinge zu erledigen gehabt, und nun, die Dämmerung hatte bereits eingesetzt, standen sie vor Silvio Fannis Haus in der Via dei Baullari. Seine Wohnung lag im dritten Stock, es brannte Licht. Luca klingelte. Nichts. Er klingelte erneut, länger diesmal und dann noch zwei Mal hintereinander. Aber wieder rührte sich nichts und niemand.

»Seltsam. Ob Professore Fanni schwerhörig ist?«

Der junge Crivelli sprang auf die Straße, warf den Kopf zurück, blickte nach oben und rief verblüfft, dass das Licht ausgeschaltet sei.

»Du hast es doch auch gesehen, oder? Das Licht im dritten Stockwerk war an.«

Luca wollte noch einmal klingeln, als eine betagte Dame aus dem Haus trat. Sie hielt den beiden die Tür auf, lächelte sie würdevoll an und ging, ihren Hut grazil in die richtige Position rückend, von dannen. Giulia und Luca eilten die Treppe in den dritten Stock hinauf, bis sie vor der Wohnungstür standen, die im Jugendstil gehalten war. Auf einem Schild fand sich der Name Silvio Fanni eingraviert. Im Innern der Wohnung konnte man Schritte hören. Giulia klopfte. Dann war es plötzlich still. Die beiden lauschten an der Tür. Klopften wieder. In der Wohnung schien jemand hektisch hin- und herzulaufen, jedenfalls hörte man Getrappel. Dann war es plötzlich mucksmäuschenstill, fast war es unheimlich. Luca schlug mit der Faust gegen die wuchtige Eingangstür, die im gleichen Augenblick mit voller Wucht aufgerissen wurde, sodass Luca fast das Gleichgewicht verlor und in die Wohnung stolperte. Nun ging alles sehr schnell: Der Mann, der geöffnet hatte, riss den taumelnden Luca zu Boden, versetzte ihm dabei einen Tritt in den Magen und stieß Giulia zur Seite, die gegen die Tür der Nachbarwohnung knallte, was einen ziemlichen Lärm verursachte und ein paar Sterne vor ihre Augen zauberte. Giulia hatte immer gedacht, dass es sie nur in Comicheften gäbe – aber sie sah wirklich welche. Mit Karacho polterte der Typ ausgesprochen derb fluchend die Treppe hinunter, nachdem er die Wohnungstür hinter sich zugeschlagen hatte. Luca war derweil wieder auf den Beinen, hielt sich den Bauch und atmete schwer, half seiner Gefährtin auf, fragte – höflich wie er war – nach ihrem Befinden, und als Giulia eine wegwerfende Handbewegung machte, rannte er dem Mann hinterher. Giulia folgte den beiden, noch etwas benommen, aber darum bemüht, sie nicht aus den Augen zu verlieren. Auf der Straße konnte sie gerade noch einen Blick auf Luca erhaschen, der Richtung Piazza Campo dei Fiori lief.

Die Straße war voller Menschen, und auf dem überfüllten Platz war es noch schwieriger, den offensichtlich ziemlich durchtrainierten Luca nicht aus den Augen zu verlieren. Sie war außer Puste, als sie die beiden etwa hundert Meter entfernt mitten auf dem Campo dei Fiori wieder im Blick hatte: Luca stürzte sich förmlich auf den etwas schwerfälligen Mann, sodass der das Gleichgewicht verlor. Die Passanten wichen zur Seite, gaben den Blick frei und bestaunten das kostenlos dargebotene Schauspiel. Giulia rannte wieder los, um Luca zu Hilfe zu kommen, und sah sich dabei nach Polizisten um, aber in der Menschenmenge waren weder

Carabinieri zu sehen noch sonst irgendjemand, der Anstalten gemacht hätte, in den Kampf einzugreifen. Giulia schrie und wollte den Angreifer, auf dessen Stirn eine riesige rot schimmernde Narbe prangte, an den Haaren packen, während Luca wie in einem Ringkampf seinen Gegner mit dem Bein umschlang und in den Würgegriff zu nehmen versuchte. Das wäre beinahe auch gelungen, aber der rabiate Kerl brachte es fertig, seinen rechten Arm aus der Umklammerung zu lösen. Er holte aus, erwischte dabei mit dem Ellbogen Giulia, die am Bauch getroffen zurückschwankte und intuitiv auch den Haarschopf losließ. Dann verpasste er Luca einen Faustschlag mitten ins Gesicht. Der Unbekannte rappelte sich auf und konnte seine Flucht fortsetzen. Eine amerikanische Touristin schrie voller Bewunderung oder Entsetzen: »*What a hit!*«

In der Tat, was für ein Schlag. Luca war für einen Moment gar nicht ansprechbar. Irgendjemand rief nach der Polizei, weitere Passanten schlossen sich an. Giulia beugte sich zu Luca hinab, der schnell wieder zu sich kam, aufsprang, als sei nichts gewesen, und Giulia mit sich fortriss. Sie stoben durch die Menschenmenge, drängelten sich durch und liefen immer schneller. Niemand machte sich die Mühe, und vielleicht getraute sich auch keiner, die beiden aufzuhalten. In Windeseile gelangten sie in die Via della Corda. In einer kleinen Gasse lehnte sich Luca erschöpft gegen eine Wand, während Giulia seine Blessuren begutachtete.

»Zumindest siehst du nicht so ramponiert aus, wie man erwarten konnte.«

Luca blutete nicht, aber die Wange war rötlich gefärbt. Man erkannte sogar noch den Abdruck der Faust.

»Das wird ein ziemliches Veilchen geben, befürchte ich. Luca, du hättest nicht den Helden spielen müssen«, fügte sie in einem etwas zu mütterlich geratenen Ton hinzu.

»Sonst bin ich eher ein Maulheld«, sagte Luca grinsend.

»Lass uns eine Bar suchen, wir sollten etwas trinken. Das hilft auch ein bisschen gegen die Schmerzen.«

Giulia ging voran. Sie entfernten sich ein paar Straßen vom Campo dei Fiori, sie wollten nicht noch von einem der Schaulustigen erkannt oder gar von der Polizei vernommen werden.

»Das war wohl kaum Professore Fanni«, sagte Giulia, als sie in der hintersten Ecke einer kleinen Bar einen Platz gefunden hatten. »Der war zwar nicht sonderlich fit, aber siebzig oder gar älter dürfte er kaum gewesen sein. Er wirkte auch nicht gerade wie ein Intellektueller, oder was meinst du?«

»Eher im Gegenteil.« Sie lachten. Und Lucas Schmerzen ließen nach. Giulia spürte noch immer den Ellenbogen in ihrem Bauch. Aber irgendwie überwog eine seltsame Euphorie. Zwar hatten sie nichts erreicht, aber nun wussten sie definitiv, dass an der Sache etwas faul war. Sie beschlossen, noch eine Weile zu warten und dann etwas später zur Wohnung von Fanni zurückzukehren.

Zehn

Inzwischen war es bereits nach Mitternacht, und wieder standen sie vor dem Haus. Licht brannte keines in Signor Fannis Wohnung. Die beiden wussten nicht so recht, was sie hier ausrichten wollten, aber auf jeden Fall waren sie abenteuerlich gestimmt und nicht im Geringsten dazu aufgelegt, nach Hause zu fahren. Luca jedenfalls wollte noch einmal an der Haustür klingeln, auch wenn er wusste, dass ihnen der Gesuchte wohl kaum die Tür öffnen und sich die Aufregung am frühen Abend auf irgendeine nachvollziehbare Weise klären würde. Da ging im dritten Stock plötzlich eine Lampe an, nein die ganze Straßenseite der Wohnung war auf einmal in hellstes Licht getaucht. Verwundert und auch ein bisschen ratlos sahen sich die Hobbydetektive an. Luca machte Anstalten, zur Haustür zu gehen, Giulia packte ihn am Arm und hielt ihn zurück.

»Hast du noch nicht genug Prügel bekommen für einen Tag?«, fragte sie ihn mit einem durchaus strengen Ton – sie wusste, dass sie ein wenig zu tantenhaft klang, und musste lächeln. Dann war sie es, die über die Straße auf direktem Weg zum Eingang lief, Luca in ihrem Windschatten. Sie klingelte. Die Tür öffnete sich zur Verwunderung der beiden, sie stiegen die Treppen hinauf, diesmal ein bisschen vorsichtiger, denn wer wusste schon, welche Überraschungen sie diesmal erwarten würden. Die Wohnungstür war nur angelehnt. Luca hielt Giulia an der Schulter zurück, bedeutete ihr, leise zu sein, und ging voran in die Wohnung, aus der betriebsame Geräusche drangen. Vorsichtig traten sie in den Flur, die Holzdielen knarrten, aber das machte nichts: Man erwartete sie ohnehin schon. Sie stießen die halb geschlossene Tür auf, hinter der sie das Wohnzimmer des Apartments vermuteten – und waren bass erstaunt, als sie in eine ziemlich belebte Szene stolperten: Männer in weißer Schutz- oder Malerkleidung mit dünnen Pinseln in der Hand, ein Fotograf, diverse Herren in dunklen Anzügen. Und in einem Sessel saß, mit einem amüsierten Gesichtsausdruck, Commissario Rignoni, wünschte einen guten Abend, warf einen Blick auf seine Uhr und korrigierte sich: »Sagen wir besser: guten Morgen!« Er trat auf die beiden zu, schaute sie mit unverhohlener Fröhlichkeit an, die nicht zu seiner doch sehr förmlichen Erscheinung passte, und fügte hinzu: »Je später der Abend …! Lassen Sie uns doch ins Nebenzimmer gehen, da hat die Party bereits stattgefunden« – dabei wies er mit ausladender Geste auf den polizeilichen Trubel –, »und wir sind ungestört.«

Sie wechselten in einen Raum, der wohl als Speisezimmer diente. Ein großer schwerer Holztisch, sechs Stühle, ein Glasschrank mit Weingläsern und Geschirr, ein Sideboard und eine Bar mit allerlei Spirituosen – hier setzte man sich, und die Neugier Giulias war größer als ihre Sorge, in welche Bredouille sie sich und Luca hineinbugsiert hatte.

»Sie merken, ich bin zwar nicht überrascht, Sie hier zu sehen. Aber verwundert bin ich schon«, eröffnete der Kommissar das Gespräch, das man vielleicht doch eher als Verhör begreifen durfte. »Ich habe Sie vom Fenster aus beobachtet, wie Sie dort unten im Laternenschein standen und nicht so recht wussten, ob sie nun eintreten wollten oder nicht. Verraten Sie mir doch, was Sie hier zu suchen haben.«

Giulia blickte Luca an, der wiederum Giulia Hilfe suchend zublinzelte.

»Nun«, begann der junge Crivelli, »um ehrlich zu sein, wollten wir Professore Fanni hier treffen. Dass stattdessen Sie uns mit einer ganzen Entourage empfangen, verwundert uns gleichfalls. Dürften wir erfahren, was Sie hier machen und wo Herr Fanni steckt?«

Der Commissario schmunzelte – er schmunzelte für sein doch recht nüchternes Wesen erstaunlich viel – und fragte unbeirrt, was sie denn so Dringendes mit Fanni zu besprechen hätten.

»Silvio Fanni ist ein Freund meines Onkels, und ich vermutete, dass er uns vielleicht etwas über die Gründe für dessen Selbstmord verraten könnte.«

»Soso«, entgegnete der Kommissar süffisant. »Und Sie, Signora Malfante, gehören meines Wissens doch gar nicht zur Familie Crivelli. Was treibt Sie denn mitten in der Nacht von Trastevere hierher?«

Giulia räusperte sich, wusste zunächst nicht, was sie entgegnen sollte, denn es war ihr durchaus bewusst, dass ihr Verhalten für Außenstehende ein wenig ungewöhnlich erscheinen mochte. »Ich habe«, begann sie zögerlich, »ich bin …«

»Giulia hat mich begleitet, ich habe sie darum gebeten, wir haben uns angefreundet, und ich wollte Professore Fanni nicht allein aufsuchen«, sprang ihr Luca zur Seite.

»Soso«, entgegnete der Kommissar wieder recht einfallslos, dann wendete er sich erneut an Luca: »Woher wissen Sie denn um die Freundschaft von Gianfranco Crivelli und Silvio Fanni? Wenn ich es recht sehe, ist die Beziehung zu Ihrem Onkel nicht sehr eng gewesen.«

»In der Familie wurde wohl einmal davon gesprochen«, sagte Luca, ohne mit der Wimper zu zucken.

»Interessant.«

»Nun ja, und es gibt diesen Brief.«

Luca zog das Papier zögerlich aus der Innentasche seines Jacketts, hielt es noch ein Weilchen in seiner Hand, blickte Giulia skeptisch von der Seite an und zeigte es schließlich dem Kommissar. Rignoni überflog es rasch und zog eine Augenbraue hoch. Giulia dachte daran, wie jung der Commissario sein musste und wie alt ihn seine Mimik und seine Gesten machten. Sein ganzes Gehabe schien aus einem anderen Jahrhundert zu stammen. Vielleicht hatte er zu viele alte Kriminalfilme gesehen, bedeutungsschwangere Schwarz-Weiß-Filme mit undurchschaubaren Polizisten, zu viel Maigret, zu viel Lino Ventura.

»Wie hat Sie der Brief erreicht?«

»Ich habe ihn in der Pension gefunden«, sprang Giulia ein. »Er war dort versteckt.« Und sie konnte sich nicht verkneifen hinzuzufügen, dass die Kollegen des Commissarios das Zimmer wohl nicht so genau in Augenschein genommen hätten.

Rignoni räusperte sich. Und wandte seinen Blick von ihr ab, fixierte nun Luca.

»Und das Veilchen? Wie haben Sie sich das zugezogen?«

Luca erzählte von der unliebsamen Begegnung am frühen Abend, von der kleinen Verfolgungsjagd und der öffentlichkeitswirksamen Prügelei auf dem Campo dei Fiori. Giulia und Luca beschrieben den Mann, so gut sie konnten: Etwa fünfzig, angegrautes Haar, untersetzt, nicht gerade der sportliche Typ; aber doch ein kantiges Gesicht, das vielleicht auch nur so wirkte, weil er angriffslustig war und sich in einer misslichen Situation befunden hat. Die Narbe.

»In einer misslichen Situation waren Sie vermutlich auch«, sagte der Commissario. »Ich gehe davon aus, dass er nicht ohne Grund in der Wohnung herumgeschnüffelt hat. Als wir ankamen, war hier alles durchwühlt. Ich glaube nicht, dass er unbewaffnet war. Sie können von Glück sprechen, dass sie ihn nicht durch eine dunkle Gasse, sondern durch die Touristenmassen verfolgt haben. Sonst wären Sie vielleicht nicht mit einem blauen Auge davongekommen.« Rignoni richtete sich auf seinem Stuhl auf, faltete die Hände vor sich auf dem Tisch und setzte seine Ausführungen bedächtig fort. »Sie haben den Ernst der Lage nicht erfasst. Das können Sie auch nicht. Und ich bin Ihnen wohl eine Erklärung schuldig – in der Hoffnung, dass Sie mir alles, was Sie noch wissen, erzählen werden.«

»Ich … ich verstehe nicht«, meinte Giulia.

Der Commissario holte ein Foto aus seiner Tasche. Ein hell auflachender Mann in einem dunkelblauen Anzug war darauf abgebildet, groß, schlank, sehr gut aussehend. »Wissen Sie, wer das ist?«

Luca und Giulia verneinten.

»Das ist Fanni. Und hier ist ein Bild Ihres Onkels.«

Er zeigte ein weiteres Foto. Ein Mann, etwa im selben Alter, ähnliche Statur, hoch aufgeschossen, adrett, das Gesicht allerdings sehr viel schärfer konturiert, die Wangen leicht eingefallen, dichte Augenbrauen.

»Es hat sich in der Zwischenzeit eine neue Sachlage ergeben, die uns alle überrascht hat. Ich bitte Sie, diese Information vorerst noch vertraulich zu behandeln – wir werden damit erst morgen Nachmittag an die Presse gehen.«

»Nun sind wir aber gespannt«, warf Luca ein.

Rignoni lächelte erneut, merkte aber offensichtlich, dass ein heiterer Gesichtsausdruck der Situation nicht angemessen war, und setzte rasch wieder sein seriöses Beamtengesicht auf. »Bei dem Toten am Tiber-Ufer, lieber Signor Crivelli, handelt es sich nicht um Ihren werten Onkel.«

»Wie bitte?«, platzte es fast zeitgleich aus Luca und Giulia heraus. »Was heißt das, nicht mein Onkel, bedeutet das, er ist noch am Leben?«

»Tja, da liegt das Problem. Wir wissen es nicht. Denn von Ihrem Onkel fehlt jede Spur.«

»Und wer ist der Mann, der sich vorgestern erschossen hat?«, fragte Giulia.

»Eine durchaus berechtigte Frage. Aber ich denke, Sie haben bereits eine Vermutung.«

Die beiden sahen sich mit großen Augen an, dann blickten sie im Raum umher und schließlich zu Rignoni. »Wollen Sie etwa sagen, dass ...«

»Ja, es handelt sich um Professore Fanni, um den Herrn auf diesem Bild. Und nun darf ich Ihnen noch etwas verraten. Der arme Mann hat sich nicht selbst gerichtet. Jemand hat sich zwar große Mühe gegeben, es danach aussehen zu lassen. Aber die Wahrheit lautet: Er wurde erschossen. In seiner Tasche fanden sich die Papiere Ihres Onkels, außerdem ein Füllfederhalter mit seinen Initialen sowie der Schlüssel Ihrer Pension, Signora Malfante. Wir sind also davon ausgegangen, dass es sich um Gianfranco Crivelli handelte, den wir da am Ufer vorgefunden haben. Die Nachricht ist dann auch sofort – wir wissen noch nicht wie – an die Presse gelangt. Die Identifizierung der Leiche durch Ihren Vater hat mich dann allerdings ein wenig stutzig gemacht, denn: Er konnte sich an ein Muttermal auf der Brust seines Bruders erinnern, das sich bei der Leiche aber nicht fand. Und die gerichtsmedizinischen Untersuchungen haben schließlich ergeben, dass es sich eben um jemand ganz anderen handelt. Aber um jemanden, mit dem Avvocato Crivelli in Verbindung stand.«

»Und wie kamen Sie auf Fanni, wenn er doch seine Papiere nicht dabei hatte?«

»Nun, wie Sie sicherlich wissen, waren sowohl Ihr Onkel als auch Silvio Fanni in den Siebzigerjahren in der Linken aktiv. Es gibt sogar Gerüchte, dass sie terroristische Anschläge unterstützt oder zumindest gedeckt haben. Damals waren sie auch im Visier der Polizei. Mehrfach hat man sie verhört, einmal sogar verhaftet und mehrere Tage festgehalten. Und bei dieser Gelegenheit wurden auch Fingerabdrücke genommen. Ein Abgleich hat uns dann auf die Spur von Professore Fanni gebracht. Und hierher geführt.«

»Aber jemand anderes war schneller hier als Sie.«

»So sieht es aus. Auch Sie waren schneller. Also: Was wissen Sie noch?«

Luca sah zu Giulia hinüber, etwas ungläubig und so, als würde er ihr gleich ein verschwörerisches Zeichen geben wollen, das bedeuten sollte: nichts wie weg. Stattdessen aber begann er dem Commissario von seinem Aufenthalt in Ligurien und dem Brief seines Onkels zu erzählen. »Ein Brief aus dem Nichts«, schloss Luca, und das traf es genau. Er wusste nichts über seinen Onkel, nichts über dessen Leben, nichts über dessen Absichten. Und er wusste vor allem nicht, warum er ihn unbedingt treffen wollte.

»Ihre Familie weiß noch immer nichts von dem Brief?«, riss ihn Rignoni aus seinen Gedanken.

»Nein, ich habe meinen Eltern nichts gesagt.«

»Das ist gut so«, erwiderte der Commissario.

Giulia beobachtete Rignoni, der sich Notizen machte, während Luca die Tischplatte derart anstarrte, als suchte er dort nach irgendeinem Hinweis. Die beiden Männer schienen sie für einen Moment ganz vergessen zu haben. Interessant, dachte sie, dass wir vorhin womöglich einem Mörder in die Arme gelaufen sind. Vorgestern noch glaubte ich, das Spannendste, was mir passieren könnte, wäre eine defekte Kaffeemaschine, während zwanzig Leute im Café sitzen und ich mich selbst an die Reparatur machen muss.

»Es scheint doch so zu sein«, sagte sie plötzlich, und die beiden Männer schreckten auf, »dass Professore Fanni die

Papiere entweder von Gianfranco Crivelli erhalten hat und damit irgendetwas erledigen sollte. Oder dass er – und das scheint mir die wahrscheinlichere Variante zu sein – in die Pension gekommen ist, um den Ausweis von dort zu holen. Und wenn er das getan hat«, fuhr sie mit ausgesprochen fester Stimme fort, »könnte es doch sein, dass der Mörder beobachtet hat, wie Fanni aus meinem Café kam. Eine Verwechslung also. Nicht Signor Fanni sollte umgebracht werden, sondern Gianfranco Crivelli. Deswegen war der Mörder im Café. Oder zumindest auf der Piazza. Und es könnte doch sein, dass ihn jemand gesehen hat. Ich werde gleich morgen früh mit Vittorio sprechen. Und mit unseren Stammkunden.«

»Sie werden was?«

»Na, ich werde mich ein bisschen umhören.«

»Signora, Sie vergessen, glaube ich, dass ich hier der Polizist bin und Sie – zumindest nahm ich das bis vor Kurzem noch an – ein Café und eine Pension betreiben. Jedem seine Aufgabe.«

»Oh, ja, sicher, entschuldigen Sie. Natürlich, Sie haben recht. Aber Sie hätten doch wahrscheinlich nichts dagegen, wenn ich mich ein bisschen umhöre, oder? Man muss doch die Zeit nutzen, bis Sie an die Presse gehen. Vielleicht ergeben sich bis dahin noch ein paar Erkenntnisse.«

Rignoni schmunzelte nun nicht mehr. Er lachte. »Sie sind ja – Sie scheinen ja ziemlich abenteuerlustig zu sein. Dennoch wäre es nett, wenn Sie mich meine Arbeit machen ließen. Ich werde morgen Vormittag bei Ihnen vorbeikommen. Und jetzt würde ich Sie beide bitten, nach Hause zu gehen.«

Giulia wie auch Luca erhoben sich fast simultan und winkten dem Commissario müde zu.

»Ach ja, eins noch, Signor Crivelli: Sie sollten über Nacht einen Eisbeutel aufs Auge legen. *Buonanotte.*«

Elf

Giulia war zu aufgeregt, um zu schlafen. Nachdem sie Luca vor dessen Haus abgesetzt hatte, fuhr sie noch eine halbe Ewigkeit durch die Stadt. Wenn andere spazieren gingen, um einen klaren Kopf zu bekommen und ihre Gedanken zu ordnen, flitzte sie mit ihrer Vespa durch enge Gassen. Der Effekt war derselbe. Die äußere Erscheinung, die Statur von Crivelli und Fanni waren wirklich frappierend ähnlich, sinnierte sie. Wer nur ein Bild von beiden gesehen hatte, konnte sie leicht verwechseln. Der arme Fanni wollte seinem Freund helfen, da war sich Giulia sicher. Er sollte für ihn wichtige Papiere aus ihrer Pension holen. Crivelli hatte ihn vorgeschickt, weil er den Verdacht gehabt hat, dass man ihm auflauern würde. Womöglich war der Mörder – vielleicht waren es auch mehrere – bereits längere Zeit auf seiner Fährte gewesen, hatte ihn beobachtet. Dagegen sprach, dass er dann gewiss nicht einer Verwechslung aufgesessen wäre. Wenn Professore Fanni im Hotel etwas für seinen alten Genossen holen sollte, an dem seine Verfolger Interesse hatten, stellte sich die Frage, wo dieses Etwas jetzt sein könnte. Vermutlich nämlich war es nicht in den Besitz der Mörder gelangt, sonst hätte man wohl kaum Silvio Fannis Wohnung durchsucht. Hatte Fanni also in der Pension nichts gefunden? Warum aber trug er den Ausweis von Crivelli bei sich? Und wie war der gefälschte Abschiedsbrief in die Pension gekommen? Giulia schwirrte der Kopf, und ihre Überlegungen wurden auch nicht klarer durch den Fahrtwind, der ihren Körper streifte. Die Nacht war warm. Aber langsam spürte sie eine Müdigkeit in sich, die sie frösteln ließ. Auf direktem Weg machte sie sich jetzt am Tiber entlang auf den Heimweg. Es war ein langer Tag gewesen, und ein ziemlich spektakulärer noch dazu. Was ihre Tochter wohl von ihr denken würde, wenn sie ihre alte Mutter heute erlebt hätte?

Zu Hause angekommen stellte sie die Vespa direkt vor der Tür ab. Als sie abgestiegen war, bemerkte sie in gar nicht allzu weiter Entfernung ein Auto, einen ziemlich großen Wagen, einen dieser schrecklichen SUVs, dunkel, panzerartig, und es schien jemand in diesem Ungetüm zu sitzen. Die Straße war gut beleuchtet, aber nicht so gut, dass sie sich ganz sicher sein konnte. Vielleicht ging die Fantasie mit ihr durch? Vielleicht war sie übermüdet? Und wenn nun jemand im Auto saß – verboten war das wohl nicht, Rom war schließlich kein Dorf in den Abruzzen. Es konnte durchaus vorkommen, dass hier Menschen des Nachts in Autos herumsaßen oder durch Straßen spazierten oder gar mit ihrem Motorroller die Luft verpesteten, statt brav im Bett zu liegen. Trotzdem beeilte sie sich, den Schlüssel aus ihrer Tasche zu kramen und die Tür aufzuschließen. Sie blickte sich noch einmal um. Es tat sich nichts. Niemand war ausgestiegen. Das Auto stand da, und vielleicht war es nur ein Schattenwurf, der sie glauben ließ, da sitze jemand und beobachte sie. Sie schlug die Tür hinter sich zu. Atmete dann doch einmal tief durch – und huschte ziemlich eilig in ihre Wohnung, in der sie zwei Mal anschließend den Schlüssel im Schloss drehte. Sie schaltete das Licht nicht an, sondern trat ans Fenster, den Vorhang nur so weit zur Seite schiebend, dass sie auf die Straße blicken konnte. Der SUV stand noch immer da. Und noch immer hätte sie nicht beschwören können, dass da jemand im Wageninnern saß, wenngleich sie das Gefühl, beobachtet zu werden, nicht abschütteln konnte. Der Winkel ihres Ausgucks war ungünstig. Vom dritten Stock aus konnte sie gerade das Lenkrad des Wagens erkennen, und das auch nur, weil der kleine Lichtschimmer einer Laterne darauf fiel. Falls jemand im Wagen wartete, dann mochte er zurückgelehnt dort sitzen, ohne dass sie ihn von ihrer Warte aus erkennen würde.

Ein paar Minuten lang blieb sie so stehen, nun selbst eine Beobachterin, die auf ein Indiz wartete, auf eine Bewegung, auf etwas, das ihr verdächtig genug erschiene, um ihre Angst als begründet betrachten zu können. Oder etwas, das sie beruhigen würde. Da hörte sie, wie die Haustür ein kreischendes Geräusch machte und ins Schloss fiel. Das war nicht ungewöhnlich. Das Haus war hellhörig, die Haustür quietschte und ließ sich schlicht unmöglich lautlos schließen. Aber um vier Uhr morgens war das doch seltsam. Die meisten ihrer Nachbarn waren ältere Leute, allerdings noch nicht alt genug für präsenile Bettflucht oder nächtliche Eskapaden. Sie trat an ihre Wohnungstür und lauschte auf das Knarren der Holztreppe. Nichts. Es war mucksmäuschenstill. Das Ohr an der Tür, löschte sie mit ausgestrecktem Arm das kleine Lämpchen auf der Kommode im Flur. Sie wusste, dass ein Lichtstrahl unter der Tür hindurch ins Treppenhaus kriechen konnte. Als sie sich an die Dunkelheit gewöhnt und sich versichert hatte, dass sie die Tür auch wirklich zwei Mal abgeschlossen war, schlich sie in die Küche, zog leise eine Schublade auf und griff nach dem alten Nudelholz ihrer Großmutter. Man wusste nie. Sie tapste zurück in den Flur, stellte sich wiederum an die Tür. Lauschte und hörte – nichts. Eine Weile blieb sie bewegungslos stehen, bis sie davon überzeugt war, durch die Ereignisse des Tages paranoid geworden zu sein. Der Gedanke entspannte sie. Sie atmete beherzt aus. Und lockerte den festen Griff ein wenig. Dann lächelte sie vor sich hin und flüsterte sich zu: »Giulia, Giulia, dein Nervenkostüm war auch schon mal besser.«

Noch einmal hielt sie das Ohr an die Tür. Und hörte wieder: nichts. Dann schaltete sie das Licht an, legte das Nudelholz auf die Kommode und wollte gerade zurück ins Wohnzimmer treten, als eine Diele direkt vor ihrer Wohnung knarzte. Sie fuhr zusammen, der Schreck machte ihre Knie weich, sie wusste augenblicklich, wie sich Panik anfühlt und dass sie noch nie zuvor so panisch war, auch wenn sie das früher manchmal gedacht hatte – etwa wenn sie eine Arbeit nicht rechtzeitig fertig bekam oder ihre Tochter zu lange in der Disco war und sich nicht gemeldet hatte. Das war eine andere Art von Panik. Eine lähmende. Sie konnte es gerade noch vermeiden, laut aufzuschreien. Erneut griff sie nach dem Nudelholz. Da merkte sie, wie sich jemand an der Tür zu schaffen machte. »Wer ist da?«, schrie sie. »Was machen Sie da?« Von außen kam nichts. Nur ein kratzendes Geräusch war zu hören. »Ich habe die Polizei gerufen«, brüllte sie nun. Sie wollte überzeugend klingen, tatsächlich hatte sie noch gar nicht daran gedacht, ihr Handy zu holen. Sie wusste gar nicht, wo sie es hingelegt hatte, und wagte es nun nicht, die Tür aus dem Auge zu lassen. Noch einmal wurde draußen vor der Tür gelärmt, eigentlich gar nicht so laut, aber laut genug, um ihr fast einen Herzstillstand zu bescheren. Kalte Schauer liefen ihr über den Rücken. Sie wusste bis zu diesem Zeitpunkt nicht, auf welche Arten ein Körper auf so eine Situation reagieren konnte – aber er reagierte nun mit Schauder, Herzrasen, flatternden Bewegungen und ließ sich nicht mehr kontrollieren. Giulia zitterte wie Espenlaub. Dann hörte sie Schritte, die sich keine Mühe gaben, geräuschlos zu sein. Sie hörte, wie jemand die Treppe hinunterging, nein, nicht ging, eher sprang. Sie hörte die Haustür, das wohlbekannte Quietschen. Das Schlagen. Man musste sie nachts vorsichtig zuziehen, sonst lief man Gefahr, das ganze Haus aufzuwecken. Giulia lief zum Fenster, sah noch, wie der SUV startete, auf der Straße wendete und langsam davonrollte. Das Kennzeichen, das fiel ihr jetzt auf, war nicht zu erkennen. Dort, wo es sich normalerweise befand, war nichts, oder das Nummernschild war zu stark verschmutzt. Sie konnte nichts sehen. Dass ihr das zuvor noch nicht aufgefallen war, wunderte sie doch. Sie setzte sich aufs Sofa. Fragte sich, ob sie von der Visitenkarte des Commissario Gebrauch machen sollte. Dachte dann aber, dass sie ihn ohnehin in wenigen Stunden sehen würde. Warum ihn jetzt wecken? Sie trat hinaus auf den Flur und schob mit aller Kraft die Kommode, die von oben bis unten mit Krimskrams vollgestopft war, vor die Tür. Sie suchte ihr Handy, versicherte sich, nachdem sie es in ihrer Jackentasche gefunden hatte, dass es aufgeladen war, und legte sich einfach ins Bett, das Handy in der Hand. Sie glaubte gar nicht mehr, einschlafen zu können nach all den Aufregungen. Aber nach nicht einmal fünf Minuten war sie in einen Traum hinabgesunken, der zunächst etwas Friedliches und Versöhnliches hatte und schließlich ganz verstörend endete.

Als sie am Morgen aufstand, rückte sie als Erstes die Kommode zur Seite und warf einen Blick vor ihre Wohnungstür. Nichts. Keine Spur. Keine Kratzer. Keine Nachricht. Kein Zeichen, dass sich in der letzten Nacht wirklich jemand an der Tür zu schaffen gemacht hatte.

Zwölf

Und Sie haben wirklich niemanden erkannt?«
»Es tut mir leid – ich kann Ihnen nicht mehr sagen.«
Commissario Rignoni trank bereits seinen dritten Caffè.
Die Piazza di San Francesco D'Assisi leuchtete. Kurz vor
Morgengrauen war ein gewaltiges Gewitter aufgezogen, in
der Dämmerung war der Himmel aufgebrochen, und nun
schien die Sonne so freundlich, als würde es auf der Welt
keine dunklen Flecken und keine Schatten mehr geben, in
denen das Böse sich verstecken konnte. Giulia hatte sich in
aller Frühe zur Bar aufgemacht, die Tischchen aufgestellt,
die Maschine angeworfen, die Sandwiches vorbereitet, fri-
sche Säfte gepresst. Ihre Gäste ahnten nichts von ihren
Abenteuern, und auch Vittorio hatte sie nicht eingeweiht.
Ob man ihr ansah, dass es sie noch immer schauderte, wenn
sie an die vorangegangene Nacht dachte?

Commissario Rignoni hatte sich alles notiert, was sie ihm
erzählt hatte. Viel anfangen ließ sich damit nicht. Autos wie
den schwarzen SUV, der vor ihrem Haus geparkt hatte und
dann in aller Seelenruhe davongeglitten war, gab es auch in
Rom mit seinen engen Gassen inzwischen wie Sand am Meer.

Das Gespräch mit Vittorio brachte Rignoni zudem keine
neuen Erkenntnisse. Von seinen Gästen hatte er nichts gehört. Keiner hatte Fanni im Café oder durch die Pension
schleichen sehen oder sonst irgendetwas Auffälliges bemerkt. Es waren keine ungewöhnlichen Gäste da gewesen.
Und die Beschreibung des Mannes, der in Fannis Wohnung
eingedrungen war, half ebenfalls nicht weiter: Vittorio

konnte sich an so einen Wüstling nicht erinnern. Und das lag gewiss nicht daran, dass er mit seinen Gedanken anderswo war, wie Giulia zu bemerken glaubte. Jedenfalls war sich Giulia inzwischen sicher, dass der junge Mann verliebt sein musste, so wie seine Augen leuchteten.

»Können Sie Ihr Café wohl ein paar Tage vernachlässigen?«, fragte Rignoni unvermittelt.

»Das tue ich ja schon«, antwortete Giulia lächelnd. »Wollen Sie mich als Assistentin engagieren?«

»Ganz im Gegenteil«, sagte der Commissario. »Ich möchte, dass Sie sich eine Weile aus der Schusslinie begeben.«

»Schusslinie hört sich nicht sehr beruhigend an. Glauben Sie denn, dass es jemand auf mich abgesehen hat?«

»Zuerst schnüffeln Sie in Angelegenheiten herum, die Sie nichts angehen. Dann werden Sie nachts von einem Unbekannten abgehalten, sich zur Ruhe zu betten. Und jetzt fragen Sie mich, ob es jemand auf Sie abgesehen hat? Signora, Sie haben ja Nerven!«

Das hörte sich aus dem Mund des Kommissars fast ein bisschen anerkennend an, aber doch auch so, dass er nicht zum Scherzen aufgelegt war. Giulia sah dem Commissario schuldbewusst in die Augen. »Ich werde mit Vittorio sprechen. Und mit meinem Vater. Er springt bestimmt für mich ein.«

»Gut. Erzählen Sie den beiden aber nicht zu viel.«

»Zu Befehl.«

Giulia nahm Vittorio zur Seite, erklärte ihm, dass sie für ein paar Tage verreisen müsse, dass es mit dem toten Gast zu tun habe, er sich aber keine Sorgen machen solle. Dann ging sie zu ihrem Vater, der heute nicht schon am Morgen heruntergekommen war, um seinen Caffè zu sich zu nehmen.

»Du musst verreisen? Das macht man nicht, wenn man

sich um ein Geschäft kümmern muss«, sagte er, ganz der gestrenge Vater.

»Ich weiß, *papà*. Aber es geht nun einmal nicht anders. Hör zu, ich bitte dich, nicht darüber zu reden. Es hat mit dem Toten am Tiber-Ufer zu tun. Ich bin da in etwas hineingeraten, und nun hält es der Commissario für besser, wenn ich mich für ein paar Tage ein wenig unsichtbar mache.«

»Wieso denn das? Was hat der Tote denn mit dir zu tun? Du willst mir doch nicht sagen, dass du in Gefahr bist?«

»Aber *papà*, nein, das wäre übertrieben. Sagen wir, ich war ein bisschen zu neugierig. Und vielleicht gibt es da jemanden, der denkt, dass ich etwas wissen könnte, was ich nicht wissen soll.«

Giuseppe runzelte die Stirn. »Und was hat der Selbstmord damit zu tun?«

Giulia zog die Schultern hoch.

»War es etwa gar kein Selbstmord? Was ist hier los?«

»*Papà*«, sagte Giulia, »es ist alles halb so wild. Ich melde mich jeden Tag bei dir, versprochen! Versprichst du mir, dass du dich um alles kümmerst? Und sei nicht so streng mit Vittorio. Er scheint mit seinen Gedanken woanders zu sein …«

»Woanders?«

»Na ja, ich glaube, er ist verliebt – jedenfalls ist er so fröhlich wie lange nicht.«

»Auch das noch«, entgegnete Giuseppe. »Na gut, ich habe hier alles unter Kontrolle. Jahrelange Erfahrung, wie du weißt, das verlernt man nicht.«

Beide lachten und umarmten sich.

»Du rufst jeden Tag an, sonst werde ich dich höchstpersönlich suchen gehen«, rief er ihr nach, als sie in Richtung Commissario davoneilte, der jetzt demonstrativ auf die Uhr sah. »Wo bleiben Sie denn?«

Er bot ihr an, sie zu fahren. Ob sie denn wisse, wo sie

die nächsten Tage hinkönne. Giulia hatte bereits mit ihrer Tochter telefoniert. Bei ihr konnte sie unterkriechen.

»Zuvor müssen wir aber noch rasch an meiner Wohnung anhalten. Ich muss ein bisschen Kleidung zusammenklauben.«

»Wenn Sie mir versprechen, dass es schnell geht. Es dürfte Ihnen nicht entgangen sein, dass ich noch einen Mordfall aufzuklären habe.«

Als alles erledigt war, machte Commissario Rignoni einen entspannten Eindruck. Er fuhr lässig durch den dichten römischen Stadtverkehr, seine Sonnenbrille stand ihm gut, und er plauderte so locker, dass Giulia ihn kaum noch mit dem etwas biederen Rignoni in Verbindung brachte, den sie vor zwei Tagen kennengelernt hatte. Auf diese Weise erfuhr sie so einiges von ihm. Dass er ursprünglich aus einem kleinen süditalienischen Dorf stammte, dass sein Vater schon Polizist gewesen sei und ihm mit aller väterlichen Autorität abgeraten habe, selbst ebenfalls diesen Berufsweg einzuschlagen – mit durchschlagendem Erfolg, das könne man ja sehen. Seine Mutter sei Hausfrau gewesen, früh gestorben, zwölf sei er damals gewesen. Die Polizeischule hätte sich nicht als das herausgestellt, was er erwartet oder erhofft habe. Aber er habe die Ausbildung durchgezogen, schon allein, weil er seinem Vater nicht im Nachhinein recht geben wollte. Als er nach Rom kam und relativ rasch bei der Kriminalpolizei landete, Fortschritte machte, habe er doch gewusst, dass er den richtigen Pfad eingeschlagen habe.

Giulia wusste gar nicht, wie ihr geschah. So leutselig hätte sie Rignoni nun auf keinen Fall eingeschätzt. Wie man sich täuschen konnte. Ob es mit ihrer Menschenkenntnis vielleicht doch nicht so weit her war?

Als sie sich ihrem Ziel näherten, wurde der Commissario allerdings wieder förmlicher. Er bat sie inständig, die nächsten Tage keine Alleingänge mehr zu unternehmen und die Wohnung nicht zu verlassen – schon allein, um ihre Tochter nicht zu gefährden. Dieser Hinweis verfing bei ihr. Daran hatte sie bislang noch gar nicht gedacht: dass sie ja auch Carla mit hineinziehen konnte, dass sie vielleicht den Kerl, der sie gestern verfolgt oder ihr aufgelauert hatte, direkt zu ihrer Tochter führen würde. Was für eine Dummheit! Sie fragte in einem leicht nervösen Tonfall, ob es denn ein Fehler sei, ausgerechnet bei Carla unterzutauchen.

Rignoni beruhigte sie, so gut er konnte. Es sei doch eher unwahrscheinlich, dass man sie gerade eben verfolgt habe. Oder herausgefunden habe, wo ihre Tochter wohne. Außerdem, das habe sie ja selbst gesagt, weile Carla die nächsten Tage bei ihrem Freund. Sie solle sich lieber mal ein paar Sorgen um sich selbst machen. Und vorsichtig sein.

»Passen Sie ein bisschen auf sich auf«, sagte der Commissario und fügte hinzu, dass er es doch sehr traurig fände, wenn ihr etwas zustieße. Das klang weniger wie eine Warnung, mehr wie etwas, das ihm herausgerutscht war. Ein fast schon zärtlicher Satz: »Es wäre sehr traurig, wenn Ihnen etwas zustieße.« Giulia wunderte sich. War das eine Art Zuneigungsbekundung? Sie sah ihn von der Seite an, und er blickte geradewegs auf die Straße, ohne sich etwas anmerken zu lassen. Dann waren sie da. Und der Abschied fiel wieder ziemlich steif aus. Sie solle sich jeden Tag bei ihm melden, zu einer bestimmten Zeit und immer dann, wenn ihr etwas ein- oder auffiele. Sie könne sich immer melden, zu jeder Tages- und Nachtzeit, das sei nicht nur so dahingesagt.

Giulia nahm ihren Rucksack, bedankte sich und eilte zum Hauseingang.

Dreizehn

Luca saß am nächsten Morgen mit seiner Mutter am Frühstückstisch. Sie wirkte matt und übermüdet. Als hätte sie nicht nur in der letzten Nacht, sondern seit Tagen kein Auge mehr zugetan. Noch nie hatte Luca seine Mutter als ältere Frau wahrgenommen – und mit ihren 60 Jahren war sie ja zweifellos keine alte Dame. Aber heute erschien sie ihm in ihrer Erschöpfung weit entfernt von sich selbst. Als hätte sie plötzlich einen Sprung in eine neue Lebensphase gemacht, und als sei ihr das bei der Landung selbst erst bewusst geworden. Luca betrachtete sie mitleidig, und sie erwiderte seinen Blick mit einer geradezu verzweifelten Zuneigung. Ob er sich in der letzten Zeit zu wenig um sie gekümmert, sie zu sehr dem alles, auch alle Gefühle kontrollierenden Vater überlassen hatte?

»*Mamma*, geht es dir nicht gut?«, fragte er sie nach dem Offensichtlichen.

Seine Mutter lächelte und sah müde über seine Frage hinweg.

»Wir könnten heute Nachmittag einen Spaziergang machen, wenn du Lust hast.«

Später kam Commissario Rignoni, der seinen Besuch ja schon am Abend zuvor angekündigt hatte, und vom Spazierengehen war keine Rede mehr. Er versammelte die Familie Crivelli, um über die neuesten Entwicklungen im Fall zu informieren, bevor er dann am Nachmittag vor die Presse treten würde. Für Luca hielt sein Bericht keine Überraschung bereit. Umso aufmerksamer konnte er seine

Eltern und deren Reaktionen beobachten. Der Vater, das wusste er, verlor selten die Beherrschung, sein Pokerface war Teil seines Handwerkszeugs. Und doch war da etwas, eine Nuance, die Luca auffiel: Das linke Auge zuckte unwillkürlich. Es ließ sich selbst durch die größte Willensanstrengung, die sein Vater sicherlich aufbrachte, nicht unterdrücken. Kaum jemand sonst – jedenfalls niemand, der seinen Vater nur flüchtig kannte – hätte dieses Zucken wahrgenommen, für Luca aber war es eine Sensation. Eine Regung. Ein Zeichen von Nervosität. Oder dafür, berührt zu sein vom Unerwarteten. Oder doch lediglich die Anerkennung einer Vorahnung. Das Zucken war vielleicht auch nur ein rein archaischer Instinkt, wie beim Stier das Scharren mit den Hufen oder beim Raubtier das Anspannen des Körpers – die Bereitschaft, zum Angriff übergehen zu können. Luca bemerkte selbst, dass er seinem Vater weder gute Absichten noch Gefühle der Erleichterung oder gar Freude unterstellen konnte. Das Zucken des linken Auges verschwand nach wenigen Sekunden. Der Vater hatte die Fassung wiedererlangt. Aber etwas war mit ihm geschehen, und Luca hätte einiges darum gegeben, in diesem Moment seine Gedanken lesen zu können.

»Wir wissen nun, dass es sich beim Toten am Tiber-Ufer nicht um Gianfranco Crivelli handelt, wenngleich er dessen Papiere bei sich getragen hat«, sagte Rignoni mit nüchterner Stimme.

Die Reaktion von Lucas Mutter hingegen war frappierend. Signora Crivelli entfuhr in diesem Moment ein Stöhnen, das keinem im Raum entging.

»Sie haben bei der Identifizierung eine längliche, auffällige Narbe unterhalb des rechten Knies wiedererkannt, die ihr Bruder sich bei einem Fahrradunfall zugezogen habe. Es klingt wie ein dummer Zufall – aber Silvio Fanni hatte unterhalb des rechten Knies eine ebensolche Narbe, die er allerdings einem meiner übereifrigen Kollegen verdankte. In den Siebzigerjahren geriet er in eine Polizeiaktion, die nicht ganz sanft abgelaufen war. Die Wunde ist übrigens in den Akten genau dokumentiert. Es ist also nur verständlich, dass Sie einer Verwechslung aufgesessen sind. Die Statur der beiden ist ja außerdem äußerst ähnlich. Und ja, das Gesicht, es war ja nun nicht mehr zu erkennen …«

Der Commissario stockte, unterbrach seine Ausführungen, weil er bemerkt hatte, wie Signora Crivelli immer blasser geworden war und laut aufatmete, dann einen Hustenanfall bekam. Ihr Mann – das Auge hatte da schon zu zucken begonnen – sah sie vorwurfsvoll an.

»Möchtest du ein Glas Wasser?«, fragte Luca besorgt.

»Ja, bitte«, brachte sie gerade so heraus.

Sie trank, beruhigte sich ein wenig, während der Kommissar weitersprach und die Details preisgab, die bislang bekannt waren, Fragen stellte zu Professore Fanni, die der Vater beantwortete oder besser: nicht beantwortete.

»Sie wissen hoffentlich«, sagte er bestimmt und streng und mit unübersehbarer Herablassung, »dass ich mich im radikalen Milieu eines Silvio Fanni nie bewegt habe und deshalb auch keine Auskunft geben kann.«

Unterdessen verstärkte sich der Eindruck, den Luca schon beim Frühstück von seiner Mutter gewonnen hatte: Sie war regelrecht in sich zusammengesunken, schien um Jahre gealtert, hatte auch die aufrechte und elegante Haltung verloren, die sie immer ausgezeichnet hatte. Sie war in keiner guten Verfassung, und Luca war verwundert darüber, dass sie sich von den Kapriolen des Falles so mitnehmen ließ, obwohl doch Gianfranco seit Jahrzehnten in der Familie wie ein Toter behandelt wurde. Aber vielleicht unterschätzte er seine Eltern. Vielleicht war da doch mehr, tiefgründige und tiefgründende Familienbande, die stärker waren als alle offen ausgetragenen Konflikte.

Luca brachte den Commissario zur Tür, was Rignoni noch einmal Gelegenheit zur Ermahnung gab.

»Lassen Sie ab jetzt die Finger von eigenen Nachforschungen. Sie sollten sich nicht in Gefahr begeben, solange wir nicht wissen, was hinter der ganzen Sache steckt.«

Luca nickte – eher mechanisch als aus Überzeugung.

Rignoni erzählte ihm vom nächtlichen Besucher, der Giulia einen Schrecken eingejagt habe.

»Das sollte Ihnen zeigen, dass es sich hier nicht mehr um eine Angelegenheit handelt, bei der es um Nervenkitzel geht.«

Diese Neuigkeit beeindruckte Luca durchaus, und er fühlte sich schuldig, Giulia mit in diese Geschichte hineingezogen zu haben – obwohl er natürlich wusste, dass sie selbst einen gewissen detektivischen Eifer an den Tag gelegt hatte.

»Wird man Signora Malfante nun überwachen, bekommt sie Polizeischutz?«, wollte Luca wissen.

»Dafür reichen die Vorfälle nicht aus«, entgegnete Rignoni in aller Sachlichkeit, »und die notwendigen Kapazitäten haben wir im Moment ohnehin nicht. Giulia ist aber in Sicherheit, auch wenn ich Ihnen nicht verraten kann, wo sie sich aufhält. Sie hat mir jedenfalls versprochen, sich erst einmal aus allem herauszuhalten und das Versteck – wenn ich ihren Aufenthaltsort einmal so nennen darf – nicht zu verlassen.«

Luca war nun doch ziemlich erschrocken, ja schockiert, als er die Tür hinter Rignoni schloss. Dass Giulia selbst ins Fadenkreuz geraten sein könnte, setzte ihm zu. Als er in den Salon zurückkehrte, fand er seine Eltern miteinander diskutierend vor. Als er nähertrat, verstummten sie.

»Mein Bruder hat schon immer ein Talent dazu gehabt, die Dinge zu verkomplizieren«, sagte der alte Crivelli zu Luca gewandt. Es sollte wohl ein Scherz sein, aber aus dem Munde des Patriarchen klang es wie ein bitterer Vorwurf.

»Wir sollten froh sein, dass es sich beim Toten nicht um Onkel Gianfranco handelt, wenngleich es mir freilich sehr um Professore Fanni leidtut«, erwiderte Luca.

Die Mutter blickte betreten zu Boden, der Vater brummte etwas vor sich hin und trat dann energisch zur Bar, wo er sich einen Whiskey einschenkte.

»Natürlich«, sagte Luca ins beharrliche Schweigen hinein, »ist es nicht gerade angenehm, es jetzt mit einem Ermordeten zu tun zu haben, der mit Onkel Gianfranco in engem Kontakt stand und der wohl mit ihm verwechselt worden ist. Der arme Professore ...«

Manchmal konnte sich Luca nicht zurückhalten, seinen Vater zu provozieren, der ihn nur böse anblickte.

Ob er Silvio Fanni denn wirklich nicht kenne?, hakte Luca nach und starrte seinen Vater mit unverblümter Strenge an, die er sich noch vor Kurzem nicht im Traum herausgenommen hätte. Die Ereignisse der letzten Tage hatten allerdings etwas ausgelöst, eine weitere Erosion der ohnehin ins Rutschen geratenen Familienverhältnisse. Und dazu gehörte auch, dass die Stärke des Vaters, seine Macht, Luca nicht mehr allzu viel anzuhaben vermochte. Zumindest glaubte er das für den Moment. Doch vielleicht war das etwas voreilig gewesen, denn Direttore Crivelli, sein Erzeuger, baute sich nun vor ihm auf. Plötzlich war er hünenhaft, und Luca schrumpfte zum Fünfjährigen.

»Was bildest du dir eigentlich ein, mich hier, in meinem Haus, mit solch despektierlichen Fragen zu konfrontieren – als wärst du ein widerlicher, schmieriger Journalist? Du solltest dir gefälligst langsam darüber bewusst werden, dass du einen Namen geerbt hast und diesem Namen gerecht werden musst.«

Das war erst der Anfang einer Suada, die über Luca hereinbrach.

»Allein schon, dass du dir zu fein dafür bist, in die Firma einzutreten, stattdessen den Kunstsinnigen spielst und deine Zeit mit einem Studium verplemperst, das doch ohnehin nur deinem Vergnügen dient. Je früher du zur Vernunft kommst und dich mit den wichtigen Angelegenheiten der Firma beschäftigst, desto besser für alle. Dann verlierst du vielleicht auch ein für alle Mal deinen Hochmut gegenüber meinen Geschäften und weißt dich dem Ernst des Lebens zu fügen. Dazu gehört übrigens auch«, und der Vater sah ihn dabei mit einem hasserfüllten, stechenden Blick an, »dass du dich endlich auf deine Pflichten als Familienmensch besinnst und die Frage der Ehe mit dem gebührenden Respekt betrachtest. Es ziemt sich nicht«, ereiferte sich der alte Crivelli, »leichtfertig durch die Welt zu stolzieren wie ein Geck, wie einer jener unverantwortlichen, gotteslästerlichen Brüder, die sich in deinem Bekanntenkreis aufhalten.«

Crivelli schnaubte regelrecht. Er schrie nicht, aber er presste jede Silbe mit Nachdruck hervor, und es steckte eine Wut darin, die selbst Luca ungewöhnlich vorkam. Und die Anspielung verstand er wohl. Zwar hatte er bislang geglaubt, seine Eltern seien auf einem bestimmten Auge blind, könnten manche Dinge einfach nicht wahrnehmen, weil sie in ihrem Kosmos nicht existierten. Aber sie schienen doch eine Ahnung zu haben vom Treiben ihres Sohnes. Fast freute ihn das. Fast war Luca erleichtert, dass auf diesem Wege eine Art Klarheit Einkehr zu halten schien. Und er ihnen vielleicht in Zukunft nichts mehr vorzugaukeln brauchte. Dass er mit dem Leben und den geschäftlichen Gepflogenheiten seines Vaters gänzlich brechen würde, das war nicht mehr zu vermeiden. Warum sich dann nicht offen zu den eigenen Einstellungen, Vorlieben und Lieben bekennen? Waren Luca die Privilegien, die er zweifelsohne genoss, doch zu wertvoll, um solch einen Bruch zu vollziehen?

Auf den Angriff seines Vaters erwiderte er nichts. Die Heftigkeit mochte mit der ungeklärten Situation zu tun haben, in die sie der Commissario gerade gestoßen hatte. Vielleicht steckte aber doch mehr dahinter. Luca sagte, er müsse sich leider zurückziehen, weil er noch an einem Entwurf zu arbeiten habe – er verkniff sich, seinem Vater höhnisch dafür zu danken, in seine brotlose Kunst zu investieren.

Vierzehn

Carla hatte ihre Mutter mit gespielter mütterlicher Sorge und erhobenem Zeigefinger empfangen.

»Was machst du nur für Sachen?!«

»Tja, meine liebe Carla, niemand sagt, dass Eltern klüger sind als ihre Kinder«, erwiderte Giulia und fügte hinzu: »Aber spannend ist das Ganze doch.«

Beide brachen in Gelächter aus. Das Lachen verging Carla allerdings, als Giulia ihr Genaueres über die letzte Nacht berichtet hatte.

»Ist das vielleicht nicht doch ein bisschen waghalsig gewesen, dich mit Luca in so eine dubiose Geschichte zu stürzen?«

»Ja ja, ich gebe es zu, mein Töchterlein. Aber nun ist es zu spät. Und ich bin froh, ein paar Tage in deiner Höhle unterkriechen zu dürfen.«

»Die ja immerhin von dir bezahlt wird.«

»Was mir keineswegs erlaubt, Ansprüche zu stellen. Immerhin vertreibe ich dich.«

»Das tust du nicht, ich wollte ja ohnehin mit Andrea zusammen sein. Ehrlich gesagt, würde ich aber lieber hier bei dir bleiben, ich hatte immerhin in Berlin ein paar Jahre Karateunterricht. Man weiß nie.«

»Das weiß ich, Schatz. Und ich wusste damals schon, dass sich die Investition irgendwann auszahlen würde. Dennoch wollen wir es nicht darauf ankommen lassen, dass du deine Kampfkünste zur Anwendung bringen musst.«

»Aber davon habe ich doch immer geträumt – eines Tages das Gelernte einmal praktisch ausprobieren zu können. Wenn man an der Uni ist, passiert einem das ja nicht so oft.«

»Mir wäre tatsächlich sehr wohl, wenn du bei Andrea bleiben und einfach so tun würdest, als sei alles wie immer. Ich kann mich selber zur Wehr setzen.«

Giulia öffnete grinsend ihre Handtasche und kramte eine kleine Spraydose hervor, die sie ihrer Tochter triumphierend vors Gesicht hielt.

»Interessant«, sagte Carla grinsend, »dein Verfolger soll also wenigstens gut riechen, wenn er sich dir nähert.«

Verblüfft schaute sich Giulia das Etikett an und prustete los, als sie begriff, dass sie ihr Deospray in der Hand hatte. Sie griff noch einmal in ihre Tasche und holte nun ein Pfefferspray hervor.

»So. Das ist die effektivere Waffe, schätze ich mal.«

»Du solltest im Ernstfall gleich dazu greifen, *mamma.*«

»Da hast du recht. Ich werde in meiner Tasche wohl mal Ordnung schaffen, nicht, dass ich meinem Angreifer mit einem Lippenstift im Gesicht herumfuchtele.«

»Was ihn zumindest verwirren würde.«

»Vielleicht ist es ja gar kein Mann.«

»Vielleicht ist es auch nicht nur einer, *mamma*«, sagte Carla nun wieder mit ernstem Ton. »Ich will dich nicht beunruhigen. Aber möglicherweise wäre es doch besser, wenn Andrea und ich da wären. Wir könnten doch auf der Couch nebenan schlafen.«

»Papperlapapp. Ich freu mich drauf, mal für ein paar Tage ins Studentenwohnungsdasein meiner Tochter zu schlüpfen. Natürlich nur, wenn es Andrea nicht stört, dass du ihm so auf die Pelle rückst.«

»Ach der. Im Gegenteil. Er sagt immer, ich würde ihn vernachlässigen. Am liebsten würde er gleich mit mir zusammenziehen.«

»Aha.«

»Tja, zumindest behauptet er das, aber ich zeig ihm dann natürlich immer den Vogel. Der spinnt ohnehin ziemlich herum, quasselt ein bisschen zu viel von Liebe und so was. Man muss als selbstständige Frau in meinem Alter da doch sehr vorsichtig sein. Findest du nicht?«

»Tja, im Prinzip schon. Aber ich mag Andrea.«

»Ich weiß … Stell dir vor, er hat sogar die Reise mit seiner Ex-Freundin abgeblasen. Er meinte, wenn ich bei ihm für ein paar Tage wohne, sei das ja wir Urlaub. Da sollte er sich mal nicht zu früh freuen.«

Carla schüttelte die von der Mutter geerbte Mähne, kramte ein paar Sachen zusammen, die sie in eine Ikea-Tasche steckte, und deutete damit an, dass sie sich nun vielleicht doch nicht länger über ihr Liebesleben unterhalten wolle. Auch gut, dachte Giulia, die es sich auf Carlas Bett bequem gemacht hatte.

»Du schließt zwei Mal ab und stellst das kleine Schränkchen in der Nacht vor die Tür, verstanden?«, sagte Carla streng, als sie sich zum Aufbruch fertig machte. »Und wenn irgendwas ist, klingelst du bei Enrico.«

Enrico war der äußerst nette Nachbar, den Giulia bereits von Carlas erstem Tag in ihrer neuen Wohnung kannte – er hatte beim Schleppen der Möbel geholfen. Ein junger Mann, der die Aura eines Buchhalters besaß, in Wahrheit aber als Türsteher in einem Nachtclub sein Studium finanzierte. Er trug meist sehr ausladende Pullover und Jacketts aus den Achtzigern, die wohl – so vermutete Giulia zumindest – seine Muskelmassen verbargen. Enrico ist also auch noch da, dachte Giulia, wenngleich er beruflich nachts doch eher nicht so leicht zu erreichen sein würde. Tröstlich war es dennoch.

»Ich habe Enrico Bescheid gesagt, dass du ein paar Tage

hier sein wirst. Und er weiß auch, dass er ein Auge auf dich haben soll.«

»Genaueres aber weiß er hoffentlich nicht.«

»Was denkst du denn, *mamma*? Ich bin doch nicht verrückt und erzähle jedem, dass meine Mutter jetzt einen auf Miss Marple macht. Keine Sorge – ich habe ihm eigentlich gar nichts erzählt. Vermutlich denkt er, du wärst in eine Liebelei verstrickt und auf der Flucht vor einem allzu aufdringlichen Verehrer. Der hier besser nicht auftaucht, wenn Enrico in der Nähe ist.«

»Ja, man unterschätzt Enrico doch leicht, wenn man ihn zum ersten Mal sieht«, gab Giulia grinsend zurück.

»Allerdings. Ich habe einmal mitbekommen, wie er einer Frau geholfen hat. Die wurde hier unten in der Straße von einem Mann bedrängt, auf eine ziemlich unschöne Weise. Enrico kam mit seinem Fixie vorbeigeradelt, stellte es seelenruhig an der Hauswand ab, fragte die Frau, ob sie belästigt werde und er behilflich sein könne, woraufhin der andere sofort losschrie: ›Zieh Leine, du Vogel!‹ Enrico achtete gar nicht darauf, sondern nahm die Frau an der Hand, zog sie mit sich und ließ den Kerl stehen. Der Typ konnte das natürlich nicht auf sich sitzen lassen, drohte mit der Bierflasche, die er in der Hand hielt, holte aus und wollte Enrico eins mitgeben. Enrico duckte sich weg, sprang zur Seite, verpasste dem Typen eine derartige Backpfeife, die ihn ins Wanken brachte. Enrico musste nur noch mit einem leichten Tritt nachhelfen, dann lag der Kerl auf dem Rücken und machte ein so erstauntes, jämmerliches Gesicht, dass ich fast lachen musste. Ich konnte alles von meinem Fenster aus beobachten. Enrico drehte sich zu der jungen Frau um, fragte, ob alles in Ordnung sei und er sie allein nach Hause gehen lassen könne. Dann gab er ihr seine Telefonnummer – falls sie noch einmal in Bedrängnis gerate. Und dem Typen am Boden warf er einen angsteinflößenden Blick zu. Der getraute sich nicht mal mehr, ihm verbal eins mitzugeben. Die männliche Ehre war eh gekränkt. Ach, dieser Enrico.«

»Siehst du«, sagte Giulia, »mit ihm in der Nähe musst du dir gar keine Sorgen um mich machen. Und jetzt ab mit dir. Andrea wartet bestimmt schon.«

»Ciao, *mamma*.«

Carla umarmte ihre Mutter, gab ihr auf jede Wange ein Küsschen, winkte und schmiss die Wohnungstür mit Schwung zu. Nun war Giulia in ihrem Versteck allein, eingedeckt mit reichlich Büchern ihrer Tochter und einer diebischen Freude an ihrem neuen, gefährlichen Leben.

Fünfzehn

Als Kind hatte Luca zuweilen mit dem Ohr an den Lüftungsschlitzen im Billardzimmer gesessen und so – als hockte er vor dem Radio – die Gespräche der Erwachsenen im Salon nebenan mitgehört. Das waren schöne Stunden gewesen, auch wenn er meist die Bedeutung dessen, was sein Vater mit Freunden und Geschäftspartnern zu besprechen hatte, nicht zu erfassen vermochte. Nun stand er an der einen Spalt weit geöffneten Tür zum Salon. Er trat nahe heran, konnte zwar nicht jedes Wort verstehen, aber doch die entscheidenden Sätze. Von seinem Fenster aus hatte er beobachtet, wie ein dicker, gepanzerter Mercedes in die Einfahrt gebogen war und quietschend direkt vor der Treppe zur Villa angehalten hatte. Er hatte gesehen, wie ein eilfertiger Chauffeur aus dem Wagen gesprungen war, um einem Mann die Tür zu öffnen. Der hatte sie aber schon längst selbst aufgerissen und war die Treppen hinaufgerannt, wobei er seinen Fahrer fast umgestoßen hatte. Lucas Neugierde war geweckt, und er war seinerseits lautlos die Treppen nach unten geeilt, in den Raum neben dem Salon geschlichen und lauschte nun, nervös und gespannt zugleich.

Er hörte, wie sein Vater gerufen wurde und wie er dem aufgebrachten Gast entgegentrat.

»Lombardi«, vernahm er die Stimme seines Vaters. »Beruhigen Sie sich, Lombardi, was ist in Sie gefahren?!«

Lombardi! Luca kannte diesen Namen. Es handelte sich um einen stadtbekannten Bauunternehmer, der in sämtliche Großprojekte der Stadt verwickelt war und wahrscheinlich auch in einige Korruptionsfälle, zumindest tauchte er immer einmal wieder unvorteilhaft in den Medien auf, ohne dass die Justiz bislang tätig geworden wäre.

»Was hat das alles zu bedeuten? Was ist mit Ihrem Bruder? Warum hat er sich umgebracht? Und wo sind die Papiere?«

»Lombardi«, hörte er seinen Vater besänftigend auf den Choleriker einreden, »so reißen Sie sich doch zusammen. Was glauben Sie denn, mit wem Sie reden?«

Lombardi atmete tief durch und sprach eine Spur ruhiger. »Sie sagten, dass Ihr Bruder nie wieder auftauchen würde. Und dass von ihm keine Gefahr ausgehe.«

»Aber das tut es auch nicht, was glauben Sie denn?«

Lombardi schnaubte. »Sie selbst haben mir erzählt, dass er vor langer Zeit Firmenpapiere zur Seite geschafft hat.«

»Das mag sein, aber das hat nichts mit Ihnen zu tun und nichts mit Ihrem Unternehmen oder den Geschäften, die ich mit Ihrem Vater abgewickelt habe. Was meinen Sie also?«

»Sie wissen genau, wovon ich spreche. Und wissen Sie was: Bei mir sind kürzlich Unterlagen gestohlen worden. Vertrauliche Unterlagen. Und ich bin sicher, dass Ihr Bruder dahintersteckt.«

»Jetzt geht die Fantasie mit Ihnen durch. Mein Bruder ist ein alter Mann oder meinetwegen ein alter Narr. Aber glauben Sie, er würde bei Ihnen einsteigen, um irgendwelches belastendes Material zu finden? Das ist doch aberwitzig.«

»Sie wissen genau, dass ich mit Ihrem Bruder seinerzeit aneinandergeraten bin. Keine Frage, dass er sich rächen will. Ich weiß genau, dass er die Papiere vor seinem Selbstmord irgendwo hinterlegt hat. Eine tickende Zeitbombe.«

»Darf ich Sie davon in Kenntnis setzen«, sagte Lucas Vater, »dass der Tote am Tiber nicht mein Bruder war? Die Polizei war hier und hat mir mitgeteilt, dass es sich dabei um einen gewissen Silvio Fanni handelt.«

Lombardi wurde nur noch wütender. »Was für eine Scheiße. Wusste ich es doch – alles ist noch schlimmer. Ausgerechnet dieser Fanni. Nun ja, es hat nicht den Falschen erwischt. Aber umso bedrohlicher. Wir müssen Ihren Bruder finden. Sie müssen mir helfen. Wir müssen ihn finden und zur Vernunft bringen.«

»Kommen *Sie* erst einmal zur Vernunft, Sie sind ja gar nicht zurechnungsfähig.«

»Ihr Bruder wird die Sachen rausrücken. Und wenn ich sie aus ihm herausprügeln muss.«

Die letzten Worte kamen ganz gepresst aus Lombardi heraus. Es folgten noch ein paar Beschimpfungen, die Luca nicht verstand. Dann schienen die beiden sich zur anderen Seite des Raumes gewendet zu haben, denn nun kamen nur noch Bruchstücke bei ihm an.

»Sie … befürchten … irren sich … Niemand will … umbringen … Benehmen Sie sich … Sie stecken doch … Mit Ihnen werde ich … Geschäfte machen … Unsere Freundschaft … nicht überstrapazieren …«

Luca trat näher an die Tür, aber was weiter geredet wurde, blieb ihm verborgen. Er verstand erst wieder, als sich Lombardi polternd und unflätig verabschiedete. Die Schritte kamen näher, er schien auf die Tür, hinter der Luca sich versteckte, zuzugehen, öffnete sie halb, sah Luca, und Luca sah ihn mit seinem rot angelaufenen Gesicht, das ihn zunächst erstaunt, dann voller Hass anblickte, während im Hintergrund sein Vater rief: »Falsche Tür, Lombardi, hier ist der Ausgang.«

Lombardi hielt inne, zog die Augenbrauen hoch, sodass sie fast unter seinem Haaransatz verschwanden (er hatte eine Art Cäsarenschnitt), machte kehrt und marschierte an Lucas Vater wie ein Mitglied der faschistischen Stoßtruppen vorbei. Luca verkroch sich in den hintersten Winkel des

Raumes, wartete, bis sein Vater den Salon verlassen hatte, schlich sich dann hinauf in sein Zimmer und konnte, hinter dem Vorhang verborgen, vom Fenster aus die Abfahrt des Mercedes beobachten. Die Kieselsteinchen spritzten nur so, als der Wagen anfuhr und einen Satz machte wie ein Raubtier, das eine Beute im Blick hat.

Sechzehn

Giulia hatte es sich in der vorübergehend in ein Exil verwandelten Studentenbude ihrer Tochter in der Via Urbania gemütlich gemacht. Carla hatte freundlicherweise den halben Supermercato um die Ecke leer geräumt und den Kühlschrank befüllt. Es fehlte an nichts. Es gab ein paar DVDs – die meisten davon hatte Giulia ihrer Tochter geschenkt –, die sie sich auf ihrem Laptop angucken konnte. Alle paar Stunden telefonierte sie mit ihrem Vater, um ihn zu fragen, ob die Bar noch in Betrieb sei oder ihm die Gäste schon alle davonliefen. Giuseppe verwies auf fünfzig goldene Jahre als Inhaber und verweigerte weitere Auskünfte. Es schien alles seinen Gang zu gehen. Vittorio habe sich für den Nachmittag freigenommen, dafür aber sei Anna eingesprungen. Vittorio komme nachher wieder, und am Abend würden ohnehin die Freunde ihres Vaters vorbeischauen und für den angemessenen Tagesumsatz sorgen. Von wegen, dachte Giulia, natürlich wird er ihnen Wein, Oliven und Speck kredenzen, nur um am Ende das Kassieren zu vergessen. Aber das war ihr nur recht; ihr Vater sollte sich ruhig ein bisschen amüsieren und seine Rolle als Padrone genießen.

Giulia hatte gerade angefangen, einen alten Roman von Elsa Morante zu lesen, als ihr Handy klingelte. Es war Luca, der ziemlich aufgeregt klang und gar nicht mehr aufhörte, sich zu entschuldigen. Er habe sich eigentlich vorgenommen, sie nicht zu belästigen, sie nicht anzurufen, sie nicht weiter in den Schlamassel hineinzuziehen, aber nun wisse er nicht, was er tun solle und an wen er sich wenden könne, und wenn er ihr alles erzählte, dann würde sie sehr wohl verstehen, warum er so aufgeregt sei. Giulia freute sich. Vielleicht würde sie also die nächsten Tage doch nicht mit alten Filmen und Romanen zubringen müssen. Sie hatte sich schon ein bisschen davor gefürchtet, nun von »ihrem Fall« ausgeschlossen zu sein. Sie gab Luca Carlas Adresse, beschrieb, wie er dort hinkomme, aber er unterbrach sie, schließlich sei er Römer, und es sei ja nun kein Vorort, in dem sie untergetaucht sei. Er beeile sich und werde – nur zur Sicherheit – anrufen, wenn er vor der Tür stehe. Sie solle bloß sonst niemandem die Tür öffnen.

Eine halbe Stunde später klingelte das Telefon erneut – Luca hatte sich wirklich gesputet. Er trat ein, berichtete, dass er extra ein paar Umwege gefahren und mit seinem Crossbike durch eigentlich unpassierbare Gassen geradelt sei, um mögliche Verfolger auf jeden Fall abzuschütteln. Dann erzählte er ihr von Lombardis Besuch bei seinem Vater.

Giulia erfasste ein ungutes Gefühl. Der Bericht über die Begegnung von Lucas Vater mit dem panischen Lombardi, vor allem aber, dass dieser Luca beim Lauschen erwischt hatte, machte ihr Sorgen. Ob er denn einen Verdacht habe, wovor Lombardi Angst habe, welche Informationen Gianfranco Crivelli in der Hinterhand haben könnte? Luca konnte nur Vermutungen anstellen. Er wusste, dass sein Vater Mehrheitseigner eines anderen Bauunternehmens und zusammen mit Lombardi an vielen öffentlichen Projekten beteiligt war. In den letzten Jahren hatte der milliardenschwere Bau einer neuen U-Bahn-Linie die Öffentlichkeit beschäftigt. Immer wieder war es zu Verzögerungen und Vergaben von städtischen Aufträgen gekommen, die seltsam anmuteten. Luca ahnte, dass einige der Männer, die bei seinem Vater ein- und ausgingen, an diesem Mammutbau beteiligt waren – vor allem Lombardi verdiente daran.

»Aber das kann kaum alles sein. Schließlich scheinen dein Onkel und der tote Silvio Fanni weder Interesse noch Zugang zu irgendwelchen Informationen gehabt zu haben. Oder glaubst du etwa, dein Onkel ist auf einem Rachefeldzug und will den Machenschaften Lombardis ein Ende bereiten?«

»Nein, ich weiß es nicht. Das klingt doch sehr unwahrscheinlich, nicht wahr?«

»Es würde auch alles noch ein bisschen furchteinflößender machen, findest du nicht?«, fragte Giulia, ohne eine Antwort abzuwarten. »Jedenfalls heißt das, du solltest vorsichtig sein.«

Schließlich zeigte Luca Giulia ein Telegramm – der eigentliche Grund seines Kommens: »Treffen beim Autor der *Scritti Politici*. Morgen 6 Uhr. Tor wird offen sein. GC.«

»Ein Telegramm deines Onkels?«

»Ja. Es ist vorhin zugestellt worden, als ich wieder in meinem Apartment war.«

»Bist du sicher, dass es von ihm ist? Wer schreibt denn überhaupt noch Telegramme? Was bedeutet das?«

Luca erklärte, dass ihm sein Onkel vor vielen vielen Jahren ein Buch zu Weihnachten geschenkt hatte – es kam per Post, mit einer Grußkarte, aber ohne Absender: Antonio Gramscis *Politische Schriften*. Sein Vater hatte das natürlich mitgekriegt, ihm das Buch wieder abgenommen und sich furchtbar echauffiert, seinen Bruder beschimpft, herumgeschrien, was dem einfalle, erst unterzutauchen und sich dann mit solch perfiden Werken in Erinnerung zu rufen, um seine Kinder zu infiltrieren. Später habe sich Luca die Bücher in einer Buchhandlung bestellt und heimlich gelesen, 16 sei er da gewesen.

»Aber Gramsci ist bekanntlich tot.«

»Absolut. Aber er lebt ja doch weiterhin in Rom, wenn

auch außerhalb der ehemaligen Stadtgrenze«, entgegnete Luca altklug.

»Aha, klär mich auf.«

»Gramsci liegt auf dem *Cimitero acattolico*, in Gesellschaft von John Keats und Carlo Emilio Gadda. Er hat es gut getroffen, findest du nicht?«

»Das stimmt. Ich bin allerdings, muss ich zugeben, noch nie dort gewesen.«

»Ich war oft da, es ist so ein ruhiger, friedlicher Ort. Und es verirren sich kaum Touristen dorthin.«

»Könnte es nicht eine Falle sein?«

»Das ist sehr unwahrscheinlich. Da müsste einer schon um drei Ecken denken, um auf diesen Treffpunkt zu kommen.«

»Du hast recht. Also fahren wir zum Protestantischen Friedhof.«

»Ich fahre. Du bleibst in deinem Versteck. Aber ich möchte dich um etwas bitten.«

Giulia wollte protestieren – Luca nicht zu begleiten, kam ihr vor wie eine Degradierung oder eine Suspendierung. Aber natürlich wollte sich sein Onkel mit ihm und nicht mit seiner Pensionswirtin treffen.

»*Va bene*, alles, was du willst.«

»Versprich mir, dass du dem Kommissar, der bestimmt wieder bei dir auftauchen wird, weder von dem Telegramm noch von dem Treffen erzählst. Und vielleicht könntest du ja bei deinen Antiquariatsfreunden, die das Gedächtnis Roms zu sein scheinen, einmal unauffällig in Erfahrung bringen, was es mit Lombardis Geschäften auf sich haben könnte. Ich habe hier noch eine Liste mit Namen gemacht, die mit ihm und meinem Vater zusammenhängen – sie ist nicht vollständig, aber vielleicht hilft sie weiter. Sei aber vorsichtig. Und fahr nicht nach Trastevere, ruf die beiden lieber an.«

»Alles klar, Chef«, sagte Giulia. Sie war wieder im Spiel.

Siebzehn

Luca war in aller Herrgottsfrühe aufgestanden und sogar einige Minuten vor der angegebenen Zeit am Friedhof eingetroffen. Das Morgenlicht erstrahlte in jener Reinheit und Weichheit, die er liebte. Die Schmutzschlieren des Tages, Lärm und Staub, würden sich erst nach und nach auf Rom legen. Er schlich an der Friedhofsmauer entlang, hinter der Akazien in die Höhe wuchsen, nur noch überragt von der Cestius-Pyramide. Er mochte diesen Ort, wenngleich er zugeben musste, dass ihm ein wenig mulmig zumute war. Was sein Onkel ihm wohl anvertrauen würde? Ob sein Leben von nun an eine ganz andere Wendung nahm?

Langsam ging er bis zum Haupteingang des Friedhofs und fand, wie im Telegramm angekündigt, das schwere eiserne Tor mit seiner goldenen Sonnenornamentik unverschlossen. Er blickte sich um. Niemand war zu sehen, kein Aufseher, keine Friedhofsgärtner. Offiziell wurde hier erst um neun Uhr geöffnet. Sein Onkel musste gute Beziehungen haben. Die Stimmung an diesem Ort war betörend, durchwoben von Wehmut und Melancholie. Ein langer Weg führte hinauf zu einem prächtigen Schrein, jeder Grabstein war anders, die Mischung aus Ordnung und verwirrender Vielfalt machte diesen romantischen Friedhof tatsächlich zu einem einzigartigen Platz voller Kunst, Kultur und Erinnerung. Im Vorübergehen nahm er einige Namen wahr: Horrace Bellshaw, ein neuseeländischer Gelehrter, der inmitten seiner Freunde und seiner geliebten Frau gestorben war, wie der Grabstein verriet. Oder May Olivia de Rossi, die unter dem Namen Clark geboren worden war, vermutlich die Frau von Enrico de Rossi und Mutter von Cesare de Rossi, die mit ihr dieses letzte »Zuhause« teilten. »Liebevoll gedacht« wurde auch dem Bruder von Margaret B Allan, einem gewissen William Rollo Robeson. Von überallher waren diese Menschen einst nach Rom gekommen, waren Teil der Geschichte der Metropole geworden, die sie für die Ewigkeit an sich band. Ihre letzte Ruhestätte aber fanden sie doch nicht innerhalb ihrer Mauern, sondern sie blieben auch im Tod Fremde in der Hauptstadt des Katholizismus. Kreuze in allen Formen, goldverzierte Grabsteine, schlichte und kunstvolle Gravuren, Engel, die sich an Kruzifixen abstützten, Inschriften, die in wenigen Zeilen ein Leben zusammenzufassen suchten: Luca erschien dieses Viertel der Toten viel lebendiger als viele andere Quartiere in Rom. Die hier liegenden Dichter und Maler, Denker und Ausgestoßenen waren ihm auf eine gewisse Weise näher als seine Familie. Es kam ihm nun gar nicht mehr rätselhaft vor, dass ihn sein Onkel ausgerechnet hierhin bestellt hatte. Auch er war ja einer, der nicht dazugehörte. Da fiel ihm ein Grabstein auf, der ihm in seinem Witz all das zum Ausdruck zu bringen schien, was die letzten Tage geschehen war: »Generale Nicola Chiari. 1922–1998. Rosebud. What does that mean?«

Ja, was bedeutete das alles? Luca war ebenfalls auf der Suche nach einem Schlüssel, und in ein paar Minuten würde er vielleicht das Geheimnis kennen, seine Familie besser verstehen. Und sogar das Schloss finden, zu dem der Schlüssel passen könnte.

Luca war schon öfter am Grab Gramscis gewesen, aber doch brauchte er eine Weile, um es zu finden, vielleicht weil er sich allzu leicht von den anderen Gräbern, den dort hausenden Geistern, ablenken ließ und dem Geraune der stummen Stimmen folgte. Keats lockte ihn, der jugendlich schöne Dichter. Ein paar Zeilen aus einem seiner Gedichte hatte Luca im Kopf, als er sich seinen Weg durch den Kreuzeswald schlug:

Im Dunkel lausche ich; und wie Verlangen
Mich oft schon faßte nach dem stillen Grab,
Wie ich dem Tod, mich herzlich zu umfangen,
Schon oft in Liedern liebe Namen gab,
So scheint mir Sterben jetzt besonders schön.

Friedhöfe hatten für Luca eine fast unheimliche Verführungskraft. Vielleicht erging es einem Taucher so, wenn er von der tiefen Schwärze des Meeresgrunds angezogen wurde.

Da war es. Das Grab. Der verabredete Treffpunkt. Antonio Gramsci. 1891 bis 1937. Mitbegründer der Kommunistischen Partei Italiens. Theoretiker. Ein Opfer Mussolinis. Zu Tode gekommen nach jahrelanger Haft, in der er schrieb und schrieb.

Nichts war in diesem Moment zu hören außer das Gezirpe von Vögeln. Es war kurz nach sechs. Sein Onkel hatte sich verspätet. Oder er hielt sich hinter einem anderen Grabstein versteckt, um sicherzugehen, dass Luca auch tatsächlich allein aufgetaucht war. Er wartete. Achtete nun auf jedes Geräusch. Wollte sich keine Sorgen machen, was ihm aber nicht recht gelang. Ob die Polizei seinen Onkel doch aufgegriffen hatte? Oder gar die Leute seines Vaters? Er sah sich um, wobei er seine Nervosität gerade noch im Zaum halten konnte. Da kam vom Eingang des Friedhofs ein Mann auf ihn zu. Dunkel gekleidet. Einen Hut tief in die Stirn gezogen. Das musste er sein. Er ging langsam, bedächtig, so als sei er gar nicht verabredet, sondern ganz zufällig hier aufgetaucht, und hob die Hand wie zum Gruß, der Kopf aber blieb gesenkt. Das Gesicht war nicht zu erkennen. Luca hatte gar keine Zeit, sich zu wundern, denn in diesem Moment hörte er hinter sich ein leises Knacken. Er fuhr herum, und plötzlich standen da drei Männer mit übers Gesicht gezogenen Masken, der eine hatte einen Schlagstock in der Hand, der andere eine Pistole, der dritte machte einen Satz auf ihn zu, Luca schrie auf, ihm wurde der Arm fachgerecht in einen Gewahrsamsgriff genommen, als er sich umzublicken versuchte, erkannte er nur aus dem Augenwinkel, wie der, den er für seinen Onkel gehalten hatte, kehrt machte und eilends das Weite suchte. Dann merkte er nur noch, wie ihm einer der drei Angreifer ein feuchtes Tuch vors Gesicht hielt, und in kürzester Zeit hatte er das Bewusstsein verloren.

Achtzehn

Giulia hatte sich vorgenommen, die Ruhe zu bewahren. Das war ihr auch gelungen, zumindest bis um die Mittagszeit, dann aber wurde sie nervös und von Stunde zu Stunde immer nervöser. Luca hatte versprochen, sich zu melden, sobald er seinen Onkel getroffen hätte. Er hatte ihr allerdings auch eingebläut, auf keinen Fall die Polizei einzuschalten – er könne nicht voraussehen, wohin ihn Gianfranco Crivelli führen würde. Vielleicht dauerte doch alles länger, ganz sicher hatten die beiden sehr viel zu besprechen. Eine halbe Ewigkeit musste aufgearbeitet werden, und wer wusste schon, welche Enthüllungen der Onkel seinem Neffen zu verkünden hatte. Möglicherweise war Luca einfach unter Schock und wollte nicht reden. Und weshalb sollte er in diesem Falle ausgerechnet sie, Giulia, sofort anrufen und Bericht erstatten? So verging der Nachmittag. Immer wieder versuchte sie, sich auf ein Buch zu konzentrieren. Sie las Italo Svevos Roman *La coscienza di Zeno*, der sie als Jugendliche begeistert hatte, aber ihr fehlte die Muße. Sie las Wort für Wort, aber keine Sätze. Sie blätterte, nur um festzustellen, dass sie nicht hätte sagen können, was auf der vorherigen Seite geschehen war. Dann war es 17 Uhr. 18 Uhr. 19 Uhr. Sie aß eine Kleinigkeit. Telefonierte mit Carla, der sie nichts von ihrer Besorgnis erzählte. Sie hörte eine Nachrichtensendung im Radio, in der vom Berlin-Besuch Matteo Renzis berichtet wurde, aber mehr bekam sie nicht mit. Sie telefonierte mit Beppo, der versprach, mit Nello ein bisschen herumzuforschen und zu schauen, welche Verbindung zwischen den Namen, die sie ihm von der Liste Lucas vorlas, bestehen könnte. Sie verschlang eine halbe Tafel Schokolade, weil Süßes sie immer entspannte. Sie trank einen Espresso, sehr stark, und schon war die Entspannung dahin. 20 Uhr. Sie nahm die Karte von Commissario Rignoni in die Hand und war schon dabei, die Nummer zu wählen. Bevor sie bei der letzten Ziffer angekommen war, löschte sie die Nummer wieder vom Display. Sie knabberte an den Fingernägeln, eine schlechte Angewohnheit, die sie wahrscheinlich mit zwölf abgelegt hatte. Sie schaltete den Computer an und sah sich eine Nachrichtensendung an, die sie frustrierte. Irgendein Rechtsaußen hielt eine Hetzrede, es wurde ausführlich darüber berichtet. Sie klappte das Gerät zu und schimpfte innerlich. Dann fluchte sie, diesmal laut und deutlich. Selbstgespräche, auch das noch, dachte sie. Sie las ein paar Seiten, aber hätte man sie gefragt, welches Buch sie in Händen hielt, sie hätte es nicht gewusst. 21 Uhr. Noch einmal wählte sie die Nummer von Rignoni und brach wiederum ab und legte das Handy zur Seite. Schließlich hielt sie es nicht mehr aus, trat aus der Wohnung und klopfte bei ihrem Nachbarn. Enrico war nicht da, was zu erwarten gewesen war. Überhaupt, was hätte sie ihm sagen sollen? Dass ein Freund von ihr vermisst wird, dass sie sich in einen Kriminalfall hatte verwickeln lassen, dass dieser Freund zu den reichsten Menschen Roms gehörte und möglicherweise in Gefahr sein könnte, die Polizei aber besser nicht eingeschaltet werden sollte, weil die vielleicht selbst in die ganze Angelegenheit verstrickt war? 21.30 Uhr. Giulia schrieb einen Zettel und legte ihn vor Enricos Tür: *Magst Du morgen zum Frühstück rüberkommen, gegen 10 Uhr? Deine temporäre Nachbarin Giulia.* Dann legte sie sich ins Bett, wohl wissend, dass sie nicht würde schlafen können. Und so war es auch. Sie starrte an die Decke, beobachtete die

Lichter, die von der Straße in Carlas Wohnung geworfen wurden. Sie kontrollierte alle drei Minuten ihr Handy, in der Hoffnung, Luca könnte ihr eine Nachricht geschrieben haben, obwohl ihr Mobiltelefon auf laut gestellt war und sie das Piepsen unmöglich hätte überhören können. In der Via Urbania war noch immer Betrieb, noch immer saßen Gäste in den Restaurants und amüsierten sich. Sie wäre gerne hinausgegangen und hätte sich zu ihnen gesellt, nur um eine Weile abgelenkt zu sein. Und Hunger hatte sie auch.

Sie stellte sich vor, in die Osteria am Ende der Straße zu gehen, die sie mit Carla schon ein paar Mal aufgesucht hatte. Ein ziemlich unscheinbares Lokal, von außen sogar ein bisschen schäbig. Innen mit großem Understatement eingerichtet, die Tische alle unterschiedlich, die Stühle wie auf Flohmärkten zusammengesucht. Grün gestreifte Tischdecken, Kerzen und keine Musik aus irgendwelchen Lautsprechern. Manchmal allerdings, wenn die letzten Speisen serviert worden waren, spielte der Koch Gitarre und sang dazu eine erstaunliche Mischung aus alten Volksliedern und kurzlebigen Pop-Songs, aber manchmal auch ein herzerweichendes Chanson von Luigi Tenco, das Giulia liebte:

Mi sono innamorato di te / Perché / Non avevo niente da fare / Il giorno / Volevo qualcuno da incontrare / La notte / Volevo qualcosa da sognare.

Ach ja, der Koch konnte nicht nur singen. Die Küche war wirklich grandios, und wenn eine Römerin das feststellte, musste etwas dran sein. Auf einem Tisch vor dem Bartresen wurden abends auf großen Platten Vorspeisen aufgefahren: *prosciutto, salame, olive, formaggio, melanzane marinate, bresaola.* Artischocken und gegrilltes Gemüse. Reiskroketten. Und einiges mehr. Die Kellner stellten nach Wunsch die leckersten Antipasti-Teller zusammen. Die *fettucine al ragu* – eine Offenbarung! Aber Carla und Giulia hatten sich eine Portion teilen müssen, weil sie weder auf den zweiten Gang noch auf das Dessert verzichten wollten. *Saltimboca alla romana* – in einem Restaurant wie diesem bekam man das Gericht genau so, wie man es von zu Hause kannte. Die Butter, der Wein, mit dem alles abgelöscht wird, die Salbeiblätter – in der Osteria konnte man nachempfinden, wie es zu dem Namen *saltimbocca* kam. *Salt' im bocca!* Spring in den Mund!

Spring in den Mund. Spring in den Mund. Für ein paar Minuten hatte Giulia es wirklich geschafft, sich von ihren Sorgen um Luca abzulenken. Essen half doch immer. Auch wenn es nur im Kopf stattfand. Wie gern wäre sie jetzt einfach aus dem Bett gehüpft und die paar Schritte zur Osteria gegangen, um sich eine Portion *tortellini cremolati* oder *spaghetti alla scoglio* oder *tagliolini agli asparagi* zu bestellen. Und das Dessert nicht zu vergessen, ein *tiramisu* oder eine *torta mimosa* oder besser noch … mmmh … ein *gelato di ricotta*.

Aber sie sollte die Wohnung nicht verlassen, und sie war in dieser Hinsicht ein braves Kind, das auf die Anweisung des Kommissars hörte, obwohl sie nicht wissen konnte, auf welcher Seite er eigentlich stand. Ein Uhr. War sie doch kurz eingeschlafen? Sie sah aufs Handy. Ein Smiley mit Gute-Nacht-Gruß von Carla. Kein Lebenszeichen von Luca. Sie schrieb Carla zurück: *Schlaf schön, Süße*. Sie machte die Augen zu. Machte die Augen wieder auf. Schaltete das Licht an. Griff nach einer Zeitschrift. Schaltete das Licht aus. Musste wohl eingeschlafen sein, denn als sie aufschreckte, war es bereits halb drei. Die Nachbarwohnung wurde aufgeschlossen, Enrico schien von seiner Türsteherschicht nach Hause gekommen zu sein. Schon allein das Wissen, dass der junge

Mann nun da und in ihrer Nähe war, ließ sie aufatmen. Das Handy aber hielt keine Nachricht für sie bereit. Sie legte es neben das Kopfkissen, was man nicht tun sollte, wie sie neulich gelesen hatte. Der Strahlen wegen. Was kümmerten sie die Strahlen. Sie versicherte sich zum zehnten Mal, dass das Handy eingeschaltet war. Dann zwang sie sich, die Augen zu schließen. Und als sie die Augen geschlossen hatte und dachte, dass sie unmöglich noch einmal werde einschlafen können, schlief sie doch ein.

Ein Klingeln weckte und verwirrte sie, weil sie eigentlich auf einer Wiese unter einem Baum saß, weit und breit keine Tür und kein Telefon, bis sie langsam aus ihrem idyllischen Traum in die Wirklichkeit gezerrt wurde, nach dem Handy tastete, nur um festzustellen, dass es weder klingelte noch vibrierte noch piepte noch sonst irgendwelche Informationen für sie bereithielt, sondern dass an der Haustür geschellt wurde. Enrico. Natürlich. Sie sprang auf, rief, dass sie gleich da sei, dass sie sofort … Sie riss die Tür auf, und in dem Moment wusste sie, dass sie genau das getan hatte, was sie nicht tun sollte – die Tür aufzumachen, ohne zu wissen, wer davor stand. Sie wollte schon einen Schreck kriegen. Und die Tür wieder zuschlagen. Aber da stand Enrico, mit einem breiten Strahlen, einer Tüte, aus der ein Croissant lugte, und einem »Ciao bellissima« auf den Lippen, das sie sofort glückselig aufseufzen ließ – ein biederer Clark Kent, in dem sich Superman verbarg: »Ach, Enrico, Enrico.«

Enrico trat ein und tat so, als sei er weder überrascht noch enttäuscht, dass das versprochene Frühstück sich noch ein Weilchen verschieben würde. Giulia sprang unter die Dusche, ließ das Wasser so kalt als möglich über den Körper rinnen und war sofort hellwach. Keine zehn Minuten später saß sie mit Enrico am Küchentisch. Er hatte inzwischen bereits Kaffee zubereitet, ein frisch gepresster Orangensaft stand auf dem Tisch, und die Sonne blinzelte durchs Fenster. Es wäre ein noch schönerer Morgen gewesen, hätte ihr Handy endlich ein Lebenszeichen von Luca angezeigt. Aber nichts. Gar nichts.

Sie wusste nicht recht, ob sie nun auch noch Enrico in die ganze Angelegenheit hineinziehen sollte. Vor allem, was sollte sie erzählen? Alles etwa? Und was war das? Nichts war klar, weder warum Fanni umgebracht worden noch was mit Lucas Onkel geschehen war. Giulia entschied sich für eine etwas unbefriedigende Variante, die das meiste zwar im Vagen ließ, aber Enrico doch so weit einweihte, dass er über zweierlei Bescheid wusste – erstens: Nein, dass sie sich bei ihrer Tochter verkroch, hatte nichts mit einer unglücklichen Liebesgeschichte zu tun. Irgendwie sah Enrico bei dieser Nachricht nun selbst ein wenig betrübt aus, sollte er sich etwa Hoffnungen darauf gemacht haben, als tröstender Nachbar in die Bresche oder gar in Giulias Bett springen zu können? Giulia war verwirrt, ließ sich aber nichts anmerken. Zweitens: Ein sehr guter Freund – trauriger Blick von Enrico –, schwul im Übrigen – ein Hoffnung schöpfendes Lächeln Enricos –, sei seit gestern verschwunden, obwohl er hoch und heilig versprochen hatte, sich zu melden. Er hätte sich, fügte sie hinzu, bereits gestern um die Mittagszeit ein Lebenszeichen von sich geben müssen. Allerspätestens aber gestern Abend. Dann hielt sie ihr Handy wie eine schlechte Schauspielerin in die Höhe, zeigte mit dem Zeigefinger der anderen Hand darauf und sagte: »Keine Nachricht, nichts!« Enrico blickte sie begeistert an, und obwohl Giulia nicht wusste, wo nun schon wieder diese Begeisterung herkam, nutzte sie den Augenblick und fragte ihn mit einem zumindest ihr betörend erscheinenden Augenaufschlag, ob er sie auf den Friedhof begleiten würde. Sie getraue sich allein nicht. Das war nur die halbe Wahrheit, aber tatsächlich schien ihr eine männliche Begleitung angesichts der Ereignisse angebracht.

Enrico sah sie konsterniert an. »Auf den Friedhof? Warum denn Friedhof? Und welcher überhaupt?«

Giulia erklärte in groben Zügen, dass ihr schwuler Freund eine Verabredung mit seinem Onkel gehabt habe, aber nun glaube sie, Giulia, dass da irgendetwas nicht ganz mit rechten Dingen zugegangen und er vielleicht in eine Falle gelockt worden sei. Jedenfalls sei der Friedhof der letzte Ort, von dem sie wisse, dass Luca ihn aufgesucht habe.

»Dann fahren wir da hin«, sagte Enrico. »Ich muss eh erst ab neun wieder arbeiten und wollte mir einen schönen Tag machen. Ich hoffe, er wird schön«, fügte er lächelnd hinzu.

Giulia fand sich fast ein bisschen unverschämt. Wen sie nun alles einspannte für ihre detektivischen Aktivitäten. Aber das Angebot nahm sie selbstverständlich an. Enrico bekam eine Umarmung und war glücklich.

»Ich gehe mich rasch umziehen«, sagte er, »in fünf Minuten kann es losgehen. *Ciao.*«

»Bis gleich, Enrico. Und danke …«

Neunzehn

Vermutlich nahmen Giulia und Enrico denselben Weg, den Luca tags zuvor mit seinem Crossbike genommen hatte. Es ging durch die belebte Via Cavour, die Via degli Annibaldi, sie umrundeten das in der Morgensonne noch imposanter wirkende Kolosseum. Sie fuhren fast in eine japanische Touristengruppe hinein, aber Giulia konnte im letzten Moment noch ausweichen – sie ließ ein paar saftige Beschimpfungen los, musste dabei aber lauthals lachen. In der Via di San Gregorio wurde es erstaunlicherweise ruhiger, und der Circo Massimo wirkte zu ihrer Rechten extrem pittoresk. Sie fuhr wie immer ziemlich rasant auf Carlas Roller, was dem körperlich wohldefinierten Enrico auf dem Sozius die Möglichkeit bot, sich an die Fahrerin zu schmiegen, ja, sich geradezu an sie zu klammern. Auf der Viale della Piramide Cestia fühlte man sich fast schon ein bisschen außerhalb Roms, wenngleich die früheren Randbezirke der Stadt mittlerweile ins Zentrum gerückt waren. Der Friedhof war geöffnet. Vor dem kleinen Häuschen, in dem Bücher und Postkarten verkauft wurden, stand ein älterer Mann mit blauer Schürze, ein Friedhofsgärtner, der gut gelaunt zu den beiden neuen Gästen herübergrüßte. Viel war an diesem Tag nicht los, zumindest nicht im Reich der Lebenden. Zwei Besucher irrten zwischen den Gräbern umher. Ein deutscher Oberstudienrat im Ruhestand mit seiner Frau, schätzte Giulia, auf der Suche nach Goethe Filius – zumindest hatte Luca ihr erzählt, dass die meisten deutschen Touristen deshalb den Weg zum protestantischen Friedhof auf sich nahmen. Der Lehrer hatte eine kleine Ledertasche umhängen, und seine Gemahlin trug einen Regenschirm, obwohl nichts an diesem sonnenbeschienenen Vormittag auf Regen hinwies. Giulia blickte den beiden, die zerstreut herumstolperten, mit Neugier nach. Der Mann entfaltete jetzt einen Plan und wies mit dem rechten Arm nach links, während sich seine Frau nach rechts aufmachte. »Renate, nach links!«, schrie er auf Deutsch, und Giulia sah sich in ihrer Einschätzung bestätigt: ein pensionierter Lehrer mit leicht autoritärem Habitus.

Enrico fragte, wonach man denn nun Ausschau halten solle.

»Gute Frage«, erwiderte Giulia. »Lass uns Gramsci mal einen Besuch abstatten, vielleicht fällt uns irgendwas auf.« Sie erkundigte sich bei dem alten Gärtner nach dem Weg, und der ließ es sich nicht nehmen, die junge Frau und ihren Begleiter mit einem strahlenden Lächeln zum großen Marxisten zu führen. Dabei redete er fortwährend, erzählte von diesem Toten und jener. Von der australischen Bildhauerin Dora Ohlfsen etwa, die sich die letzte Heimstatt mit ihrer lebenslangen Gefährtin Elena von Kügelgen teilt, mit der zusammen sie im Februar 1948 Selbstmord begangen hatte – ein Dionysos-Relief wachte über die beiden für immer Vereinigten. Oder das Grab des lettischen Malers Niklavs Strunke, auf dem – in Lettisch – stand: *Die Kunst ist ewig.* Der gebildete Gärtner redete aber nicht nur, er blickte Giulia auch fortwährend mit blitzenden Augen an. Sie hörte nur noch mit einem Ohr hin, und Enrico war keine Hilfe, er schlenderte ein paar Schritte hinter ihnen und tippte etwas in sein Smartphone. Manchmal blieb der alte Mann unvermittelt stehen und deutete auf einen besonders schönen oder besonders kitschigen Grabstein. Dann streckte er seinen rechten Zeigefinger in die Luft und blinzelte Giulia verschwörerisch zu. Sie nickte nur und machte Anstalten weiterzugehen, um auch ihn wieder in Bewegung zu setzen. Nach ziemlich langer Zeit hatten sie, obwohl der Weg eigentlich ganz kurz war, Gramscis Ruhestätte erreicht. Giulia ahnte, was nun kommen würde. Und tatsächlich wollte der auskunftsfreudige Gärtner schon ansetzen, als Enrico ihn räuspernd unterbrach.

»Entschuldigen Sie vielmals, Signore. Würde es Ihnen etwas ausmachen, uns nun allein zu lassen? Sie verstehen, es ist eine Familiensache. Wir sind hier zum stillen Gedenken.«

Der alte Mann blickte zuerst Enrico verwundert und ein bisschen verärgert an, dann Giulia. Er dachte sich wohl, dass die beiden spinnen. Familie! Dann zuckte er mit den Schultern und schritt etwas vor sich hinmurmelnd und missgelaunt von dannen. »Habe eh zu tun, habe ja eh noch viel zu tun.«

Und weg war er.

Giulia atmete tief durch, bedankte sich bei Enrico und sondierte die Umgebung. Was sollte ihnen hier auffallen?

Enrico blickte hinter alle Grabsteine, die Gramsci Gesellschaft leisteten. Giulia suchte zwischen den Blumen, die auf dem Grab niedergelegt waren, nach irgendeiner Nachricht. Dann schritten sie den Ort ein wenig weiträumiger ab. Enrico entdeckte in einem Busch etwas Glitzerndes, und als er sich bückte, fand er ein Schmuckstück.

»Was die Leute so im Gebüsch verlieren.«

Enrico streckte seinen Arm aus, auf seiner Handfläche lag ein Armkettchen mit einem goldenen Anker.

»Nein! Wo hast du das denn gefunden?«, rief Giulia freudig und erschrocken zugleich. Sie erinnerte sich an das Schmuckstück, Luca trug so eines. Von wem sonst sollte es stammen? »Wo hast du es her?«

»Hier, wo das Gestrüpp anfängt.«

Beide sahen sich die Sträucher näher an, wobei ihnen auf-

fiel, dass gleich mehrere Äste umgeknickt waren. Sie kämpf-
ten sich vorsichtig hindurch, achteten dabei auf jede Kleinigkeit und gelangten auf der Seite zu einem Weg, der auf
ein paar Metern zwei parallel verlaufende Spuren aufwies.
Man musste Luca hier entlang geschleppt, dann ein Stückchen auf dem Boden geschleift haben. Danach war nichts
mehr zu erkennen.

»Es waren mindestens zwei«, sagte Giulia. »Der Zweite
hat ihn hier an den Beinen gepackt, und sie haben ihn getragen.« Sie folgten dem Weg, kamen zur Mauer des Friedhofs
und zu einer Holztür. Enrico versuchte, sie zu öffnen.

»Abgeschlossen.«

»Gestern war sie bestimmt geöffnet«, sagte Giulia, während sie sich umblickte, um weitere Spuren zu entdecken.
Nichts. »Komm mit.«

Enrico folgte der zügig Richtung Eingang des Friedhofs
eilenden Giulia, sie blickte sich suchend um und entdeckte,
was sie suchte: den Gärtner. »Signore«, rief sie und stürmte
auf den verdutzten, nun schon wieder etwas freundlicher
dreinblickenden Mann zu, der gerade dabei war, auf einem
Weg Unkraut zwischen den Steinen herauszuzupfen.

»Verzeihen Sie«, rief ihm Giulia mit ihrer schmeichelnds-
ten Stimme zu, noch bevor sie ihn erreicht hatte und mit
einem breiten Lächeln vor ihm stand. »Darf ich Sie etwas
fragen? Keiner kennt sich hier so gut aus wie Sie« – der
Gärtner senkte bescheiden den Kopf und blickte Giulia von
unten an, als wollte er sagen, dass sie natürlich recht habe,
er das aber niemals von sich behaupten würde – »keiner hat
einen solchen Überblick wie Sie. Sagen Sie, gestern Morgen,
wann sind Sie hergekommen?«

»Gegen zehn Uhr«, antwortete der Gärtner.

»Aber Sie fangen doch gewiss nicht immer so spät an?«,
versuchte Giulia ihn aus der Reserve zu locken.

»Natürlich nicht, Signora, auf keinen Fall. Normalerweise bin ich um sieben hier, manchmal um acht. Später nie.«

»Und warum war das gestern anders?«

»Wir haben gestern alle so spät angefangen. Das lag daran, dass hier gefilmt wurde.«

»Gefilmt?«

»Ja, es wurde ein Film über den Friedhof gedreht, und damit die Dreharbeiten in Ruhe stattfinden konnten, wurden die Mitarbeiter gebeten, erst später zu kommen.«

»Aha, und wer hat Ihnen gesagt, Sie sollten erst später kommen?«

»Na, mein Chef. Aber der hat einen Anruf von der Tourismusbehörde bekommen, und die haben ihm mitgeteilt, dass an dem Tag sehr früh am Morgen gefilmt werde und dass keine Leute auf dem Friedhof sein sollten. Das Team müsse ohne Ablenkung arbeiten können, es werde auch nur zwei Stunden dauern. Deshalb sollten wir alle erst um 10 Uhr erscheinen.«

»Und als Sie kamen, waren die Filmleute noch da?«

»Nein, nein, da waren alle schon weg. Niemand war mehr da. Nur das Eingangsportal stand noch offen, darüber haben wir uns alle aufgeregt, das darf nämlich nicht vorkommen. Eigentlich hätten ohnehin wir den Friedhof öffnen müssen, aber uns wurde gesagt, für einen Schlüssel sei gesorgt.«

»Interessant. Wissen Sie etwas über die Holztür, ganz hinten, noch hinter dem Grab von Antonio Gramsci?«

»Ja, natürlich, die wird eigentlich nie genutzt. Aber gestern habe ich dann doch mal nachgesehen – man weiß ja nie, wenn Fremde auf dem Gelände waren –, und da stand die Tür sperrangelweit offen. Und einer von den Filmleuten muss dann auch noch seinen Schuh verloren haben. Einen Turnschuh. Stellen Sie sich das mal vor! Den Schuh verlieren und es nicht merken, das ist doch ungeheuerlich. Aber muss man sich wundern heutzutage, wenn die Menschen immerzu in ihre Apparate starren, während sie durch die Gegend spazieren. Dass die nicht auch noch ihren Verstand verlieren, ohne es zu merken! Aber vielleicht haben sie gar keinen, und deshalb muss ihnen dieser Apparat dabei helfen, sich in der Stadt zurechtzufinden. Also, ich finde ja, dass die Schule heutzutage …«

Giulia grätschte an dieser Stelle mit einem sehr bestimmten »Signore« dazwischen, diese abrupte Unterbrechung seiner kulturpessimistischen Gedanken dadurch abfedernd, dass sie ihm eine Hand auf die Schulter legte. »Würden Sie uns den Schuh vielleicht mal zeigen?«

»Sind Sie denn vom Filmteam? Waren Sie gestern etwa auch hier?«

»Nein, nein, das sind wir nicht. Wie gesagt, uns führten persönliche Gründe ans Grab von Gramsci, aber wer weiß …« Und Giulia wusste da leider nicht weiter. Enrico sprang ihr zur Seite.

»Sehen Sie, hm, so ein Schuh auf einem Friedhof, hm, das ist ja immer auch ein Zeichen – also, man kann viel daraus lernen. Welcher Art der Schuh ist, deutet etwa darauf hin, wie man sich durch die Welt bewegt. Und uns interessiert natürlich, wer so alles am Grab Gramscis, eines hochverehrten Ahnen in unserer Familie, zu Gast ist.«

Giulia nickte, obwohl sie selten eine so idiotische Erklärung gehört hatte. Der Gärtner jedenfalls blickte sie verwirrt an und machte ein Handzeichen, mit dem er die beiden dazu aufforderte, ihm zu folgen. Er steuerte einen kleinen Schuppen an, den er mühselig öffnete – er musste erst an seinem imposanten Schlüsselanhänger den passenden Schlüssel für das Vorhängeschloss finden, und da es verrostet war, brauchte er eine Weile, um es aufschnappen zu lassen. Er trat allein ein, kramte in einer Kiste und hielt schließlich einen pinken Chuck Taylor in der Hand. Giulia nickte und murmelte: »Luca.«

Enrico nickte ebenfalls. »Interessant«, sagte er. »Der amerikanische Imperialismus hat auf ganzer Linie gesiegt. Wenn Antonio das noch miterlebt hätte.«

»Wie dem auch sei«, unterbrach ihn Giulia und schaute ihn dabei streng an, »vielen Dank, Sie haben uns sehr geholfen. Vielleicht bewahren Sie den Schuh am besten noch auf, wer weiß, ob nicht in den nächsten Tagen jemand vom Filmteam zurückkommt und ihn abholt. Ist ja eine schöne Farbe, nicht?«

Der Gärtner blickte auf seine Hand, in der ein knallpinker Turnschuh von Converse lag, und dann auf Giulia. »Wie Sie meinen, Signora. Ist vielleicht besser, wenn ich ihn wieder in die Kiste mit den Fundsachen stecke. Man weiß ja nie.«

Giulia bedankte sich noch einmal überschwänglich, drückte dem Gärtner die Hand und riss dann Enrico fast mit sich Richtung Ausgang.

»Lass uns nachsehen, ob wir jenseits der Mauer bei der Holztür noch etwas finden.«

Sie liefen am Friedhof der Nichtkatholiken entlang, bis sie zur Holztür gelangten, die zur Straße führte. Dort entdeckten sie Lucas Crossbike, an eine Mauer gelehnt. Giulia wurde ein bisschen schlecht. Sie suchten die Umgebung weiter ab, fanden aber keine weiteren Spuren mehr.

»Ich glaube, das ist ernst. Was meinst du?«

»Du hast recht. Allein kommen wir da wahrscheinlich nicht weiter.« Giulia wuschelte sich durchs lockige Haar, eine Geste, die auf Enrico enthusiasmierende Wirkung zu haben schien. Er starrte sie jedenfalls fasziniert an. Dann sagte sie entschlossen: »Also gut, ich fahre ins Kommissariat. Das ist tatsächlich kein Spiel mehr. Rignoni …«

»Wer?«

»Rignoni, der Commissario, Rignoni jedenfalls muss jetzt mal zeigen, was er kann – oder aber …« Sie zögerte.

»Was aber?«

»Ja, aber wenn er nun doch mit denen unter einer Decke steckt, die für das hier verantwortlich sind?«

»Wie kommst du darauf?«

Giulia erzählte von Lucas Begegnung mit Lombardi, der enge Verbindungen zur Justiz und wahrscheinlich auch zur Polizei hatte. Allerdings merkte sie, dass das alles auch ein bisschen paranoid klang. Es war eine heikle Lage – Gefahr in Verzug, um es dramatisch auszudrücken. Sie konnte nicht länger tatenlos warten. Sie gingen zum Roller, Enrico sprang hinten auf.

»Weißt du was«, schrie er ihr durch den dichter gewordenen römischen Verkehr zu, »eines wissen wir immerhin: Der Gärtner war es nicht.«

Giulia war zwar nicht zum Lachen zumute, sie musste aber doch grinsen. Sie fuhr noch schneller als sonst, wand sich durch diverse kleine Staus und vorbei an falsch parkenden Autos, setzte Enrico vor seinem Haus ab, gab ihm einen Kuss auf die Wange, was ihn – charmanterweise – erröten ließ, und düste gleich weiter zur Adresse, die auf Commissario Rignonis Karte genannt war. Sie wollte nicht warten, bis er möglicherweise irgendwann bei ihr im Versteck auftauchen würde.

Zwanzig

Luca fühlte sich benommen, und das war noch eine Untertreibung. Sein Kopf schmerzte, als wäre er in einen Schraubstock eingeklemmt, den man abwechselnd anzog und wieder lockerte. Immer wenn der Druck nachließ, pochte es noch sekundenlang rhythmisch in seinem Schädel. Es kam ihm vor, als stünde er neben dem Bassverstärker in einem Technoclub. Ließ das Pochen langsam nach, zog sich wieder etwas metallisch um ihn zusammen. Es war kaum auszuhalten. Er wusste nicht, wo er sich befand, und er brauchte eine ganze Weile, bis sich schemenhaft eine Erinnerung daran formte, was geschehen war. Da war nicht viel. Sein vibrierender Kopf war nicht in der Lage, die Bilder richtig zusammenzusetzen: Er wusste, dass er auf den Cimitero acattolico gegangen war, um dort seinen Onkel zu treffen. Dass er gewartet hatte. Jede weitere Erinnerung – erloschen.

Er vermochte kaum seinen Kopf zu drehen. Der Raum war düster, und es dauerte eine Weile, bis sich seine Augen einigermaßen an die Dunkelheit gewöhnt hatten. Durch einen kleinen Schlitz drang etwas Licht herein, aber nicht genug, um die Dimensionen des Zimmers, das der Feuchtigkeit und Kälte nach zu urteilen wohl eher ein Kellerverlies war, erkennbar werden zu lassen. Er lag auf einer weichen Matratze. Seine rechte Hand war festgebunden, nein, nicht gebunden, sondern mit einer Handschelle an einen in die Wand eingelassenen Ring gekettet. Die rechte Hand konnte er bewegen. Luca versuchte, sich aufzustützen und sich hin-

zusetzen, was ihm nur halbwegs gelang. Sein Bewegungs-
radius war durch die Handfessel ziemlich eingeschränkt.
Ihm fehlte ein Schuh. Neben der Matratze stand eine Plas-
tikschale, die mit Wasser gefüllt war. Wie für einen Hund,
dachte er. Als sei er ein Hund. Er griff mit der Linken nach
dem Behältnis und trank gierig, bemühte sich dennoch,
nichts zu verschütten, so kostbar kam ihm die Flüssigkeit
vor. Er hatte keine Ahnung, was geschehen war, und überhaupt keinen Schimmer, was man von ihm wollte. Wer etwas
von ihm wollen konnte. Lombardi? Dass es mit Gianfranco
Crivelli zu tun hatte, das allerdings war ihm klar. Hilflos
in einem regelrechten Kerker gefangen, befiel ihn so etwas
wie Selbstmitleid: Worauf hatte er sich da nur eingelassen!
Wie lange er wohl schon hier lag? Und ob nach ihm gesucht
wurde? Er wusste, dass Giulia sich sorgen und alle Hebel
in Gang setzen würde, um ihn zu finden. Nur wo sollte sie
zu suchen beginnen? Er befand sich – wahrscheinlich – irgendwo in einer der unzähligen römischen Katakomben, die
Stadt war geradezu unterhöhlt, es gab garantiert keine Spuren. Sein Vater hatte sicherlich Dreck am Stecken, und der
Polizei war nicht zu trauen. Davon war er überzeugt. Aber
sein Vater wäre zu so etwas nun doch nicht fähig.

Das Telegramm konnte er sich allerdings nicht erklären.
Wer außer seinem Onkel und seinem Vater wusste etwas von
der Verbindung zu Gramsci? Lombardi wohl kaum. Oder
hatte sein Vater die Geschichte mit dem Buch herumerzählt,
seinen Geschäftsfreunden gegenüber den unsäglichen Ein-
fluss erwähnt, den sein Bruder auf seinen Sohn auszuüben
gedachte? Es musste jemand anders dahinterstecken, was
ihn doch ziemlich beunruhigte. Es fand sich einfach kein
einziger Hoffnungsschimmer. Noch nicht einmal ein win-
ziger, der es mit dem kleinen Lichtstrahl aufnehmen konnte,
der durch den Riss in der Wand drang.

So lag er da. Eine Stunde oder länger, das Zeitgefühl war ihm abhandengekommen, er hatte keine Uhr mehr, kein Handy, natürlich kein Handy, er hatte ... Und auch sein Talisman, der goldene Anker, den er von seinem ersten Liebhaber, einem Galeristen, 30 Jahre älter als er, einem wunderbaren Mann, geschenkt bekommen hatte, war ihm abgenommen worden. Ein kitschiges Geschenk, das musste er sich eingestehen, ausgerechnet von einem der wichtigsten Kunsthändler des Landes. Umso berührender hatte er die Geste damals gefunden. Der Galerist hatte ihm das Band mit dem kleinen Anker um das Handgelenk gebunden und ihm erzählt, dass er es seinerzeit von seinem allerersten Geliebten erhalten habe – Luca habe ihn an diesen Mann erinnert. Er wollte, dass Luca den Anker behalte und sich manchmal an sein erstes Abenteuer erinnere. Er hatte das Bändchen in Ehren gehalten und nur sehr selten abgenommen. Nun war es weg, und er trauerte in diesem Moment so sehr darum, als hätte man ihn nicht nur eines Schmuckstücks beraubt, sondern auch seinen Liebhaber getötet.

Die Kopfschmerzen ließen etwas nach. Er lag ruhig, und als er pinkeln musste, blieb ihm nichts anderes übrig, als die leer getrunkene Schale zu nutzen. Wie war das eigentlich in Filmen, die von Entführungen handelten? Mussten die Opfer da jemals aufs Klo? Hatten die in ihrem Gefängnis eine Toilette? Oder begleitete sie ein Entführer für kleine Jungs? An die Entführer hatte er noch gar nicht gedacht. Er versuchte erneut, die fehlenden Teile des Morgens in seinem Kopf zusammenzusetzen. Der Friedhof. Das Grab Gramscis. Der Onkel. Warten. Die Angst, in eine Falle getappt zu sein. Und dann? Nichts. Oder doch ... Ein Mann, der auf ihn zugekommen war, mit einem Hut tief ins Gesicht gezogen, der Gedanke, das müsse er sein, Gianfranco Crivelli. Und dann? War das sein Onkel gewesen? Hatten sie ihn auch erwischt? Wer immer *sie* sein mochten.

Seine Grübelei brachte ihn nirgendwo hin, nur immer wieder in dieses Verlies, das nicht nur feucht war und kalt, sondern in dem es nun auch noch nach Urin müffelte. Er ekelte sich und konnte doch nichts tun, als Ruhe zu bewahren. Wieder verging Zeit. Wieder verging eine Stunde, vielleicht waren es auch zwei, vermutlich aber nicht mehr als eine halbe. Die Zeit wurde auf unheimliche Weise gedrosselt, wenn man wartete. Und wenn man auf etwas wartete, von dem man keine Idee hatte, verging die Zeit vermutlich noch viel langsamer. Als würde die Angst jede einzelne Sekunde in die Länge dehnen. Luca versuchte wieder, eine bequeme Stellung einzunehmen. Inzwischen ließen die Kopfschmerzen zwar merklich nach, dafür tat ihm der ganze übrige Körper weh. Vielleicht hatte er Schläge abbekommen. Oder er lag schon so lange auf dieser Matratze, dass ihm deshalb alle Glieder wehtaten. »Mein Körper ist ruhig, ganz ruhig und entspannt.« Er hörte die säuselnde Stimme einer Yogalehrerin, bei der er einmal einen Kurs in Autogenem Training belegt hatte. Die Stimme hatte sich ihm damals eingeprägt. Wenn er übte, wann immer er auf dem Boden lag und zur Ruhe kommen wollte, ertönte sie in seinem Kopf, so klar und deutlich, als würde die Yogalehrerin neben ihm sitzen und ihm sanftmütig Anweisungen einflüstern. »Mein Körper ist ruhig, ganz ruhig und entspannt.« Der Satz wiederholte sich in seinem Kopf ohne sein Zutun, immer wieder sprach die Lehrerin ihm diese Sätze zu, die etwas Verführerisches hatten – eine Einladung, die Welt und das Denken auszuschließen. Es schien zu wirken. Luca wurde wirklich ruhig, sein Körper entspannte sich. Er lag da, gefesselt, aber sein Kopf wurde immer leerer. Und freier. Erstaunlich, dachte er kurz, in welchen Situationen … Aber die Stimme seiner Yogalehrerin unterbrach ihn, und er wurde zurückgeführt in die Ruhe, die ihm neue Kräfte einhauchen sollte. Sein Atem beruhigte sich ebenso wie sein Herzschlag. Die Angst schien von ihm zu weichen, zumindest konnte er sie in Schach halten. Bis zu dem Moment, als er ein Knacken hörte, gefolgt von Schlüsselgeklirr. Und dann wurde eine Tür, die er bislang in der Dunkelheit nicht bemerkt hatte, mit großer Wucht aufgestoßen. Das Quietschen der Scharniere ließ ihn zusammenfahren, kalte Schauer jagten über seinen Rücken, denn nachdem die Tür aufgestoßen worden war, geschah erst einmal nichts. Dann hörte er Schritte, die lauter wurden, näher kamen. Luca versuchte, sich umzuwenden, so gut es ging zu sehen, was vor sich ging, aber immer noch war alles in eine albtraumhafte Düsternis gehüllt, gegen die der sanfte Lichtstrahl aus der Wand nichts ausrichten konnte.

Plötzlich wurde es hell.

Luca musste die Augen schließen. Er blinzelte. Öffnete die Augen, um sie sofort wieder zusammenzukneifen. Nur langsam konnte er durch die Lider hindurch schemenhaft den Schatten eines Menschen erkennen, der gar kein Schatten war, sondern der Mann selbst, der nun kräftig schnaufend vor ihm stand. Luca blinzelte weiter vor sich hin, ausgeliefert dem Kerl, der sich da vor ihm aufgebaut hatte. Die ihr scharfes Licht ausstrahlende Lampe baumelte direkt über dem Kopf seines Besuchers. Wie ein Heiligenschein. Zwar konnte Luca nun die Augen offenhalten, aber erkennen konnte er noch immer nichts. Zumindest kein Gesicht.

»Signor Crivelli«, sagte eine bärbeißige Stimme, die kehlig klang, das Organ eines Kettenrauchers, »entschuldigen Sie die Unbequemlichkeiten, denen Sie ausgesetzt sind.«

»Wer sind Sie?«, fauchte Luca ihn an, mit einer Wut, die eher seiner Furcht entsprang.

»Das tut nichts zur Sache.« Noch immer war nur der kräftige Körper des Mannes zu erkennen, seine Gesichtszüge blieben im Schattenreich dieses Gefängnisses verborgen. »Ich hoffe, Sie konnten sich ein wenig erholen nach unserem kleinen Ausflug«, fuhr er fort, die Silben geradezu einzeln von seinen Stimmbändern kratzend. »Meine Jungs haben es wohl etwas übertrieben. Eigentlich sollten sie etwas mehr Gastfreundlichkeit an den Tag legen und die Einladung an Sie, uns hier zu besuchen, etwas sanfter aussprechen. Aber sie sind keine begnadeten Redner, sondern eher von der tatkräftigen Sorte und reden ohnehin überhaupt nicht gern. Meine Jungs kommen nicht aus Ihrer Nachbarschaft, wenn Sie verstehen, was ich meine. Ja, ganz im Gegenteil: Sie kommen aus einer anderen Welt, in der es nicht so feinsinnig zugeht und Dinge anders geregelt werden als in Ihren Kreisen.«

Der Mann lachte, und dieses Lachen hatte etwas Diabolisches – als würde es seinen Weg durch einen feurigen Höllenschlund nehmen müssen, bevor es ihm zwischen den Zähnen hindurch, die es noch zu zermalmen versuchten, ins Freie rutschte. »Chchchchchchchchchchchchch«, so ungefähr klang dieses einer Motorsäge ähnliche Geräusch. Zweifellos ein Lachen. Aber eines, das einen nicht zum Mitlachen einlud, sondern eher ums Leben fürchten ließ.

»Sie fragen sich vermutlich, warum Sie hier sind«, fuhr der große Schatten fort, den Luca von seiner Position am Boden aus als riesenhaft wahrnahm. »Machen Sie sich keine Sorgen – es liegt nicht daran, dass ich nachtragend wäre.«

Wieder lachte er sein nun eher krähenartiges Lachen, und als der Mann unter der Lampe hervor- und einen Schritt nach rechts trat, konnte Luca ihm ins Gesicht sehen: Tatsächlich hatte er schon seine Bekanntschaft gemacht, erst vor Kurzem, und es war keine erfreuliche Begegnung gewesen. Über den Augen sah er die schillernde Narbe – das

Letzte, was er wahrnahm, bevor dieser Kerl ihn auf dem Campo dei Fiori ausgeknockt hatte.

»So sieht man sich also wieder«, sagte Luca mehr erstaunt als erschrocken, wobei er sich mit der freien Hand abstützte, um eine nicht allzu erniedrigende Position einnehmen zu müssen.

»Ich sagte ja schon, Sie müssen sich nicht sorgen. Zumindest nicht, wenn Sie mit uns kooperieren und keine Mätzchen machen.«

»Dafür müsste ich erst einmal wissen, warum ich hier bin und was Sie von mir wollen.«

»Aber Signor Crivelli«, sagte der Mann mit einer aufgesetzt enttäuschten Stimme, »ich habe Ihnen doch gerade zu verstehen gegeben, dass Sie keine Spielchen treiben sollen. Das ist doch so unnötig. Die reinste Zeitverschwendung.«

Der ausgesprochen kräftige Mann sah ihn lange mit einer Miene an, die ein enttäuschter Lehrer macht, nachdem sein Musterschüler bei der schriftlichen Prüfung versagt hat. Luca versuchte, seinem Blick standzuhalten. Intuitiv ahnte er, dass es wichtig war, keine Schwäche zu zeigen. Was leicht gedacht, aber schwer in die Tat umzusetzen war. Lange hielt er die Position, aufgestützt auf einem Arm, den Kopf verdreht, die andere Hand angekettet, nicht mehr durch. Luca versuchte die nun im Laternenschein sichtbaren Regungen im Gesicht seines Entführers zu lesen – aber es gab da nichts zu entschlüsseln. Das mitleidige Lächeln war daraus ebenso verschwunden wie die Brutalität, an die er sich aus seiner Nahkampferfahrung mit ihm erinnerte. Der Unbekannte verharrte wie festgefroren vor der Matratze und starrte auf Luca hinab.

»Wissen Sie, Signor Crivelli, ich will Ihnen nicht wehtun. Ich muss Ihnen auch gar nicht wehtun, wenn Sie Ihr Wissen mit uns teilen.«

»Welches Wissen denn, verdammt noch mal?«, platzte es aus Luca heraus.

»Aber nun regen Sie sich doch nicht auf. Dafür gibt es gar keinen Grund. Ihnen geht es gut. Gleich werden meine Männer Ihnen frisches Wasser bringen und diese Schale« – er zeigte angewidert auf das Behältnis, in das Luca gepinkelt hatte – »entsorgen. Und wenn Sie dann die Freundlichkeit hätten, mir alles zu erzählen, dann bekommen Sie auch noch etwas zu essen, Sie werden noch ein Weilchen unser kleines Luxusapartment genießen und dann in ihr Leben zurückkehren, als wäre nichts geschehen. Das ist doch sicherlich auch in Ihrem Sinne, oder?«

Luca sah ihn wortlos an. Er begriff, dass entweder sein Onkel hinter all dem steckte – oder dieser Typ hinter seinem Onkel her war. Beide Möglichkeiten schienen ihm nicht gerade sympathisch. Aber so oder so konnte er sich beim besten Willen nicht vorstellen, welches »Wissen« sein Peiniger in seinem Kopf vermutete.

»Würden Sie mir verraten, welcher Art die Informationen sind, die Sie von mir haben wollen? Brauchen Sie Rat in architektonischen Fragen oder eine Kunstexpertise« – Luca war klar, dass er sich solche Scherze lieber sparen sollte, seine Situation war schließlich alles andere als rosig, aber er konnte nicht anders. »Oder sind Sie auf der Suche nach einem verflossenen Liebhaber, den ich Ihnen ausgespannt haben könnte?«

Nun lachte der Typ fast schon herzhaft. Das Krächzen und Sägen zerschnitt förmlich die Luft.

»Sie machen mir Spaß«, sagte er. »Sie machen mir Spaß.« Augenblicklich war die gute Laune verflogen. »Aber um Spaß geht es hier nicht«, brüllte er, sodass Luca zusammenzuckte, seine Hand wegknickte und er gekrümmt auf der Matratze lag. »Sie feiner Klugscheißer. Sie können bald wieder Spaß haben«, schrie er. Und dann, wieder beherrschter und ruhiger werdend: »Aber hier, mein Freund, sind Sie gefälligst ein guter Junge. Ich will nicht, dass meine Begleiter mit Ihnen reden müssen. Wie gesagt: Sie verstehen sich nicht darauf, sie haben keine Freude an ironischen Wortwechseln, sie kommen aus den Vororten, wo Dinge anders geregelt werden. Solche wie Sie werden dort von solchen wie meinen Jungs nicht mit Samthandschuhen angefasst. Machen wir es so«, sagte er im sanftesten Ton, den er mit seinen aufgerauten Stimmbändern hervorzubringen vermochte, »ruhen Sie sich noch ein Stündchen aus, trinken Sie etwas Wasser, und dann komme ich mit einem kleinen Notizblock zurück und schreibe alles auf, was Sie mir zu sagen haben. Ganz ohne Gezeter, ohne Sperenzchen. Sie wissen so gut wie ich, dass wir auf diesem Weg am schnellsten zum Ziel kommen.«

»Aber welches Ziel denn?«, wollte Luca ihm zurufen, hielt sich aber zurück. Der Kerl war überzeugt davon, dass er im Besitz von Informationen war, die man zur Not aus ihm herausprügeln würde. Mein Gott, dachte Luca, wäre ich doch nur in Ligurien geblieben.

Einundzwanzig

Das Commissariato di Polizia Trastevere in der Via San Francesco a Ripa lag praktischerweise nur ein paar Schritte von Giulias Bar entfernt, in der sie – wie ihr etwas schuldbewusst gewahr wurde – ohnehin mal wieder vorbeischauen sollte, trotz ihres Versprechens, im Exil auszuharren. Zuerst aber musste sie den unangenehmen Gang zu Commissario Rignoni antreten. Sie ging durch die Tür, über der die italienische und die europäische Flagge müde und schlaff herabhingen. Der Polizist am Empfangstresen meldete sie bei Rignoni an und schickte sie dann ins zweite Stockwerk. Sie klopfte, und als niemand antwortete, trat sie ein. Der Kommissar saß an einem alten, sich unter der Last von Akten fast biegenden Schreibtisch und schaute sie mit hochgezogenen Brauen an. Giulia machte eine zerknirschte Miene, verzog die Mundwinkel, kräuselte die Stirn und hob, um den Effekt noch zu steigern, entschuldigend beide Hände in die Höhe.

»Signora Malfante, eigentlich sollten Sie in Ihrem Versteck bleiben. War das nicht so verabredet?«

Giulia nickte wie eine auf dem Schulhof heimlich beim Rauchen ertappte Schülerin. Rignoni wies mit der rechten Hand auf den Stuhl ihm gegenüber, der allerdings schon von einem einsturzgefährdeten Papierstapel besetzt war. Also sprang er eilfertig auf, griff beherzt zu und versetzte den Turm vom Stuhl auf die letzte noch freie Fläche seines Schreibtischs, auf dem auch ein Notebook herumstand, ein Zeichen immerhin, dass hier schon das 21. Jahrhundert eingekehrt war. Die Umschichtungsaktion führte dazu, dass – als beide wieder saßen – Giulia den Stuhl verrücken musste, um an der nun entstandenen Mauer vorbei zu Rignoni blicken zu können. So chaotisch hätte sie sich seinen Arbeitsplatz nicht vorgestellt, sondern vielmehr auf einen Pedanten getippt. Zumindest hatte er sich bislang redlich Mühe gegeben, diesen Eindruck zu erwecken.

»Viel zu tun«, sagte sie und sah mit vorgestrecktem Kopf zwischen den verschiedenen Stapeln hin und her. Rignoni reagierte darauf mit einem Grummeln, das weder als Ja noch als Nein zu interpretieren war und auch nicht darauf schließen ließ, dass er sich weiter über die Unordnung oder die allgemeine Arbeitsüberlastung im Polizeikorps auslassen wollte.

»Was kann ich für Sie tun? Gibt es etwas Neues? Ist Ihnen etwas aufgefallen? Etwas eingefallen?«

»Ja, ich habe Neuigkeiten. Allerdings keine, die Ihnen gefallen dürften.«

Giulia erzählte von dem Telegramm und dem geplanten Treffen Lucas mit seinem Onkel auf dem Cimitero acattolico, von ihren eigenen Nachforschungen auf dem Friedhof, dem verlorenen Turnschuh und dem goldenen Anker, den sie im Gebüsch gefunden hatte und ihm nun in der hingestreckten offenen Hand präsentierte.

»*Merda*«, entwich es Rignoni, wenn sich das auch eher wie ein zögerlich durch die Zähne gepresster Laut anhörte. »Schöner Mist.« Letzteres hatte er eher zu sich selbst gesagt. »Signora, ich hatte Ihnen beiden doch deutlich zu verstehen gegeben, dass Sie auf gar keinen Fall irgendwelche Alleingänge unternehmen sollten. Glauben Sie denn, das hier ist ein Spiel? Wir haben wirklich Grund zur Annahme, dass der Tote am Tiber – Professore Fanni – in eine schwerwiegende Sache verwickelt war, und dass die Leute, die ihn umgebracht haben, auch nicht zögerlich agieren werden, wenn sich ihnen jemand in den Weg stellt. Sie ahnen nicht, was hier los ist.«

»Was ist denn los?«

»Ich kann darüber nicht reden.«

»Können Sie wenigstens eine Andeutung machen?«

»Nein.«

»Hat es mit Lucas Vater zu tun?«

»Was wissen Sie von Lucas Vater?«

»Hm.«

»Warum glauben Sie, dass es etwas mit Lucas Vater zu tun haben könnte? Denken Sie etwa, er steckt hinter der Geschichte?«

»Nein … ich weiß nicht … vielleicht?«, stotterte Giulia.

»Jetzt hören Sie mir mal gut zu: Ich bekomme hier täglich zehn Anrufe aus der römischen Quästur, und der Questore bekommt jeden Tag zehn Anrufe aus dem Ministerium. Der Fall hat nichts mit einem gewöhnlichen Straßenraub zu tun. Ein paar Leute scheinen sehr nervös zu sein, und ich gehe davon aus, dass Silvio Fanni und Gianfranco Crivelli der Anlass dafür sind, dass in Rom gerade eine, sagen wir, gewisse Unruhe herrscht.«

Giulia war auf gewisse Weise beeindruckt von der Offenheit Rignonis. War das nicht eine Art Vertrauensbeweis? Er schien sie als Co-Ermittlerin zu akzeptieren; innerlich musste sie darüber ein wenig schmunzeln, denn es ließ auch auf Verzweiflung schließen. Oder wollte er sie mit ein paar hingeworfenen, am Ende letztlich doch recht allgemeinen Ausführungen ködern, damit sie etwas preisgab, was ihn weiterbringen konnte? Giulia kam sich ein bisschen albern vor. Da saß sie auf dem Polizeirevier und spielte im Kopf Schach mit einem Kommissar, der ihr schon gar nicht mehr so unsympathisch erschien.

»Also«, sagte sie, »ich mache mir sehr ernsthafte Sorgen um Luca. Ich bin in diese Sache hineingeschlittert ...«

Rignoni räusperte sich auf übertriebene Weise.

»Gut, formulieren wir es anders: Ich habe meine Nase in etwas hineingesteckt, was mich eigentlich nichts angeht. Was mich dann aber doch wieder etwas angeht, weil es schließlich mein Gast war, der verschwunden ist, und ein Freund meines Gastes, der ermordet wurde. Und da mir Luca, obwohl wir uns eigentlich nicht kennen, ans Herz gewachsen ist ...«

Jetzt musste sie kräftig Luft holen.

»... weil ich also Angst habe um Luca, möchte ich gerne dazu beitragen, dass wir herausfinden ...« – wieder räusperte sich Rignoni energisch – »... möchte ich meinen Teil dazu leisten, dass dieser Fall aufgeklärt wird. Es gibt da noch etwas, was Sie wissen sollten. Und vielleicht wird dann auch klarer, warum Sie sich mit Ihren Vorgesetzten herumschlagen müssen und der Minister selbst sich für die Geschichte zu interessieren scheint.«

»Ich bin ganz Ohr.«

»Nun, Luca hat mir von einem Zwischenfall im Haus seines Vaters erzählt«, fuhr Giulia fort, »vorgestern war das. Ein Bauunternehmer namens Lombardi« – Rignoni hob einmal mehr bedeutungsschwer die Augenbrauen – »hatte einen Streit mit Direttore Crivelli, bei dem es um Gianfranco Crivelli ging und um irgendwelche Unterlagen. Aber Genaueres wusste er nicht. Das Ganze war eindeutig und rätselhaft zugleich.«

»Und Luca war einfach so bei dieser Zusammenkunft dabei.«

»Selbstverständlich nicht. Er hat heimlich mitgehört. Er war in einem Nebenzimmer und konnte durch eine geöffnete Tür das Gespräch verfolgen.«

»Ich hoffe, dass man ihn dabei nicht beobachtet hat.«

Giulia hüstelte nervös. »Ich befürchte, dass dieser Lombardi ihn gesehen hat. Was tun wir denn jetzt?«, fragte sie und korrigierte sich rasch: »Was werden Sie jetzt tun?«

Rignoni ging darauf nicht ein.

»Sagen Sie«, sagte er, »hat Luca keinen Verdacht gehegt, das Telegramm könnte gar nicht von seinem Onkel stammen?«

»Nein, hat er nicht. Ich glaube nicht, dass er geglaubt hat, dass … Er war guter Dinge. Er war aufgeregt, weil er mit der Nachricht seines Onkels nicht gerechnet hatte. Nein. Glauben Sie denn, das Treffen war eine Falle?«

Und Giulia begriff selbst, dass ihre Frage ziemlich naiv klang. Was sollte es sonst gewesen sein? Und wer sonst außer Lombardi konnte dahinterstecken?

»Um ehrlich zu sein, und das wissen Sie selbst, sieht das doch alles nicht so aus, als hätte Luca den Friedhof freiwillig verlassen«, sagte Rignoni, und Giulia nickte, weniger als Reaktion auf das, was der Commissario gesagt hatte, als zu ihren eigenen Gedanken.

Rignoni griff zum Telefon und bestellte einen Kollegen namens Corazza zu sich, der keine zwei Minuten später an die Tür klopfte.

»Entschuldigen Sie mich einen Augenblick.« Rignoni ging mit dem Mann vor die Tür, die er hinter sich schloss. Giulia hörte nur den Commissario reden, schnell und dezidiert, aber sie verstand nicht, was er sagte. Nach fünf Minuten trat er wieder ein.

»Meine Leute fahren jetzt zum Friedhof und sehen sich dort um. Die Spurensicherung ist bestellt, wenn es denn noch Spuren zu sichern gibt, nachdem Sie dort herumgestolpert sind.« Er lächelte sie an, obwohl man merkte, dass ihm eigentlich gar nicht zum Lächeln zumute war. »*Merda*«, sagte er noch einmal. »Das Ganze ist nicht zum Spaßen. Überhaupt nicht zum Spaßen. Und was machen wir jetzt mit Ihnen?«

»Tja, ich möchte Ihnen nicht zur Last fallen.«

»Können Sie zurück in die Wohnung Ihrer Tochter?«

»Theoretisch ja.«

»Und praktisch?«

»Würde ich gerne bei Da Giuseppe vorbeigehen und schauen, wie mein Laden läuft. Vielleicht hat mein Vater längst alle Gäste vergrault.«

»Gut, ich begleite Sie, und Sie laden mich auf einen Caffè ein. Dann sehen wir weiter.«

»Hervorragender Plan.«

In der Bar war jetzt am Nachmittag die Hölle los. Vittorio flitzte zwischen den Tischen hin und her, Giuseppe stand hinterm Tresen und bediente wie zu seinen besten Zeiten die Espressomaschine, die dampfte und ratterte. Als Giulia eintrat, pfiff sie anerkennend. Giuseppe drehte sich verdutzt um, schob die Kappe nach hinten und lächelte seiner Tochter erfreut zu. Vittorio schwebte herein, gab Giulia im Vorbeigehen einen Kuss auf die Wange und rief, dass sie genau zur rechten Zeit komme.

Giulia blinzelte Rignoni zu, bat ihn, sich einfach zu setzen, holte sich aus einem Schrank hinter der Bar eine Schürze und stürzte sich, nachdem sie ihrem Vater gebeten hatte, Rignoni einen Caffè zu bringen, in die Arbeit. Rignoni beobachtete das Treiben mit einer gewissen Gelassenheit – angesichts der Tatsache, dass er es nun wahrscheinlich nicht mehr nur mit einem Mord, sondern auch mit einer Entführung zu tun hatte, schien er ziemlich entspannt. Giulia balancierte ein Tablett mit größter Eleganz, die Gläser und Tassen schaukelten zwar gefährlich nah am Abgrund, fanden aber heil ihre Empfänger. Um diese Zeit, wenn die

Leute ihre Mittagspause mit einem Espresso beendeten, manch ein Beamter seinen Feierabend mit einem Aperitif einläutete, Priesteranwärter la Dolce Vita praktizierten und Touristen sich von anstrengenden Museumsbesuchen erholten, waren zwei Leute für die Bar eigentlich zu wenig. Giulia musste sich überlegen, doch noch jemanden einzustellen. Hinter dem Tresen stapelten sich Tassen und Gläser und warteten darauf, gespült zu werden.

Giuseppe war gerade dabei, auf einem Brettchen eine Foccacia mit Mozzarella und Tomaten zuzubereiten. Er war schnell, hatte nichts verlernt und machte seine Arbeit mit dem größten Vergnügen. Im Hintergrund lief ein Radiosender mit Rockmusik aus den Siebzigern. Giuseppes große Zeit. Immer wenn Giulia vorbeieilte, warf sie Rignoni ein Lächeln zu. Aber sie sah darin auch die Sorge, dass er seine Arbeit vernachlässige – er müsste sich ja doch um Luca kümmern. Allerdings waren seine Leute ja schon vor Ort und suchten nach Spuren. Er würde frühestens in einer Stunde Nachricht bekommen, falls sie überhaupt irgendetwas finden würden. Giulia lenkte sich mit der Arbeit ein wenig ab. Sie scherzte mit den Gästen, ließ hier ein Wort fallen und dort. Aber mit ihren Gedanken war sie eigentlich bei Luca, und sie wollte am liebsten alles stehen und liegen lassen, um nach ihm zu suchen. Nur wo?

Zweiundzwanzig

Luca musste eingeschlafen sein. Als er die Augen aufschlug, saß sein Entführer vor ihm auf einem Stuhl. Er trug nun einen Hut, den er sich weit ins Gesicht gezogen hatte, und schaute ihn aufmerksam an. In seinem Schoß lag ein Notizbuch, in der rechten Hand hielt er einen Stift.

»Wo ist Ihr Onkel? Und vor allem: Wo hat er seine Unterlagen versteckt?«

»Welche Unterlagen?«, fragte Luca.

Der Mann machte ein enttäuschtes Gesicht. Er atmete übertrieben laut aus. »Seien Sie doch vernünftig.«

Luca bemerkte jetzt, dass in einer Ecke des schwach beleuchteten Raums noch jemand an der Wand lehnte, scheinbar unbeteiligt.

»Ach, das ist Renzo«, sagte der Mann mit Hut, als er seinen Blick bemerkte. »Renzo ist ein Freund, und er hat ein genaues Gespür dafür, ob jemand die Wahrheit sagt oder uns an der Nase herumführt. Nicht wahr, Renzo?«

Der Kerl in der Ecke nickte träge mit dem Kopf und betrachtete eingehend einen glänzenden Gegenstand, der in seiner Hand lag. Ein Messer?

»Renzo, was meinst du, spielt unser Gast den Naiven oder weiß er wirklich nicht, wovon wir reden?«

Renzo grummelte etwas vollkommen Unverständliches, und der vor seiner Matratze sitzende, auf Luca hinabblickende Wortführer in diesem Albtraum schien diese abhörsichere Geheimsprache genauestens verstanden zu haben.

»Ganz recht, Renzo, das glaube ich auch. Manche Leute sind einfach nicht sehr freundlich, obwohl man sie als Gast hofiert und verwöhnt, ihnen ein Getränk anbietet« – er zeigte auf die Wasserschale – »und sogar eine bequeme Schlafgelegenheit. Es ist fast so, als würde es auf dieser Welt keinen Anstand mehr geben. Eine Schande. Tz tz tz …«

Luca zog es vor, nichts zu erwidern, und blickte besorgt zu Renzo hinüber. Der wirkte, als sei ihm alles egal, was Luca noch stärker beunruhigte. Einer, der eine solche Dumpfheit ausstrahlte, dürfte wenig Hemmungen haben, anderen Leuten Schmerzen zuzufügen. Es war eine ausweglose Situation. Sagte er, dass er keine Ahnung vom Verbleib seines Onkels oder irgendwelcher Unterlagen hatte, würde man ihm nicht glauben. Erzählte er ihnen irgendetwas, würden sie schnell herausfinden, dass er sie anschwindelte. Wie sollte er aus diesem Schlamassel nur herausgekommen? Er versuchte es mit so etwas, das man als guten Willen deuten konnte.

»Hören Sie«, sagte er, »ich ahne, dass Sie etwas wollen, das mein Onkel besitzt. Aber ich habe meinen Onkel nicht gesehen – ich habe ihn, ehrlich gesagt, nie gesehen, er war kein Teil unserer Familie. Er war ein Verbannter, und ich durfte ihn nicht kennenlernen.«

Lucas Gegenüber seufzte.

»Gut. Mein Onkel hat mir einen Brief geschrieben, vor wenigen Tagen erst. Er wollte sich mit mir treffen. Und vermutlich wollte er mir etwas Wichtiges erzählen. Vielleicht sogar etwas, das Sie interessiert. Aber verstehen Sie: Zu dem Treffen ist es nie gekommen. Zuerst dachte ich, er hätte sich umgebracht. Und dann stellte sich heraus, dass Herr Fanni …«

Luca schaute auf die Reaktion des Mannes mit dem Hut, aber der machte ein Pokerface. Da war nichts zu lesen.

»Und ja, ich wollte in die Wohnung von Professore Fanni,

um ihn nach meinem Onkel zu fragen. Mehr weiß ich nicht. Haben Sie Fanni –« Luca stockte, noch bevor er das seine Entführer möglicherweise auf falsche Ideen bringende Wort ausgesprochen hatte.

»Ob ich Silvio Fanni umgebracht habe?« Der noch immer steif mit Notizbuch und Stift dasitzende Typ lachte sein kratziges Lachen und drehte sich zu seinem Kumpan um. »Renzo, hast du das gehört, ob ich Signor Fanni umgebracht habe, will er wissen.« Dann wendete er sich wieder Luca zu, das Lachen war erneut vom einen auf den anderen Moment verschwunden, als hätte er es einfach verschluckt. »Nein, das habe ich nicht. Ich hätte gerne mit Signor Fanni gesprochen. Deshalb war ich in seiner Wohnung. Er hätte mir sicher weiterhelfen können. Da er das aber nicht mehr kann, müssen eben Sie mir diesen Dienst erweisen.«

Luca schluckte und nickte unwillkürlich, was natürlich keine Zustimmung signalisieren sollte. »Glauben Sie mir, gerne würde ich Ihnen mehr erzählen als das, was ich Ihnen gerade gesagt habe. Ich bin mir auch sicher, dass Sie mich dann wieder gehen ließen. Aber ich weiß einfach nichts. Ich weiß nichts.«

»Ja, es mag sein, dass Sie uns erst ein bisschen kennenlernen müssen, wir müssen Ihr Vertrauen erwerben. Aber Sie müssen auch etwas dafür tun. Mit einem Schwindler lässt sich so schwer reden. Ich glaube Ihnen nicht, dass Ihr Onkel Sie nicht ins Vertrauen gezogen hat.«

»Aber ich sage Ihnen doch, ich habe meinen Onkel nicht gesehen. Ich bin zum Friedhof gekommen, um ihn zu treffen, aber – ich kann mich nicht erinnern, ob er dort war. Ich vermute, Sie waren dort, um mich hierherzubringen. War die Nachricht von Ihnen, haben Sie mich zum Friedhof gelockt?«

»Sagen wir es so: Wir wissen ein paar Dinge über Sie.

Nicht wahr, Renzo, das tun wir doch?« Er blickte über seine Schulter, und Renzo nickte gelangweilt. »Wir wissen, dass Sie mit Ihrem Onkel in Kontakt stehen. Und wir sind sicher, dass er Ihnen auch etwas hat zukommen lassen, an dem wir sehr interessiert wären.«

Luca schüttelte den Kopf. Eine eher unbeholfene Geste.

»Wo haben Sie den Schlüssel?«

»Welchen Schlüssel denn?«

»Das wissen Sie ganz genau. Den Schlüssel, den Code, die Adresse. Machen Sie es uns allen doch nicht so schwer!«

»Mein Gott, wie oft soll ich es Ihnen noch sagen!«

»Renzo«, sagte der Mann mit Hut lächelnd. »Renzo, würdest du bitte herüberkommen und unserem Gast darlegen, dass sich sein Verhalten nicht geziemt.«

Renzo trat aus seiner dunklen Ecke hervor und baute sich vor Luca auf.

»Sie erlauben, dass ich mich für einen Moment verabschiede. Ich sehe Menschen so ungern leiden. Sobald ich zurück bin, reden wir weiter. Renzo, du wirst doch bitte behutsam sein, damit unser Freund hier auch wirklich noch in der Lage ist, sich mit mir zu unterhalten?!« Er zwinkerte dem, wie Luca nun erkennen konnte, ziemlich stämmigen, ziemlich kräftigen Renzo zu, entfernte sich aus der Zelle und schloss die Tür sanft hinter sich.

Luca sah Renzo in die Augen, Renzo sah Luca in die Augen. Da war keine Regung, nichts Menschliches jedenfalls. Es war, als würden einen zwei Glasaugen anstarren.

»Ich bitte Sie«, sagte Luca, »glauben Sie mir doch. Bestimmt würde ich Ihnen weiterhelfen, wenn ich nur könnte. Aber ich kann …«

Luca kam nicht dazu, den Satz zu Ende zu sprechen. Renzo hatte sich über ihn gebeugt und mit voller Wucht seine Faust in Lucas Magengrube gestoßen. In ihm zog sich alles zusammen. Luca krümmte sich auf seiner Matratze, die Handschelle verhinderte, dass er sich gänzlich zusammenrollte. Er musste würgen, ihm kam irgendwas hoch, er stöhnte, da traf ihn ein zweiter Hieb direkt in die linke Niere. Nun schrie er, aber es war ein geradezu erbärmlicher, sofort ersterbender Schrei, der sich in ein jämmerliches Schluchzen auflöste. Renzo zeigte kein Mitleid. Er holte ein drittes Mal aus, Luca sah die Faust wie in Zeitlupe auf sein Gesicht zufliegen – in Wahrheit ging alles rasend schnell, und der Schlag traf ihn mitten auf die Nase. Das Blut schoss nur so aus ihm heraus, in Sekundenschnelle spürte er, wie sein T-Shirt sich damit vollsog. Er wusste nicht mehr, was am meisten schmerzte – sein Körper war eine einzige Wunde, und wieder stieg Übelkeit in ihm auf, er übergab sich und fiel, fast das Bewusstsein verlierend, zur Seite, die angekettete Hand unnatürlich vom Rest seines Körpers abgebogen. Renzo richtete sich auf, trat ein paar Schritte von ihm weg. Durch seine zusammengekniffenen Augen konnte Luca sehen, wie er ohne Veränderung seines Mienenspiels das Werk betrachtete – wie er Luca ansah, weder verächtlich noch mitleidig, sondern einfach nur wie einen Gegenstand, den er zurechtgefaltet hatte. Noch einmal kam er zurück, als ginge er in Zeitlupe, trat einmal zu, zweimal, dann drehte er sich um.

Wie durch einen Schleier sah Luca, dass die Tür sich wieder öffnete, ein helleres Licht in den Raum fiel, der Mann mit Hut hereinkam, auf die Matratze zutrat und seinen Vorarbeiter rügte: »Renzo, habe ich dir nicht gesagt, du sollst ein bisschen zartfühlender vorgehen? Jetzt sieh nur, was du angerichtet hast. Das ist doch ekelhaft. Signor Crivelli, es tut mir sehr leid, dass Sie solche Umstände haben«, sagte er mit einer Trauermiene an Luca gewandt. »Wie bedauerlich, wie bedauerlich.«

Luca war benommen, unfähig, auch nur einen Ton von sich zu geben. Der Mann lief quer durch den Raum, zu einem Regal, wie er erkennen konnte, kam mit einem Eimer zurück und schüttete Luca Wasser ins Gesicht. Ein Schock. Wieder schrie er auf, wieder kam der Laut unnatürlich gequetscht aus ihm heraus. Dann warf man ihm ein Handtuch zu. Mit seiner freien Hand griff er das Tuch und wischte sich mit schwindender Kraft durchs Gesicht. Sein Hemd war durchnässt, die Matratze feucht und beschmiert mit Blut und herausgewürgtem Mageninhalt.

»Machen Sie sich keine Gedanken, das kann jedem passieren«, sagte der Mann, seinen Kopf dem ekelerregenden Gemisch aus Körperflüssigkeiten zuwendend, in dem Luca lag.

»Renzo hat sich manchmal nicht unter Kontrolle. Wir werden jetzt, wenn es Ihnen recht ist, erst einmal Ihre kleinen Blessuren versorgen. Und dann sind Sie ganz bestimmt auskunftsfreudiger.«

Der Kerl schnippte mit den Fingern, woraufhin Luca Renzo gegen die Tür klopfen hörte. Jemand kam herein, ein weiterer Mann, den er noch nicht gesehen hatte, der einen Eimer mit Wasser und Verbandszeug mitbrachte. Man kümmerte sich tatsächlich um Luca, dem noch immer speiübel war und dessen Kopf sich vom Rest des Körpers entfernt zu haben schien.

»Bis gleich«, hörte er den Hutträger noch fröhlich krächzend sagen, dann wurden ihm die Kleider vom Leib gerissen, seine Wunde im Gesicht wurde abgetupft, es brannte höllisch, sein ganzer Körper wurde abgerieben, und dann kippte er einfach zur Seite. Als er einige Zeit später wieder erwachte, war er allein und lag auf einer neuen Matratze, gekleidet in ein unförmiges Hemd und eine Sporthose, in die er zwei Mal gepasste hätte. Neben ihm standen eine Schale mit Wasser und ein Teller mit zwei Broten. Er brachte keinen Bissen herunter, aber das Wasser trank er in einem Zug. Nie hätte er sich träumen lassen, einmal in eine solche Situation zu geraten. Als er ein Kind war, hatten sich seine Eltern davor gefürchtet, dass er oder jemand anderes aus der Familie entführt werden könnte. Immer waren irgendwelche muskelbepackten Männer in der Nähe gewesen, die auf ihn aufgepasst, ihn zur Privatschule gebracht und auch wieder abgeholt hatten. Aber mit dem Beginn seines Studiums hatte das ein Ende gehabt, mit seinem Namen und seiner Herkunft ging er nicht hausieren. Dass er jetzt gekidnappt worden war und die Entführer nicht einmal hinter dem Geld seines Vaters her waren, sondern hinter irgendwelchen ominösen Papieren – das war fast schon absurd. Das Leben ist seltsam, dachte Luca, und er schämte sich ein bisschen für diesen banalen Gedanken. Dann kam die Angst zurück. Er wusste, dass es kaum lange dauern konnte, bis sich die Tür wieder öffnen würde.

Dreiundzwanzig

Nachdem der Commissario in aller Seelenruhe seinen Caffè ausgetrunken hatte, war er zu Lucas Vater aufgebrochen. Er wollte herausfinden, ob der alte Crivelli von dem Verschwinden seines Sohnes irgendetwas wusste, vielleicht sogar dahintersteckte. Zu gerne wäre Giulia mitgekommen, hätte die Reaktion des Vaters gesehen und mit Rignoni anschließend darüber gesprochen. Doch das wäre wohl zu weit gegangen. Der Commissario hatte ihr angeboten, sie zurück in Carlas Wohnung zu bringen, aber Giulia wollte nicht – was sie ihm so nicht direkt gesagt hatte. Sie werde sich wieder verkriechen, meinte sie, müsse aber zunächst noch mit ihrem Vater über die Bar sprechen. Tatsächlich hatte sie nicht die geringste Lust, weiterhin in der Wohnung ihrer Tochter unterzutauchen, schließlich musste sie nach Luca suchen. Auch wenn sie sicher war, dass der Commissario sein Bestes tun würde – sie konnte unmöglich still herumsitzen. Carla hatte sie schon eine WhatsApp-Nachricht geschickt, damit die sich keine Sorgen machte. Und bei ihrem Vater im Café schien auch alles paletti zu sein: Es war sogar so, dass er in seiner neuen, alten Rolle richtig aufblühte. Er meinte, sie könne sich ruhig noch ein paar Tage freinehmen, er werde den Laden schon schaukeln. Vittorio, der gerade mit einem vollen Tablett an den beiden vorbeiging, verdrehte allerdings die Augen, was nur Giulia sehen konnte. Nicht jeder war eben eine so tolle Chefin wie sie.

Giulia trat hinaus vor die Bar und winkte Vittorio zu sich, der sich darüber beschwerte, dass er sich selten so habe herumkommandieren lassen müssen. Aber er werde es schon aushalten. Wo sie sich denn herumtreibe, wollte er wissen. Und ob sie wisse, was mit Luca los sei. Giulia war überrascht über diese Frage und zog die Augenbrauen hoch.

»Na ja«, sagte Vittorio, »man hat dich ja gar nicht mehr ohne ihn gesehen.«

»Aha«, sagte sie und verriet vorsichtshalber nichts über sein Verschwinden. »Vielleicht muss er sich ja mal wieder um sein Studium kümmern und macht deshalb einen Bogen um Trastevere.«

Vittorio schien die Antwort nicht zufriedenzustellen, er machte eine merkwürdig enttäuschte Handbewegung und deutete an, dass er zu tun habe. Sie beobachtete, wie er schlecht gelaunt zu einem Tischchen eilte, an dem gerade ein neuer Gast Platz genommen hatte. Und vor ihm stehend, knipste er sein freundlichstes Lächeln an. »Ach, Vittorio«, sagte Giulia und seufzte, winkte ihrem Vater zu und verschwand Richtung Via Natale del Grande. Beppo und Nello schienen wieder mal die Einzigen zu sein, die ihr weiterhelfen konnten. Hoffentlich, dachte sie, haben sie etwas herausgefunden.

»Na«, begrüßte sie die beiden, »ich bin gespannt.«

»Das kannst du auch sein«, entgegnete Nello.

Beppo zog ein Notizbuch aus seiner Jacketttasche, blätterte es sorgsam auf und räusperte sich.

Nello blickte so aufmerksam auf Giulia wie diese auf Beppo.

»Wo fange ich an. Also, natürlich sind uns die Namen, die du genannt hast, nicht unbekannt. Und Lombardi sowieso nicht. Das sind ja alles gestandene Wirtschaftsleute und Politiker, sozusagen der Milchschaum unserer schönen Stadt.« Nello grinste, und Beppo fuhr fort.

»Die meisten von ihnen dürften sich schon lange kennen, und wenn man die Zeitungen verfolgt, weiß man natürlich, dass sie alle auch offiziell miteinander verbandelt sind. Als Geschäftsleute sind sie in gemeinsame Unternehmungen verwickelt, die Politiker wiederum entscheiden über Bauanträge, die Geistlichen stellen die Verbindung zum Vatikan her, wenn nötig. Alle haben miteinander zu tun, alle sind aufeinander angewiesen.«

»Das Übliche«, fügte Nello an und blinzelte Giulia zu.

»Das ist alles nicht verboten, manchmal vielleicht ein bisschen unlauter. Aber wo würde man das nicht finden«, meinte Beppo, und Giulia nickte zustimmend. Welcher Italiener hatte schon eine gute Meinung von den Amtsträgern, es gehörte sozusagen zum nationalen Konsens, dass man auf die korrupten Politiker schimpfte – und die paar wenigen aufrechten umso mehr verehrte. Gewählt aber wurden meistens doch solche skrupellosen Papagalli wie Berlusconi und seine politischen Nachkommen. Wie gut hatten es da die Deutschen mit ihren technokratischen Würdenträgern …

»Hörst du uns noch zu?«, fragte Nello, der bemerkt hatte, dass Giulia in Gedanken abschweifte.

»Klar doch. Was heißt das also, außer dass die Typen sich gut kennen, ihre Verabredungen treffen und das schon immer so war?«

»Tja, so muss man es wohl sehen«, sagte Beppo und wirkte dabei fast schelmisch.

»Die Dimension dürfte dir nicht ganz klar sein, aber wir haben ein bisschen in unseren Archiven gegraben. Es gab in den späten Siebzigerjahren ein paar investigative Artikel, die sich mit diesen Geschäften auseinandergesetzt haben. Zugegeben, höchst spekulativ. Immer im Konjunktiv. Es ist in den Texten auch von Informanten die Rede, aber Namen werden nie genannt. Wenn man sich aber ein bisschen auskennt« – Nello zog eine ziemlich selbstzufriedene Grimasse – »dann genügen einem die wenigen Hinweise, um auf ein paar Personen zu kommen. Und immer wieder stößt man auf den damals noch sehr jungen Lombardi und auf dessen Vater, der ebenfalls kein Waisenknabe war.«

»Die Vermutung liegt nicht so ganz fern, dass die damaligen Informanten aus dem linken Milieu gekommen sind – auch die Artikel sind in eher liberaleren Blättern veröffentlicht worden«, sagte Beppo.

»Und wer weiß, vielleicht waren es Silvio Fanni und Gianfranco Crivelli, die den Journalisten wichtige Hinweise gegeben haben«, ergänzte Nello.

»Nur ein Beispiel«, fuhr Beppo fort. »Wichtige Posten in Ministerien oder auf Entscheidungsebene wurden immer wieder mit Freunden der Lombardis besetzt. Wenn dann ein größeres Baugenehmigungsverfahren lief – etwa ein U-Bahn-Bau –, dann wusste man, an wen man sich zu wenden hatte, um die notwendigen Aufträge und Genehmigungen zu bekommen.«

»Damit nicht genug«, fügte Nello hinzu. »In einem der Artikel wird behauptet, dass etliche polizeiliche Untersuchungen gegen die Beteiligten, die verschiedensten Verdächtigungen ausgesetzt waren, eingestellt wurden. Einfach so. Zu Anklageerhebungen kam es nie, und wenn doch, dann konnte man gewiss sein, dass ein Richter mit der Sache befasst war, der etwa dem honorigen Bauunternehmer Lombardi freundschaftlich nahestand. Oder zumindest von ihm bezahlt wurde. Übrigens war Crivelli Senior schon mit dem alten Lombardi befreundet. Aber das will natürlich nichts heißen …«

»Ja, das sind natürlich alles nur Spekulationen«, sagte Beppo. »Aber es dürfte schon etwas dran sein.«

»Und das steht alles in diesen Artikeln?«, fragte Giulia.

»Ja, na ja, so in etwa. Selbstverständlich sind die Vorwürfe alt, es gab niemals Beweise, die Recherchen wurden nie weitergeführt, und …«

»Das heißt doch aber«, unterbrach Giulia Beppo, »dass da eine ganze Menge Leute verstrickt sein müssen. Und so ein System kann doch gar nicht funktionieren. Irgendwer plaudert doch unweigerlich, aus welchen Gründen auch immer, weil er ein Wichtigtuer ist oder weil er sich übervorteilt fühlt.«

»Du sagst es. Die Informanten, die in den Artikeln genannt wurden, scheinen wirklich Insider-Kenntnisse gehabt zu haben. Warum sie sich aber linken Journalisten anvertraut haben und nicht etwa der Staatsanwaltschaft, das ist doch rätselhaft«, meinte Beppo.

»Vielleicht vermuteten sie, dass das ganze Justizsystem von diesen Leuten unterwandert war«, sagte Nello.

»Das hielte ich doch für ein bisschen übertrieben«, erwiderte Beppo.

»Na ja, oder es gab halt persönliche Beziehungen zu den Dunkelmännern – und die Artikel sollten Warnschüsse sein so nach dem Motto: Passt auf, wir haben was in der Hand, haltet euch besser zurück«, schloss Giulia. »Oder nicht: *passt* auf, sondern *pass* auf. Vielleicht waren das Botschaften eines ehrenwerten Aufklärers an seinen Bruder. Der eine Crivelli wollte den anderen davor warnen, so zu werden wie der Vater. Und ihm zugleich sagen, dass er ihn in der Hand hat, dass er sich zurückziehen soll, dass er bald ernst machen könnte.«

»Bravo«, rief Nello, »eine schöne Theorie.«

»Ja, nicht schlecht«, assistierte Beppo.

»Das würde bedeuten: Gianfranco Crivelli war das ehrliche schwarze Schaf der Familie, er hasste die Machenschaften seines Bruders, aber er brachte es nicht übers Herz, ihn ans Messer zu liefern.«

»Und dann schlug das Schicksal zu, Gianfranco verlor seine Frau, die linke Bewegung brach in sich zusammen, und er tauchte ab. Unglücklich und lebensmüde.«

»Und jetzt, alt geworden, will er reinen Tisch machen. Und seinem Neffen von den Schweinereien erzählen, in die sein Vater vielleicht verwickelt war.«

»Und der hat Wind davon bekommen und ...« Giulia stockte.

Die drei blickten sich an, und jeder wusste vom anderen, an was er dachte. So ein Mann würde über Leichen gehen, wenn er sein Lebenswerk in Gefahr sah. Und sein Sohn in die Sache hineingezogen würde. Klar, Paolo Crivelli könnte für den Mord an Professore Fanni verantwortlich sein, als Auftraggeber. Fanni hatte blöderweise nicht nur Ähnlichkeit mit Gianfranco, sondern wollte ihm auch noch behilflich sein und spazierte mit seinem Ausweis herum. Oder steckte hinter all dem doch Lombardi, der nicht nur sich, sondern auch das Andenken seines eigenen Vaters schützen wollte?

Vierundzwanzig

M an ließ ihn schmoren. Luca lag auf der Matratze, angekettet wie ein Hund, er zermarterte sich das Gehirn, wie er hier herauskommen könnte. Er wusste, dass er seinen Entführern etwas bieten musste, das sie erst einmal beschäftigen würde. Ihm kam keine Idee. In seinem Kopf spielten sich Filme ab, im wahrsten Sinne des Wortes. Er versuchte, sich an Thriller zu erinnern, die er mal im Kino oder im Fernsehen gesehen hatte. Wie entkamen da die Opfer ihren Peinigern? Ihm schossen Szenen durch den Kopf, zusammenhanglos, amerikanische Blockbuster und italienische Mafiosi-Filme aus den Siebzigern und Achtzigern. Das war nur ein Indiz dafür, dass er vollkommen untauglich war, eine einigermaßen vielversprechende Lösung für sein immenses Problem zu finden. Wer Abenteuer immer nur im sicheren Kinosessel oder auf dem Sofa erlebt hat, sollte sich nicht einbilden, zum Helden geboren zu sein. Außerdem spielte die Fiktion grundsätzlich mit Zufällen. Plötzlich entdeckte einer eine Falltür, durch die er verschwinden konnte. Ein anderer konnte mit zwei Drähten, die sich – Hokuspokus – unterm Teppich langschlängelten, einen Notruf absenden oder eine Explosion herbeiführen. Doch er war kein Jason Bourne, so etwas gab es nur im Film. Das hier war die Realität, und die Realität machte sich nichts aus lustigen Einfällen eines Drehbuchschreibers. Luca war zum Weinen zumute, sein Kopf schmerzte, sein Bauch, sein Rücken. Und er weinte tatsächlich. Er weinte so hemmungslos, wie er es zuletzt als Kind getan hatte. Er tat sich schrecklich leid, und die Tränen rannen ihm nur so übers Gesicht. Er hatte kein Zeitgefühl mehr, wusste nicht, wie viele Stunden vergangen waren, seit ihn die Männer zurückgelassen hatten. Aber eins wusste er: Er musste ihnen eine Geschichte auftischen. Musste ihnen Dokumente versprechen, die er nicht besaß und von deren Inhalt er nicht die geringste Ahnung hatte. Oder er musste sie an einen Ort locken, den sie als vielversprechend erachten würden – um Zeit zu gewinnen oder eine Fluchtmöglichkeit zu finden. Er musste sie zwingen, ihn mitzunehmen. Seine Chance zu entkommen, war in diesem Kellerloch gleich null. Aber irgendwo draußen, vielleicht sogar an einem Ort, an dem er sich auskannte, würde sich ihm vielleicht eine Gelegenheit bieten. Nur durfte er niemanden in Gefahr bringen. Keinen seiner Freunde, nicht Giulia, seine Eltern ebenfalls nicht. Aber konnte er überhaupt sicher sein, dass es nicht sein Vater war, der ihn hatte verschleppen lassen? Er verscheuchte diesen Gedanken schnell aus seinem Kopf. Das war doch zu abstrus. Niemals würde sein alter Herr so etwas tun. Oder es in seinem ehrenwerten Kreis zulassen, dass man mit ihm so umging. Die Familienbande waren doch enger gespannt – zumindest glaubte Luca das. Hoffte es.

Ob Giulia in Sorge war? Ob sie längst etwas unternommen hatte, um ihn zu finden? Aber wo sollte sie suchen? Luca selbst hatte ja nicht die geringste Ahnung, wo er sich befand. Auf der Autofahrt hatte er zwar sein Bewusstsein wiedererlangt, aber ihm waren die Augen verbunden gewesen, und er wusste nicht, wie lange er ohnmächtig gewesen war, nachdem man ihn auf dem Friedhof überfallen und verschleppt hatte.

War da ein Geräusch? Er unterbrach seine Gedanken, als würden die ihn am Hören hindern können. Nichts. Vor seiner Zellentür war rein nichts zu vernehmen. Was, wenn sie das Interesse an ihm verloren hatten, wenn sie vielleicht verschwunden waren, ihn einfach zurückgelassen hatten, ihn hier verrecken ließen? Oder war es genau das: Wollten sie ihn mürbemachen, weil sie so hofften, ihn endlich zum Reden zu bringen? Zum ersten Mal empfand er so etwas wie Wut. Nicht so sehr auf seine Entführer, die wohl ohnehin nur Handlanger waren, irgendwelche bezahlte Ganoven, Lakaien eines Auftraggebers, der sich von irgendwelchen Informationen irgendetwas versprach. Nein, er spürte eine Wut auf seine Familie, auf diesen Clan aus Geschäftemachern. Er wünschte sich eine andere, wünschte sich ein anderes Leben. Schon als Kind hatte er sich vorgestellt, wie schön es sein musste, in einer unscheinbaren Welt aufzuwachsen, etwas aus sich heraus zu erreichen und nicht schon privilegiert zu sein, weil man einen bestimmten Namen trug. Wut empfand er allerdings auch auf seinen Onkel, der ihm schließlich die ganze Suppe eingebrockt hatte. Sein Brief war der Auslöser gewesen, dass er so rasch nach Rom zurückgekehrt war. Damit hatte alles begonnen. Der Tote am Tiber. Die rätselhafte Geschichte um Professore Fanni. Das Verschwinden seines Onkels. Der zweite Brief. Warum musste er so ein Geheimnis um sich machen? Ja, er wünschte, einfach in Ligurien geblieben zu sein, noch eine Nacht und eine weitere mit Giuseppe verbracht zu haben. Freilich wäre ihm dann Vittorio entgangen. Vittorio! An den hatte er gar nicht mehr gedacht. Er kam sich schäbig vor. Zwei Affären in nur einer Woche, das war ihm auch noch nie passiert. Und dann in den Tagen, die wahrscheinlich als die turbulentesten in seine Biografie eingehen würden. Falls er das Ganze überleben sollte. Und auch, wenn er umkäme.

War das ein Knacken? Wieder meinte er, etwas gehört zu haben, und schreckte zusammen. Sie würden, so oder so, wiederkommen. Höchste Zeit, sich einen Plan auszudenken.

Einen Ort zu finden, an den er sie schicken konnte. Er zermarterte sich den Kopf, bei keiner Prüfung war er jemals so hilflos gewesen. Und jetzt zählte es. Auf eine Eingebung musste er wohl nicht hoffen. Er dachte an Giulia. Und dass sie ihm ans Herz gewachsen war. Erstaunlicherweise beruhigte es ihn, dass sie irgendwo da draußen an ihn dachte. Und bestimmt nach ihm suchte. Er war sich seltsamerweise ganz sicher, dass sie ihn finden und befreien würde. Absurd. *Also*, riss er sich zusammen, *was erzähle ich diesen Idioten?* Er horchte. Hörte nichts. Und hatte eine Idee. Er hatte eine Idee, wohin er sie locken konnte. Was er sagen würde. Er war nicht sicher, ob sie ihm irgendetwas abnehmen würden. Aber versuchen musste er es. Was blieb ihm übrig?

Fünfundzwanzig

Lombardi hatte die Firma von seinem Vater übernommen, als der eines Schlaganfalls wegen von einem Tag auf den anderen seine Geschäfte ruhen lassen musste. Lombardi, hatten Beppo und Nello berichtet, sei kürzlich häufig in den Schlagzeilen gewesen, als es um einen umstrittenen U-Bahn-Bau im Stadtzentrum ging. Die eifrig erteilten Genehmigungen waren zunächst von einem Gericht wieder kassiert worden, bevor geringfügige Änderungen an dem Bauvorhaben vorgenommen wurden, die augenblicklich dazu führten, dass die Pläne von der Stadtverwaltung rasch durchgewunken wurden. Einige Initiativen stellten sich weiterhin gegen das Projekt, warfen dem Unternehmer Bestechung vor und vermuteten korrupte Beamte hinter der allzu eilfertigen Zusage. Es ging schließlich um Milliardenbeträge. Lombardi sei ein aufbrausender Mann, meinten Beppo und Nello, zumindest war es das, was sie aus den Nachrichten gehört hatten. Er habe Beziehungen zur Unterwelt, wurde vermutet, und gehe mit Feinden nicht zimperlich um. All das wurde natürlich hinter vorgehaltener Hand gemunkelt und von der Presse mit aller Vorsicht kolportiert, denn Lombardi beschäftigte auch ein Heer von Anwälten, das noch so kleine Spekulationen in den Berichten mit Verleumdungsklagen konterte. Er hatte von seinem Vater gelernt und dessen Methoden noch weiter vervollkommnet.

»Dieser Lombardi scheint der Gerissenste von allen zu sein«, hatte Nello gesagt, »wahrscheinlich sind die übrigen

Unternehmer, mit denen Paolo Crivelli zusammenarbeitet, dagegen die reinsten Chorknaben. Ich glaube, diesem Lombardi ist einiges zuzutrauen.«

Wie aber sollte man sich so jemanden vorknöpfen?, fragte sich Giulia, als sie durch Trastevere spazierte, um den Kopf freizubekommen und einen klaren Gedanken zu fassen. Nello hatte über einen Freund, der sich in der High Society auskannte, herausfinden können, dass dieser Lombardi eine Villa südlich von Rom bewohnte; daneben verfügte er über eine repräsentative Stadtwohnung, in der er allerdings nicht nur Geschäftspartner empfing, sondern auch seine Geliebten. Giulia beschloss, auf gut Glück dort hinzufahren und zu sehen, ob ihr irgendetwas auffiel. Das klang nicht sehr aussichtsreich, und sie befürchtete, kostbare Zeit zu verplempern. Was sie allerdings sonst unternehmen konnte, um eine Spur von Luca auszumachen, fiel ihr nicht ein. Sie ging zu ihrer Wohnung, schnappte sich ein paar Schokoriegel und ihren Helm, stieg auf die Vespa und düste in Richtung Parioli im Norden der Stadt.

Vielleicht half ihr der Zufall; an Schicksal glaubte sie zwar eher nicht, aber sie hatte durchaus einen Sinn für Fügungen. Sie hatte es in ihrem Leben durchaus schon das ein oder andere Mal erlebt, dass sie nicht weiterwusste und ihr plötzlich eine Lösung vor die Füße fiel – aus heiterem Himmel sozusagen. In solchen Momenten dachte sie daran, dass sie ihrer braven katholischen Erziehung in erwachsenen Jahren die kalte Schulter gezeigt hatte. Zwar hatte sie früher mit Carla vor dem Zubettgehen immer ein Gebet gesprochen; aber sie war schon längst nicht mehr gläubig, jedenfalls nicht im frommen Sinne ihres Vaters, ihrer Großeltern oder von Don Vincenzo, bei dem sie die erste heilige Kommunion empfangen hatte. In Berlin – sie musste es zugeben – hatte sie nur ab und an ihrer Tochter zuliebe eine

Messe besucht, weil Carla auf eine katholische Schule ging
und es gern gesehen wurde, wenn zu Schuljahresbeginn und
zum Schuljahresende die Eltern die Kinder in die Kirche be-
gleiteten. Manchmal war sie auch am Sonntag mit Carla in
eine Andacht gegangen, aber in Berlin hatte man es eh nicht
so mit dem Katholizismus, da fiel man gar nicht auf, wenn
man nicht regelmäßiger Kirchgänger war. Anders als in ihrer Heimat. Aber Don Vincenzos strenger Blick konnte sie
nicht mehr erreichen.

Das war es also, was in ihr der Wunsch nach einer zufälli-
gen Spur auslöste – Glaubensfragen. Vielleicht sollte sie be-
ten. Sie wischte diesen Gedanken beiseite, flitzte durch Rom,
vorbei an der Villa Borghese – wo sie, wie ihr auffiel, lange
schon nicht mehr gewesen war, obwohl sie den Park liebte
und in der Galleria immer wieder verzaubert vor der aufs
Kanapee gegossenen Pauline Borghese in Venus-Gestalt gestanden hatte. Wenn das hier alles überstanden war, würde
sie ihrer marmornen Freundin einmal wieder einen Besuch
abstatten; aber daran war vorerst nicht zu denken. Sie hatte
ihr Ziel erreicht, und es gab gerade Wichtigeres zu tun. Da
stand sie nun vor einem prächtigen Bürgerhaus, vor dem
Autos parkten, die die Größe von kleinen Panzern hatten
und wahrscheinlich genauso gesichert waren, minensicher
geradezu, mit getönten Scheiben und natürlich alle in
Schwarz. Giulia wusste nicht, in welchem Stockwerk Lombardi residierte, oder ob ihm womöglich das ganze Haus
gehörte. Sie setzte sich in den Schatten eines Baums auf eine
Parkbank, weit genug vom Haus entfernt und durch par-
kende Wagen ein wenig verdeckt, um den Anwohnern nicht
aufzufallen; doch sie war nah genug, um alles mitzubekom-
men, was sich auf der anderen Straßenseite abspielte. Das
Handy hatte sie in der Hand. Sie gab vor, eine Nachricht zu
schreiben, manchmal hielt sie es sich ans Ohr – eine Frau in

ihrer Mittagspause an einem hübschen Plätzchen. Nun war sie froh, dass sie die Schokoriegel eingesteckt hatte. Zwei verzehrte sie mit Heißhunger sofort, die anderen beiden würde sie sich als Notration aufbewahren, in der Hoffnung, dass sie nicht schmelzen würden, wer wusste schon, wie lange sie ausharren musste. Tatsächlich wurde ihr gar nicht langweilig. Auch wenn sie die imposante Tür von Lombardis Haus im Blick behielt, fand sie genug Muße, sich mit dem Beobachten von Passanten ein bisschen die Zeit zu vertreiben. Eine Frau, nein: eine Dame, die sich gewiss nicht sorgen musste, wie sie ihre Miete bezahlte, stolzierte in einem schon von Weitem nach Gucci, Prada – oder was man in diesen Kreisen heutzutage sonst so trug – aussehenden Kleid den Gehsteig entlang. Sie führte einen Hund an der Leine, einen Afghanen. Giulia hatte schon lange keinen Afghanen mehr gesehen, die Windhunde hatten ihr als Kind immer gefallen, und sie fragte sich, warum diese Rasse so ganz aus der Mode gekommen war. Natürlich war Rom und jede andere Großstadt nicht unbedingt das geeignete Habitat für solche Tiere, die doch eigentlich viel Auslauf brauchten. Die Dame, ihre Sonnenbrille bedeckte fast das gesamte Gesicht, schaffte es, ihre Grazie beim Spazieren zu wahren, obwohl der Hund einen gewissen Bewegungsdrang hatte und kräftig an der Leine zerrte. Giulia bemerkte, wie hinter ihr ein junger Mann schlich, lange Haare, das Hemd offen fast bis zum Bauchnabel, weiße Hose, Sandalen, auch er ein bisschen aus der Zeit gefallen, ein Beau wie aus den Siebzigerjahren. Er folgte ihr, das war eindeutig. Immer wenn sie stehen blieb, blieb auch er stehen. Jetzt passierte sie Giulia, die weiter auf ihrer Bank saß und so tat, als sei sie mit ihrem Handy beschäftigt. Die Dame ging mit ihrem Hund weiter, drehte dann ab in eine kleine Parkanlage, noch konnte Giulia sie durch Sträucher hindurch beobachten. Der junge Mann hetzte nun hinterher. Es war doch hoffentlich kein Handtaschendieb? Blickte sich aufgeregt um. Holte sie schließlich ein, beide blieben voreinander stehen – und küssten sich voller Leidenschaft. Für einen Moment schienen sie alles um sich herum zu vergessen. Zumindest wirkte es so auf die heimliche Beobachterin, die nicht alles, aber doch das Wesentliche durch die Sträucher hindurch sehen konnte.

Während die zwei also ein Abenteuer ihrer heimlichen Liebschaft genossen, erlebte Giulia nicht wirklich Abenteuerliches. Und leise Zweifel stiegen in ihr auf, ob ihre Idee oder Intuition und Beppos und Nellos Hinweise sie wirklich auf die richtige Fährte gebracht hatten. Sie setzte sich ein zeitliches Limit – bis 15 Uhr würde sie dem Zufall noch Zeit geben, ihr zu helfen. Natürlich geschah nichts. Nicht ein einziges Mal öffnete sich die Tür zu Lombardis Haus, niemand blieb davor stehen, niemand klingelte. Irgendwann war es bereits halb vier, und sie ahnte nun, dass ihr Ausflug nach Parioli wohl nicht von Erfolg gekrönt sein würde. Sie fühlte sich schläfrig. Der letzte Schokoriegel, der zum Glück ein Müsliriegel war und allein deshalb nicht geschmolzen, half ihr über dieses Tief hinweg, aber als ihre Uhr drei Minuten vor halb fünf anzeigte, hatte sie genug. Sie stand auf und wollte sich schon auf den Weg zu ihrer Vespa machen, die sich mit drei anderen einen Autoparkplatz teilte, da bemerkte sie einen SUV, der langsam die Straße entlangfuhr. So sehr dieses Vehikel allen anderen seiner Art gleichen mochte, so sehr beschlich sie doch eine Ahnung: Das war das Auto, das vor ihrem Haus geparkt hatte und dessen Fahrer ihr vor wenigen Nächten einen unglaublichen Schrecken eingejagt hatte. Giulia war hellwach. Sie ging in die Knie, als wollte sie sich den Schuh binden, und blickte durch zwei Fahrzeuge hindurch auf Lombardis

Haus. Der Wagen hielt genau davor an – direkt im Halteverbot. Die Tür öffnete sich, und heraus stieg ein Mann, der ihr bekannt vorkam. Aber sie brauchte eine Weile, um ihn in die richtige Schublade zu sortieren und ihn als den Typen zu identifizieren, mit dem Luca und sie in Fannis Haus auf unsanfte Weise zusammengestoßen waren. Das Warten hatte sich also doch gelohnt. Der Mann war direkt zum Eingang von Lombardis Haus gegangen, hatte geklingelt und war sofort eingelassen worden. Lange konnte er nicht drinbleiben, dachte Giulia, immerhin stand er im Halteverbot. Sie täuschte sich. Es dauerte mindestens eine halbe Stunde, bis sich wieder etwas tat. In der Zwischenzeit waren zwei Polizeiwagen an dem SUV vorbeigeschlichen, ohne anzuhalten. Eine Politesse, die auf ihrer Straßenseite fleißig damit begonnen hatte, Strafzettel wegen Überschreitung der Parkzeit zu schreiben, beachtete den Falschparker direkt vor ihrer Nase nicht einmal. Es gab wohl gewisse Privilegien für manche Menschen in der Stadt, regte sich Giulia innerlich auf. Wahrscheinlich war um Lombardis Besitz herum eine gesetzesfreie Zone eingerichtet worden, vielleicht umgab ihn eine Aura, vielleicht galt er als unantastbar. Es würde zu dem passen, was Beppo und Nello ihr erzählt hatten.

Irgendwann trat der bullige Mann wieder vor die Tür. Er setzte sich in aller Seelenruhe in den Wagen und drehte mitten auf der Straße, wobei er einen kleinen Stau verursachte und die Wut gestresster römischer Feierabendpendler auf sich zog. Giulia gab dieses Wendemanöver genug Zeit, ihren Helm aufzusetzen, auf die Vespa zu springen und die Verfolgung aufzunehmen. Eigentlich aussichtslos, wenn man die Pferdestärken der beiden Fortbewegungsmittel miteinander verglich, aber in diesem Fall doch ziemlich erfolgreich, weil der Verkehr um diese Uhrzeit einfach viel zu dicht war. Mit zwei Rädern war man jedenfalls klar im

Vorteil. Sie hatte den dunklen SUV – einen Mercedes, wie sie mittlerweile erkennen konnte – immer im Blick, hielt aber Abstand. Sie wusste ja, dass der Fahrer sie vermutlich kannte, sie ja schon einmal verfolgt haben musste. Oder sie zumindest auf ihrer Vespa bei ihrer Wohnung ankommen gesehen hatte.

Er fuhr in nördlicher Richtung, auf einer Ausfallstraße Richtung Flughafen Urbe und immer weiter. Auch hier floss der Verkehr so zäh, dass sie gut mithalten konnte. Irgendwann bog der Wagen links ab, in eine Art Industriegebiet, mit teils aufgelassenen Gebäuden, die wahrscheinlich schon in den Siebzigerjahren die besten Zeiten hinter sich gehabt hatten. Jetzt konnte der Kerl Gas geben, der Verkehr hatte sich gelichtet. Giulia sah ihn vor ihrem inneren Auge schon im Nirgendwo verschwinden, da hielt der Wagen nach wenigen Hundert Metern vor einem baufälligen Gebäude. Der Typ stieg aus und schaute sich um, doch ohne Giulia zu entdecken, die sich mit ihrer Vespa in einiger Entfernung hinter einer mit Obszönitäten vollgeschmierten Werbewand versteckt hatte. Der Mann ging nun in das Haus hinein. Ein merkwürdiger Anblick: eine Potenzprotzkarre vor so einem einsturzgefährdeten Gebäude. Und jetzt? Wieder warten? Sollte sie sich etwa anschleichen, da reingehen? Den Mumm hatte sie doch nicht.

Also rief sie ihren Enrico an, Carlas Nachbarn. Ihr Verehrer würde sie bestimmt nicht im Stich lassen. »Sag mal, Enrico, deine Schicht beginnt doch erst um neun, oder? Würdest du mit mir noch mal Detektiv spielen? Ich glaube, ich habe eine Spur, aber allein bin ich doch ein bisschen überfordert. Würdest du wohl vorbeikommen? Pass auf, ich schick dir gleich den Namen der Straße.«

Sechsundzwanzig

Luca musste noch einmal eingeschlafen sein. Er wurde wach, als jemand die Tür aufriss. Da war er, der Handlanger – für wen auch immer er sich die Hände schmutzig machen mochte. Luca brauchte nicht lange, um wieder bei sich zu sein. Der Plan, den er sich zurechtgelegt hatte, war ihm sofort wieder ins Bewusstsein gekommen. Der Schlaf hatte seine Idee nicht zerstreut, auch wenn es ihm jetzt unwahrscheinlich schien, dass sie aufgehen würde. Zum Nachdenken war nun allerdings keine Zeit mehr. Er musste alles auf eine Karte setzen, um Zeit zu gewinnen.

»Also, mein Lieber, wie ich sehe, haben Sie einen Schönheitsschlaf gehalten. Sie sehen schon viel besser aus.« Der Kerl grinste höhnisch. »Jetzt unterhalten wir uns noch einmal.«

Luca räusperte sich. Er wollte zumindest so tun, als würde es ihm schwerfallen zu plaudern – er dachte, dadurch glaubwürdiger zu wirken. Auch das war etwas, was er aus Filmen kannte, zumindest schien es ihm so, als müsste er ein bisschen den Schauspieler geben. »Ich« – er stockte – »ich habe nachgedacht. Und vielleicht ist mir doch etwas eingefallen, das Ihnen weiterhelfen könnte. Die Familie, also unsere Familie, besitzt ein kleines Ferienhaus am Meer. Es wird schon seit langer Zeit nicht mehr genutzt. Es stammt noch von unseren Großeltern. Irgendwann« – er zögerte – »irgendwann war es wohl nicht mehr repräsentativ genug. Also, auch Onkel Gianfranco kennt dieses Häuschen natürlich.«

Lucas Entführer sah ihn aufmerksam an, neugierig und

durchaus mit Wohlgefallen. Er schien sich überzeugen lassen zu wollen.

»Ich bin sicher«, sagte Luca, »dass Gianfranco dort die Dinge versteckt hat, die Sie suchen.«

Der Mann, der jedem Gangsterfilm zur Ehre gereicht hätte, blickte zufrieden.

»Ich könnte Sie hinführen. Wir könnten uns dort umschauen.«

»Glauben Sie nur, dass die Papiere dort sind? Oder wissen Sie es?«, fragte sein Gegenüber nun wieder mit einem misstrauischen Unterton.

»Ich – ich bin davon überzeugt«, entgegnete Luca.

Natürlich konnten die Papiere dort nicht sein. Das Ferienhaus wurde noch manchmal aufgesucht – aber nur von ihm selbst. Gianfranco wusste nicht einmal, dass es existierte. Sein Vater hatte es in den Achtzigern erbauen lassen, ausgerüstet mit allen Schikanen und vor allem: gesichert wie ein Hochsicherheitstrakt. In jedem Zimmer befanden sich an verborgenen, aber gut erreichbaren Stellen kleine Knöpfe, die bei Betätigung sofort bei der nächsten Polizeidienststelle Alarm auslösten. Die Angst seiner Familie vor Entführungen und Gewalttaten war in den Siebziger- und Achtzigerjahren geradezu panisch gewesen. Auch wenn das Häuschen kaum bewohnt wurde, die Sicherheitsvorkehrungen waren noch immer funktionstüchtig. Davon hatte sich Luca überzeugen können, als er vor ein paar Jahren mit einem Freund dort eine Nacht verbrachte – und der nichts Besseres zu tun hatte, als sich im Haus umzuschauen, neugierig Schubladen und Schränke zu öffnen und schließlich auch auf einen der unscheinbaren Knöpfe zu drücken, in dem Fall angebracht unter der Schreibtischplatte. Ein Rätsel, wie er den entdeckt hatte. Keine fünf Minuten später waren drei Einsatzwagen der Polizei vor Ort, und Luca musste sich gehörig anstrengen, den in voller Montur das Haus umzingelnden Beamten zu erklären, dass es sich um ein Missverständnis handelte. Seinen Freund hatte man sogar ausführlich gefilzt, und es war nur großem Geschick und größter Überredungskunst von Luca zu verdanken, dass man ihn nicht vorsichtshalber mit aufs Revier genommen hatte. Selbst ein Anruf in der Firmenzentrale beim dortigen Sicherheitsbeauftragten hatte man nicht unterlassen. Luca gab seinen Freund als Studienkollegen aus, und irgendwann zogen die Polizisten – nicht unbedingt gut gelaunt – wieder ab. Sie hätten wahrscheinlich gerne einen Fang gemacht, den sie ihren Chefs hätten präsentieren können – Einbrecher in einer Ferienvilla der Crivellis verhaftet. Das hätte sich für die Dienststelle gut gemacht.

»*Allora, va bene*«, sagte Lucas namenloser Entführer nach einer ganzen Weile und grummelte etwas in sich hinein, das beim besten Willen nicht zu verstehen war. Luca hatte ihm einen Köder hingelegt, nun musste er nur noch zubeißen.

»Ich ahne auch«, sagte er, »wo die Papiere liegen könnten. Es gibt einen Safe in dem Haus. Und keinen sichereren Ort. Aus der Familie nutzt ihn niemand mehr. Aber wie gesagt: Onkel Gianfranco hat Zugang dazu. Und wahrscheinlich kennt er auch noch den alten Safe.«

»Wie kommen Sie darauf, dass Ihr Onkel den Code des Safes kennt?«

Auf diese naheliegende Frage war Luca nicht vorbereitet, und er wusste, dass er einen Fehler gemacht hatte. »Das weiß ich nicht natürlich nicht mit Gewissheit. Aber wie gesagt: In dem Haus gibt es viele mögliche Verstecke. Und wenn er da war, wovon ich überzeugt bin, dann werde ich die Papiere auch finden.«

»Sie werden gar nichts finden«, sagte sein Bewacher. »Sie werden uns die Adresse geben, den Tresor-Code, Sie werden uns sagen, wie wir in das Haus kommen und wo wir zu suchen haben. Und wehe, wenn Sie uns verarschen wollen.«

Luca schluckte. Sein Plan zerbröselte vor seinen Augen. Er machte einen kläglichen Versuch, ihn doch noch zu retten: »Aber Sie werden sich dort allein nicht zurechtfinden. Ich weiß genau, wo wir zu suchen haben, ich kenne mich dort aus. Wir sollten zusammen hingehen.«

»Sie bleiben schön da, wo Sie sind. Immerhin haben Sie es hier doch gemütlich, und ein bisschen Ruhe brauchen Sie auch. Wir werden uns Ihr kleines Feriendomizil ansehen, und ich hoffe sehr für Sie, dass wir fündig werden – und uns dort niemand erwartet. Uns erwartet dort doch niemand, oder?«

»Nein, natürlich nicht«, brachte Luca gerade so heraus. Er schluckte und merkte, wie ihm förmlich die Spucke wegblieb. Er sollte also hier bleiben, als Geisel. Und natürlich würden sie in dem Haus nichts finden. Er könnte auch nicht unauffällig beim Durchstöbern der Zimmer die Polizei anklingeln, sondern saß hier weiter gefangen. Das Einzige, was er gewonnen hatte, war etwas Zeit. Und vermutlich weitere Misshandlungen, wenn diese kranken Typen nach ein paar Stunden zurückkehrten. Verdammter Mist, dachte er.

»Also, jetzt zu Protokoll: Wo ist das Haus? Wie kommen wir rein? Wo finden wir die Dokumente?«

Luca diktierte ihm die Adresse, er beschrieb das Gebäude, die einzelnen Räume, rückte ohne weiteres Herumdrucksen den Code für das Tor, die Haustür und den Tresor heraus – sinnigerweise eine einzige Zahlenkombination bestehend aus seinem Geburtsdatum. Nicht sehr einfallsreich.

»Wenn ich es recht sehe«, sagte der Kerl, »werden wir ein paar Stunden unterwegs sein. Renzo leistet Ihnen natürlich Gesellschaft. Wenn Sie Wünsche haben, lassen Sie es ihn wissen. Behelligen Sie ihn aber nicht zu sehr, Sie wissen ja, er neigt ein wenig zu Gereiztheit. Eine Eigenschaft, die mir zum Glück abgeht. Es sei denn, ich werde verscheißert. Aber da Sie ja ein vernünftiger, gebildeter junger Mann sind, glaube ich Ihnen – und werde hoffentlich mit der freudigen Nachricht zurückkommen, Sie wieder in Ihr bescheidenes Studentenleben entlassen zu dürfen. *Arrivederci*, mein Lieber. Bis demnächst.«

Geradezu sanft ließ er die schwere Tür ins Schloss fallen. Luca hörte, wie er abschloss, wie draußen ein paar Worte gewechselt wurden und wieder Stille einkehrte. Er war in derselben misslichen Lage wie zuvor. Nur ein paar weitere Stunden zum Nachdenken hatte er gewonnen.

Siebenundzwanzig

Giulia schlich um das Haus herum, während Enrico auf der Straße stand und Wache schob. Sie hatte ihren alten Bekannten aus Silvio Fannis Wohnung mit dem suv davonfahren sehen, einen Schrank von Kerl im Schlepptau. Enrico war kurz danach eingetroffen und hatte sich von Giulia erzählen lassen, was geschehen war und was sie beobachtet hatte. Zögerlich hatte er ihr vorgeschlagen, vielleicht doch lieber die Polizei einzuschalten, aber da war Giulia schon zielstrebig Richtung Haus marschiert. Enrico hatte gegen so viel Eigensinn keine Chance. Giulia ahnte, dass sie auf der richtigen Spur war, ohne dass sie hätte sagen können, warum. Eine Art von Intuition. Ein siebter Sinn. Und sie wusste, dass sie nicht zögern durfte und dass es alles nur sehr viel komplizierter machte, würde sie Commissario Rignoni anrufen. Mal davon abgesehen, dass er ihr erst einmal eine Standpauke halten würde: »Was machen Sie da? Hatten wir nicht eine Abmachung? Sie bringen sich in Gefahr! Nein, wir können das Haus *nicht* einfach durchsuchen.«

Giulia pfiff. Enrico horchte auf, schaute sich auf der unbelebten Straße um, kletterte dann über die kleine Mauer, die das Gebäude umgab, und huschte zu Giulia, die ihn zu sich heranwinkte. Sie kniete vor einem Kellerfenster, wobei »Fenster« für diesen Miniatur-Lichtschacht übertrieben war, man konnte kaum hindurchsehen. Nur wenn man sich auf dem Boden ausstreckte, konnte man einen Blick ins Innere erhaschen. Ein Kellerloch, fast ganz dunkel, aber es ließ sich doch etwas erkennen: Da lag jemand auf dem Boden oder einer Matratze, man sah nicht viel, nur die Beine, die Füße, und es ließ sich sogar erkennen, dass die Person lediglich einen Schuh trug. Einen pinken Turnschuh, um genau zu sein. Enrico atmete tief aus. Er sah Giulia an, und die zog die Augenbrauen hoch, was ihren Lockenkopf auf lustige Weise in Wallung versetzte. »Siehst du«, wollte sie damit zum Ausdruck bringen. Enrico pustete jetzt durch die Nase. Keiner der beiden getraute sich zu sprechen. Die Situation war nicht recht einzuschätzen. Sie setzten sich mit dem Rücken an die Häuserwand, ganz nah, versteckt hinter zwei Mülleimern.

»Und jetzt?«, flüsterte Enrico.

»Wir holen ihn da natürlich raus«, wisperte Giulia zurück, »was glaubst denn du?!«

»Ich möchte nur zu bedenken geben, dass er da drin wahrscheinlich nicht allein ist und wir nun deinen Commissario rufen könnten.«

»Vielleicht haben sie ihn einfach zurückgelassen, vielleicht kommen sie gar nicht wieder. Vielleicht kommen sie wieder, aber keiner kann sagen, wann – umso wichtiger ist es, dass wir uns beeilen. Wer weiß, was sie mit Luca angestellt haben, wie es ihm geht. Es sieht nicht so aus, als hätte er es da unten gut getroffen.« Giulia nickte in Richtung Kellerscharte.

»Gut. Also gehen wir da rein. Holen ihn raus. Und hauen ab. Ganz einfach.«

»Ganz einfach.«

»Hm. Vielleicht werde ich mich noch mal umgucken und die Lage erkunden. Du bleibst hier sitzen. Ich komme gleich zurück.«

Enrico sprang beherzt auf, vom Hosenboden quasi in den Stand, was Giulia ziemlich bewundernswert fand. Sie blieb tatsächlich an Ort und Stelle, wartete geduldig, lauschte nach auffälligen Geräuschen und achtete auf die Autos, die am Haus vorbeifuhren; man konnte sie zwar der Mauer wegen nicht sehen, aber doch deutlich hören – viele waren es nicht, die vorbeikamen, und alle beschleunigten, keines bremste ab. Enrico ließ sich Zeit. Er kam erst nach zehn Minuten zurück und berichtete, dass er durch alle zugänglichen Fenster im ersten Stock geguckt habe, ihm aber nichts und niemand aufgefallen sei. Es gebe hinter dem Gebäude eine Tür, eine Art Dienstboteneingang, der ein wenig offenstehe.

»Wenn du also von deinem Plan nicht abzubringen bist, lass uns mal reinschauen.«

Sie folgte Enrico, der an der Häuserwand entlangschlich.

»Pass auf, Giulia, du duckst dich erst einmal hier hinter den Strauch. Ich gehe da jetzt rein. Falls dir irgendwas verdächtig vorkommt, renn so schnell du kannst und hol Hilfe. Ansonsten pfeife ich einmal ganz kurz – wie ein Kanarienvogel.«

»Wie ein Kanarienvogel?«

»Das ist der einzige, den ich nachahmen kann.«

»Gut. Wenn ich einen Kanarienvogel höre, komm ich nach. Viel Glück – ach ja, es tut mir leid, dass du meinetwegen in eine solch heikle Situation gerätst.«

»Ich wäre längst wieder weg, wenn ich es nicht selbst ziemlich aufregend fände.«

»*Va bene.*«

Enrico huschte durch die Tür. Es dauerte nicht lange, da hörte sie sein glucksendes Pfeifen. Sie kroch hinter dem Strauch hervor und folgte durch die Hintertür, bis sie beide in einer Art Vorratskammer standen, die zudem noch mit allerlei Gärtnergerätschaften ausgestattet war.

»Guck mal, ein Spaten und eine kleine Schaufel. Können wir vielleicht gebrauchen.«

Enrico reichte ihr eines der Gartengeräte. So bewaffnet

öffneten sie eine weitere Tür, durch die man ins Erdgeschoss des Hauses zu gelangen schien.

Leise und wie in Zeitlupe schlüpften sie durch die Tür, durchquerten einen Flur und kamen zu einer Stiege, die in den Keller hinabführte. Enrico signalisierte Giulia wieder, dass sie warten solle. Er ging langsam voran, die Holztreppen hinab, die sanft knarzten. Giulia kam es vor, weil es so still war und sie so konzentriert, als würde da ein Elefant auf dem Parkett tanzen. Enrico achtete nun auf jeden Schritt, jede Stufe. Er setzte seine Füße auf wie eine grazile Ballerina, verlor förmlich an Gewicht, sodass er tatsächlich behände und ohne einen Laut von sich zu geben die Treppe hinabstieg. Giulia folgte ihm in gebührendem Abstand und mindestens ebenso vorsichtig. Ihre Schaufel hielt sie fest in beiden Händen. Ein Sondereinsatzkommando der Polizei hätte nicht sorgsamer vorgehen können.

Unten war eine weitere Tür, und dahinter hörten sie Stimmen. Sie waren nun mucksmäuschenstill. Ganz automatisch knieten sie sich hin, ohne zu wissen, was ihnen das helfen sollte. Das Licht war dämmerig, aber es gab nichts, was ihnen Schutz bot. Wenn jemand die Tür nun aufstieße, säßen sie in der Falle. Sie versuchten, das Gespräch im anderen Raum zu verstehen, einzelne Worte zu erhaschen. Giulia flüsterte, dass das ein Radio sein müsse. Enrico war sich nicht so sicher. Giulia hielt ihren Zeigefinger an den Mund und lauschte konzentriert.

»Doch«, hauchte sie mehr, als sie sprach. »Das ist eine Fußballsendung. Die reden über Juve. Die reden über das Spiel gegen Rom. Der eine, der da redet, ist Pirlo. Ganz sicher.«

Enrico nickte und hoffte, dass sie recht hatte, dass es tatsächlich ein Radio war, und in diesem Moment setzte Musik ein. Giulia grinste.

»Pass auf«, sagte Enrico, »es gibt zwei Möglichkeiten: Entweder hauen wir hier ganz schnell ab und holen die Polizei. Oder wir hoffen, dass es nur einen Radiohörer gibt – und wir versuchen, mit dem fertig zu werden.«

»Hm. Wir holen Luca hier raus. Am besten jetzt.«

»Gut. Ich werde nicht weiter drüber nachdenken, was wir hier anstellen. Wie du willst.«

Giulia las mehr von Enricos Lippen ab als dass sie verstand, was er sagte.

»Siehst du die Konservendosen da in der Ecke? Du wirfst sie auf den Boden, dann rennst du die Treppe hoch so schnell du kannst. Ich stehe hier hinter der Tür und brate dem Tifoso mit dem Spaten eins über.«

»*D'accordo.*«

Giulia ging zu ihrer Position und wartete auf Enricos Signal. Er winkte ihr zu. Sie hebelte ein ganzes Regalbrett aus, mindestens zwanzig Dosen und Gläser fielen mit voller Wucht auf den Steinboden, ein ohrenbetäubender Lärm. Giulia türmte die Treppe nach oben, im selben Moment wurde die Tür aufgerissen, und ein imposant muskulöser Typ mit Schlägervisage stierte entsetzt auf das Chaos – manche Gläser, die Tomatensoße enthielten, waren zersprungen, und selbst im schummrigen Licht des Kellers strahlte der Boden in tiefem Rot. Der Kerl musste noch gesehen haben, wie Giulia sich davonmachte – er hinterher. Weit kam er allerdings nicht. Enrico holte kräftig aus und traf ihn mit dem Blatt des Spatens zielsicher. Der robuste Mann sackte in sich zusammen, rutschte dabei aber gleichzeitig auf einer der Dosen aus, sodass er sich fast slapstickhaft auf den Hosenboden legte. Und auch nicht wieder aufstand.

Enrico befürchtete, dass er den Kerl mehr als nur bewusstlos geschlagen hatte, und kniete sich über ihn. Der Typ stöhnte auf, stützte sich auf die Ellenbogen und war im Begriff, wieder aufzustehen. Enrico versetzte ihm noch einen Kinnhaken, der ihn endgültig in einen vorübergehenden Schlaf versetzte. So lag er in der Tomatensoße wie in einer riesigen Blutlache. Enrico sah sich in dem anderen Raum um, in dem noch immer irgendein Schlager aus dem Radio für Stimmung sorgte. Zum Glück unterhielt das Gerät aber niemanden sonst. Die Luft war rein.

»Giulia«, rief er. »Du kannst …«

Aber da stand sie schon in der Tür mit einem bewundernden Blick. »Bravo, mein Held«, sagte sie voller Anerkennung.

»Giulia, hängst du sehr an deinem Halstuch?«

Giulia sah ihn überrascht an. Sie trug ein uraltes, mehrfach um den Hals geschlungenes, sommerliches Tuch, das sie sich irgendwann auf einem Kleiderflohmarkt gekauft hatte.

»Hm, nicht besonders.«

»Dann gib her.«

Sie entwickelte es und reichte es Enrico, der zeitgleich den Gürtel von seiner Hose gelöst hatte, die trotzdem passabel zu sitzen schien.

»Komm, wir versuchen den Kerl zur Sicherheit ein bisschen in seinem Bewegungsdrang einzuschränken. Der scheint eine Birne aus Stahl zu haben, und er wird bestimmt gleich wieder zu sich kommen.«

Sie beugten sich über ihn und rollten ihn mit vereinten Kräften zur Seite. Enrico fesselte seine Hände mit dem Gürtel, wobei er das Leder, so gut er konnte, verknotete. Dann machte er sich mit dem langen Tuch Giulias an den Beinen des Niedergestreckten zu schaffen. Jetzt lag er vor ihnen, ein gut verschnürtes Paket.

Anschließend schlichen sich Enrico und Giulia, weil sie der Sache noch immer nicht ganz trauten und hinter der nächsten Tür eine weitere Überraschung erwarteten, durch den Raum, in dem das Radio nun ein uraltes Lied spielte. Abgeschlossen. Die Kammer, in der sie Luca vermuteten, war gesichert. Giulia ging zurück zu ihrem Gefangenen, der inzwischen halb bewusstlos vor sich hin grummelte, und durchsuchte seine Hosentaschen – und tatsächlich fand sich dort ein einzelner großer Schlüssel. Er passte, die Tür sprang auf, und auf seiner versifften Matratze lag Luca, hingekauert wie ein Häufchen Elend. Als ihn der Lichtstrahl aus dem angrenzenden Raum traf, zuckte er zusammen und zog sich, obwohl er angebunden war, in eine Ecke zurück, die Augen weit aufgerissen. Es dauerte eine Weile, bis er begriff, dass es nicht seine Peiniger waren, sondern …

»Giulia!«, rief er, seine Stimme ganz rau und schwach und doch vor Erleichterung vibrierend. Giulia stürzte auf ihn zu und nahm ihn in die Arme. So gut das In-den-Arm-Nehmen eben ging mit dem gefesselten Luca.

»Wir sollten so schnell wie möglich hier weg«, rief Enrico, der an der Tür stehen geblieben war.

»Ah, das ist Enrico, dein Retter«, sagte Giulia an Luca gewandt. »Ich erkläre dir später alles. Erst mal müssen wir … hm … erst mal müssen wir dich hier loskriegen.«

Giulia wandte sich zu Enrico um, der jetzt ebenfalls das kleine Problem erkannte.

»Die Kette ist ziemlich massiv«, sagte Luca. Er zerrte daran, um seiner Aussage Nachdruck zu verleihen.

»Hatte der Kerl da draußen noch einen anderen Schlüssel bei sich?«, fragte Enrico, und Giulia schüttelte den Kopf.

»Ich schau noch mal nach.«

Giulia strich Luca über den Kopf. Wieder so eine mütterliche Geste, dachte sie.

»Wir haben es bald geschafft, wir holen dich hier raus. Was haben sie nur mit dir gemacht? Furchtbar siehst du aus. Hast du Schmerzen? Wo?«

Luca nickte, sagte dann aber, dass es gehe, dass es nicht so schlimm sei – was aber nicht ganz der Wahrheit entsprach, er konnte es schlicht nicht richtig beurteilen, weil der ganze Körper wehtat und auch in ihm etwas durcheinandergeraten zu sein schien. Die Tritte von Renzo hatten ihm zugesetzt.

Enrico kam zurück, allerdings ohne Schlüssel.

»Ich habe alle Schubladen des Schreibtisches durchgeschaut und auch noch mal in den Taschen des Typs gekramt. Nichts. Wir müssen dich anders loskriegen«, sagte er an Luca gewandt.

Gemeinsam durchsuchten Giulia und Enrico den Raum nach irgendwelchem Werkzeug, wobei sie selbst keine Ahnung hatten, mit welchem Gerät man diese Kette entzwei kriegen sollte.

»In Filmen«, sagte Luca, »gibt es immer irgendwelche Äxte – und mit einem gezielten Hieb, ist die Sache erledigt.«

Giulia blickte ihn ermutigend an. »Warte nur ab, wir bekommen dich hier schon los.«

»Ich glaube, wir sollten ganz rasch die Polizei rufen. Bevor die anderen Typen zurückkommen.«

»Ja, etwas anderes bleibt uns nicht übrig. Nur ist hier unten kein Empfang. Enrico, hier ist die Karte von Rignoni. Geh nach oben, ruf ihn an, warte vor dem Haus. Ich bleibe so lange hier unten bei Luca.«

Enrico nahm die Visitenkarte und rannte die Treppenstufen nach oben.

Plötzlich ein Knall, dumpf und gar nicht sehr laut. Giulia erschrak, während Luca wie ein verschrecktes Reh zusammenfuhr.

»Was war das?«, flüsterte Giulia.

»Versteck dich, geh nach da hinten, da ist ein Regal. Versteck dich.«

Achtundzwanzig

Wie gut, dass ich rechtzeitig zurückgekehrt bin. Ich dachte, ich leiste Ihnen Gesellschaft, während meine Männer das Häuschen am Meer durchforsten. Und was muss ich feststellen: Sie haben Besuch bekommen.«

»Was ist passiert, was ist mit ihm?«, schrie Luca mit sich fast überschlagender Stimme.

»Ihr Besucher? Ach, er hatte es ein wenig eilig, und ich wollte ihn gerne einladen, etwas länger zu bleiben. Manche Einladungen kann man einfach nicht ausschlagen.«

Er zog eine kleine Pistole aus seiner Jackentasche und hielt sie sich vors Gesicht, als würde er sie zum ersten Mal sehen.

»Was für eine Wirkung so ein kleines Instrument haben kann. Das ist so ein junger, sichtlich durchtrainierter Mann. Und plumps, fällt er ganz in sich zusammen. Er wird noch ein ganzes Weilchen bleiben, wie es ausschaut. Ziemlich lange sogar. Unendlich lange.« Der Mann lachte wieder dieses dreckige, kehlige Lachen, das auch Giulia in die Glieder fuhr, die hinter ein paar Kartons niedergekauert saß. Ihr lief der Schweiß von der Stirn, und sie verfluchte sich, Enrico in dieses Unglück hineingezogen zu haben. Der arme Enrico. Sie war schuld daran, dass er … Sie versuchte, den Gedanken nicht zu Ende zu führen. Aber das war ganz unmöglich. Sie fühlte sich wie eine Mörderin. Und ahnte, dass sie auch selber aus der Sache nicht unbeschadet herauskommen würde, wenn ihr nicht augenblicklich eine zündende Idee kam.

»Meine Jungs«, fuhr der Boss der Entführer fort, »werden sich übrigens gleich bei mir melden, wenn sie fündig werden. Und sollten sie nicht das Gewünschte in Ihrer hübschen kleinen Villa finden, dann möchte ich nicht in Ihrer Haut stecken, Crivelli. Ich bin mir sicher, dass Renzo da draußen, wenn er sich erholt hat, jegliche Contenance verlieren wird. Man springt nicht oft so mit ihm um. Nun ja. Jetzt muss ich mich erst einmal um ihn kümmern. Man hat ihn nicht gerade mit Samthandschuhen angefasst. Wir sehen uns gleich wieder.«

Die feste Tür fiel zu, Giulia atmete in ihrem Versteck tief aus, dann kroch sie hervor und hinüber zu Luca.

»Übel. Ziemlich übel«, zischte er zwischen seinen Zähnen hervor. Giulia hatte Tränen in den Augen.

»Das werde ich mir nie verzeihen. Ich habe Enrico auf dem Gewissen.«

Luca konnte darauf nichts erwidern, er nahm ihre Hand und sah ihr in die Augen.

»Hör zu«, sagte er. »Wir müssen hier rauskommen, wir müssen es schaffen. Und das noch, bevor er von seinen Leuten irgendetwas hört. Guck mal, ob es hier irgendetwas gibt, das man als Waffe verwenden kann.«

Giulia sah sich, dabei auf Zehenspitzen gehend, so leise es ihr möglich war, im fast dunklen Raum um. Mehr tastete sie nach irgendwelchen Gegenständen, als dass sie sie sehen konnte. Sie war sehr vorsichtig, weil sie fürchtete, gegen irgendetwas zu stoßen und damit auf sich aufmerksam zu machen. Auf einem Regal fand sie schließlich, was sie gesucht hatte: eine stählerne, schwere Pfanne. Sie nahm sie, trat zu Luca und sagte ihm, er solle den Kerl herein- und zu sich locken. Sie werde all ihre Kräfte zusammennehmen und ihm einen ähnlichen Schlag verpassen wie Enrico diesem Renzo, der hoffentlich noch nicht wieder richtig aus seinem Dämmerzustand erwacht sei.

Luca schrie nach seinem Peiniger, brüllte sogar, dass er Hilfe brauche. Und tatsächlich, die Tür öffnete sich, der Mann kam herein. Leuchtete ihm mit einer Taschenlampe ins Gesicht. Fragte, was er wolle. Luca zeigte mit seiner Hand auf die Tasche der schlabbrigen Jogginghose.

»Ich habe hier etwas gefunden«, sagte er mit schwacher Stimme. »Das müssen Sie sich ansehen.«

Luca kramte in seiner leeren Tasche, tat so, als sei er fündig geworden, öffnete die Hand, aber so, dass der Mann mit der Taschenlampe nichts erkennen konnte.

»Was ist das?«, fragte der, neugierig und genervt zugleich.

»Das ist – ich weiß nicht, es ist unglaublich. Sehen Sie selbst.« Er hielt ihm die halb zur Faust geballte Hand hin. Tatsächlich kam der Entführer näher, richtete den Lichtstrahl der Taschenlampe auf Lucas Hand, kam noch ein Stückchen heran, weil er nichts erkennen konnte, und beugte sich herunter. Und in diesem Moment sprang Giulia aus ihrem Versteck hinter den Kartons hervor, holte mit der Pfanne aus und versetzte ihm einen Schlag, auf den ihr Landsmann Carlo Pedersoli alias Bud Spencer stolz gewesen wäre. Der Typ brach zusammen wie vom Blitz getroffen und landete wie ein Kartoffelsack auf Luca, der ihn mit allen ihm noch zur Verfügung stehenden Kräften von sich stieß. Giulia begann sofort, die Taschen seines Anzugs zu durchsuchen, und tatsächlich fand sie einen Bund mit mehreren Schlüsseln. Der eine schien zu einem Auto zu gehören, der andere zu diversen Türen, und dann gab es noch einen kleinen, der tatsächlich zur Handschelle passte, mit der Luca an die Kette gefesselt war, die wiederum an einem Haken in der Wand hing. Das war schon mal geschafft. Giulia half Luca dabei aufzustehen, dann traten sie vorsichtig zur Tür, öffneten sie langsam, lugten in den angrenzenden Raum und sahen den bulligen Renzo auf einer Pritsche liegen, mit einem Verband um den Kopf und einem schmerzverzerrten Gesichtsausdruck. Aus seinem geöffneten Mund drang ein archaisches Gurgeln, das man wohl als Schnarchen interpretieren konnte. Die beiden schlichen sich an dem Muskelpaket vorbei, nahmen die Stiege und fanden oben auf der Schwelle der Kellertür den armen Enrico liegen. Giulia schluchzte, hielt sich die Hand vor den Mund, kniete sich hin und umarmte den Nachbarn ihrer Tochter, an dessen Tod allein sie schuld war. Da zwitscherte es plötzlich wie aus der Kehle eines Kanarienvogels: »Tschilp tschilp!« Giulia erschrak, denn das Geräusch kam direkt aus dem Körper, den sie umarmt hielt. Luca stand wie vom Blitz getroffen und schaute sich verwirrt um. Giulia hob den Kopf, sah Enrico an, der in diesem Moment die Augen aufschlug und mit einer gewissen Lakonie meinte: »Ist nicht so schlimm, glaube ich.«

Giulia entfuhr ein Schrei, der sowohl Erschrecken wie Erleichterung bedeuten konnte, zweifellos aber Freude. Sie umschlang ihren jungen Begleiter mit einer ungestümen Heftigkeit, dass der das Gesicht verkniff und ein lang gezogenes »Aaaaaaaaaah!« von sich gab.

»Es ist nicht so schlimm, aber du müsstest doch ein wenig vorsichtig sein« – er zeigte auf seine linke Schulter, die schlapp herunterhing. Das Hemd war an dieser Stelle blutdurchtränkt. Wobei man sich nicht sicher sein konnte, was Blut und was Tomatensoße war. Giulia entschuldigte sich und gab ihm einen Kuss mitten auf den Mund, was Enrico fast zu etwas brachte, was die Kugel nicht vollbracht hatte: zu einer Ohnmacht.

»Luca, fass mit an«, sagte Giulia. Mit vereinten Kräften richteten sie Enrico auf, der zwar stöhnte, aber durchaus so weit auf dem Damm war, sich auf den Beinen halten zu können, sobald er erst einmal wieder stand.

»Allein wäre ich nicht hochgekommen. Das Geballere dieses nicht gerade sehr rücksichtsvollen Typen hat mich etwas aus der Bahn geworfen, sonst wäre ich euch selbstverständlich zu Hilfe gekommen.«

»Es war ganz gut, dass er glaubte, du seiest ganz außer Gefecht«, sagte Giulia. »Sonst hätte er bestimmt noch mal etwas gründlicher gezielt. Die Tomatensoße auf deiner Brust hat ihn wohl getäuscht …«

Giulia musste Enrico fast allein stützen. Luca war nach seinem schmerzhaften Aufenthalt im Verlies gerade mal in der Lage, ohne zu kollabieren voranzugehen und die Türen zu öffnen. Zwei Versehrte und eine wohltätige Sanitäterin – so schleppten sich die drei zum SUV der Entführer, dessen Schlüssel Giulia eingesteckt hatte. Sie verfrachtete ihre beiden angeschlagenen Helden auf den Rücksitz, setzte sich ans Steuer, ließ den Motor aufheulen und jagte davon. Das Grauen lag hinter ihnen, und sie fühlte sich zugleich wie der unverantwortlichste und glücklichste Mensch auf der Welt. Unverantwortlich, weil sie Enrico in ihre Geschichte hineingezogen und nicht besser auf Luca achtgegeben hatte – wie dumm von ihr, ihn allein in die Falle auf dem Friedhof laufen zu lassen. Und glücklich, dass die beiden zwar nicht wohlauf, aber doch am Leben waren.

Sie hatte ein bisschen Angst vor Rignoni. Er würde ihre eigensinnige Aktion auf keinen Fall gutheißen können. Aber vielleicht wäre er sogar ein bisschen stolz auf sie. Immerhin hatte sie zusammen mit Enrico nicht nur Luca befreit, sondern vermutlich auch einen ziemlich schmutzigen Kriminalfall aufgeklärt. Womöglich hatte sie dem Mörder von Fanni eine Bratpfanne über den Schädel gezogen. Sie gab während der Fahrt ins Navigationsgerät des Autos das Stichwort »Krankenhaus« ein, und das nächstgelegene war etwa zehn Minuten entfernt. Dorthin steuerte sie den

Wagen, wobei sie weder auf Ampeln noch irgendwelche Verkehrsregeln achtete. Zum Glück war auf der Straße nichts los, und es ging vornehmlich durch ein unbelebtes Industriegebiet – war heute Sonntag?, fragte sie sich. Hupend fuhr sie auf den Parkplatz der Notaufnahme, der eigentlich für Rettungs- und Krankenwagen vorgesehen war. Zwei Pfleger kamen schimpfend aus dem Eingang gerannt, hörten aber mit ihrem gestenreichen Gefluche augenblicklich auf, als sie die beiden aneinandergeschmiegten Patienten auf dem Rücksitz erblickten. Sofort holten sie Kollegen und zwei Ärzte, Enrico und Luca wurden auf Liegen gepackt und rasch in die Behandlungsräume gebracht.

»Ist hauptsächlich Tomatensoße«, rief Enrico den Herbeigeeilten heiter zu, aber die glaubten, er halluziniere, und stülpten ihm eine Beatmungsmaske über den Mund, die ihn verstummen ließ.

Eine Frau, vermutlich die Schwester am Empfang, wollte von Giulia wissen, was geschehen sei, verlangte Personalien und die Tessera Sanitaria. Aber Giulia bat sie um einen Moment Geduld, ging ein paar Schritte zur Seite und wählte die inzwischen eingespeicherte Nummer von Rignoni, der sich nach dem ersten Klingeln meldete.

»Commissario, es ist etwas passiert.«

Schweigen. Giulia räusperte sich.

»Ja, Sie haben recht. Ich wollte …« Wieder schwieg sie für einen Moment, dann sagte sie: »Nein, nein, etwas ist passiert, aber niemandem ist etwas passiert. Also, doch schon, aber alle werden wieder gesund, da bin ich sicher. Ich …«

Giulia verdrehte die Augen und hielt das Telefon einige Zentimeter von ihrem Ohr weg.

»Nun lassen Sie mich doch ausreden.«

Aber Rignoni konnte seinen Wutanfall nicht unterdrücken. Giulia hatte den Eindruck, dass sich der Kommissar

Sorgen um sie gemacht hatte, ernsthafte Sorgen. Es klang fast so, als würde ihm die Angst um sie einen hysterischen Anfall bescheren.

»Ja, lieber Commissario, ich weiß das alles. Aber Sie müssen mich jetzt unbedingt sprechen lassen. Es ist sehr wichtig. *Sehr* wichtig. Sie müssen sofort in die Via Sambuca Pistoiese fahren, am besten mit ein paar Mann Verstärkung. Gehen Sie in das Haus mit der Nummer 35, da sollten hoffentlich noch zwei angeschlagene Herren im Keller herumliegen. Passen Sie aber auf, die sind garantiert bewaffnet. Sie müssen die beiden unbedingt festnehmen. Und kommen Sie anschließend sofort ins Krankenhaus – wie heißt das Krankenhaus hier?«, wandte sie sich zur Schwester und gab den Namen an Rignoni weiter. »Ich erkläre Ihnen ganz genau, was geschehen ist, wer die beiden sind. … Nein, ich weiß, Sie können nicht einfach irgendjemanden festnehmen – aber das sind die Entführer. Und ja, Luca Crivelli ist ebenfalls hier, er wird gerade von einem Arzt untersucht. Und verzeihen Sie, ich muss jetzt da rein und nach dem Rechten sehen. Beeilen Sie sich, hören Sie, beeilen Sie sich. Via Sambuca Pistoiese, Nummer 35. Zwei bewaffnete Männer. Gefährliche Typen. Bis gleich.«

Giulia hörte noch einen entnervten Ausruf am anderen Ende der Leitung, dann legte sie auf und eilte in die Notaufnahme. Die Empfangsschwester folgte ihr, mit einem Formular winkend und *»Scusi, signora, scusi!«* rufend, auf dem Fuß. Doch Giulia hatte keine Zeit für Bürokratie. Was für ein Tag.

Neunundzwanzig

G iulia saß in Lucas Zimmer, als Rignoni atemlos im Krankenhaus eintraf. Luca hatte schon wieder etwas mehr Farbe im Gesicht, war vor lauter Verbänden allerdings kaum zu sehen. Wenn er sich nur ein bisschen bewegte, stöhnte er auf. Seine Rippen taten ihm höllisch weh. Innere Verletzungen hatten ihm Renzos Zuwendungen zum Glück nicht beschert, wie die Ärzte nach ausgiebiger Untersuchung festgestellt hatten. Rignoni betrachtete die beiden Helden. Er schüttelte den Kopf und wollte, man sah es ihm an, mit einer Predigt beginnen, blieb dann aber doch stumm. Giulia stand auf, rückte einen Stuhl ans Bett und bat den Commissario, Platz zu nehmen.

»Sehen Sie«, sagte Giulia, »es ist ja doch noch mal alles gut gegangen.«

Rignoni atmete tief aus. Dann bat er sie, ihm alles Notwendige zu erzählen.

»Also.« Rignoni unterbrach sie augenblicklich: »Bitte erst einmal nur das Wichtigste, keine allzu langen Ausführungen, die Details kommen später. Wir müssen die beiden ziemlich übel zugerichteten Gestalten aus dem Keller einem Haftrichter vorführen, was allerdings nur geht, wenn wir wissen, was ihnen vorzuwerfen ist.«

»Einiges«, platzte es aus Giulia heraus, »um nicht zu sagen: vieles.«

Dann begann sie – so ruhig es ihr möglich war – von den Geschehnissen der letzten Stunden zu berichten, und der von Schmerzmitteln etwas sedierte Luca fügte die fehlenden

Puzzleteile seiner Entführung hinzu. Die Misshandlungen, denen er ausgesetzt gewesen war, konnte man ihm ansehen.

»*Va bene*«, sagte Rignoni nach einer Weile. »Das hätte alles ebenso gut ins Auge gehen können, darüber sind Sie sich hoffentlich im Klaren.«

Die beiden nickten schuldbewusst.

»Ich fahre jetzt ins Präsidium. Signora Malfante, Sie kommen bitte so schnell als möglich nach. Wir müssen ein Protokoll aufnehmen.«

»Und was geschieht mit Lombardi?« Natürlich hatte Giulia davon erzählt, wie sie den Entführern überhaupt auf die Spur gekommen war. Und dass Lombardi mit großer Sicherheit hinter allem steckte, ja der Auftraggeber war.

»Um den kümmern wir uns«, sagte Rignoni.

»Mein Onkel, Sie müssen meinen Onkel finden«, rief Luca, als Rignoni schon fast aus der Tür heraus war. »Er scheint nun ja nicht mehr in Gefahr zu sein. Es sei denn, es ist noch jemand anderer hinter diesen ominösen Papieren her.«

Der Kommissar nickte und verabschiedete sich mit einer halbherzigen Geste, die so viel wie »Adieu« heißen konnte oder auch: »Wir werden sehen.«

Giulia blickte Luca an, der bemitleidenswert aussah. »Ich muss hinüber zu Enrico, komme aber bald wieder vorbei.«

Als sie schon beinahe zur Tür hinaus war, fiel ihr noch etwas ein. Sie drehte sich um, ging zurück zu Lucas Bett, kramte in ihrer Hosentasche und zog daraus das Armband mit dem Anker hervor.

»Vermisst du das vielleicht?«

Luca wollte vor Glück lachen, aber selbst das schmerzte so sehr, dass er sich nur gerührt bedanken konnte. Giulia band ihm das Kettchen, das gerissen war und das sie notdürftig mit einem Draht zusammengebunden hatte, um das Handgelenk, winkte ihm zu und verschwand zum anderen

Retter. Enrico lag im Zimmer nebenan. Seine Schulter war mit einem imposanten Verband versehen.

»Tut es noch sehr weh?«, fragte Giulia mitfühlend.

Enrico mimte den unverwüstlichen Helden. »Ganz und gar nicht. Außerdem haben sie mich mit irgendwelchen Medikamenten vollgepumpt, da kann man gar nichts mehr spüren.«

In diesem Moment versuchte er, sich aufzurichten, was ihm allerdings nicht gelang. Er schrie kurz auf, das Gesicht verzerrte sich zu einer mitleiderregenden Grimasse – und er fiel sofort wieder in seine frühere Position zurück. »Na ja, es geht alles, ich darf mich halt nur nicht bewegen«, sagte er fast entschuldigend.

»Es tut mir so leid«, entgegnete Giulia. »An dem ganzen Schlamassel bin allein ich schuld. Ich mache mir riesige Vorwürfe. Was alles hätte passieren können.« Sie seufzte. »Ich weiß gar nicht, wie ich das wiedergutmachen soll.«

Enrico lächelte ein »Ich wüsste schon was«-Lächeln. Giulia wiederum lächelte über sein Lächeln hinweg, gab ihm einen Kuss auf die Stirn – eine reichlich mütterliche Geste, wie sie sich selbst eingestehen musste – und versprach ihm, so schnell wie möglich zurückzukommen und ihm ein paar leckere Sachen mitzubringen.

»Könntest du mir auch was zu Lesen mitbringen? Aber bitte keinen Krimi, davon habe ich erst mal genug.«

»Das mache ich. Auf jeden Fall. Eine ganze Bibliothek bringe ich dir mit. Jetzt solltest du nach den ganzen Aufregungen erst mal ein bisschen schlafen.«

Giulia sprang heiter auf, ihre Locken hüpften freudig mit, sie winkte und ließ Enrico in seinem Zimmer zurück. Vor der Tür war jetzt zu ihrem Erstaunen ein Polizist positioniert, der sie herzlich grüßte.

»Commissario Rignoni dachte, es sei gut, auf die beiden

Herren ein bisschen acht zu geben«, sagte er. »Unten wartet übrigens ein Polizeiauto, das sie ins Kommissariat bringen wird.«

Giulia bedankte sich bei dem schwer bewaffneten Beamten, und als sie den Krankenhausflur entlangeilte, kamen ihr Carla und Andrea entgegen.

»*Mamma!*«

Giulia nahm ihre Tochter in den Arm und hielt sie so fest, als wollte sie nie mehr loslassen.

»Was hast du nur angestellt?!«, sagte Carla und wischte sich eine Träne der Erleichterung aus dem Auge.

»Sag nichts«, erwiderte Giulia.

»Tja, der Commissario hat mich angerufen und schon grob geschildert, in was du da hineingeraten bist. Und ich habe dich sicher in meiner Wohnung gewähnt. Dabei sollte ich meine Mutter inzwischen kennen …«

»Ja«, sagte Giulia, »du hast allen Grund, sauer zu sein. Aber wir haben sozusagen einen Fall gelöst, und Enrico und Luca geht es gut. Na ja, den Umständen entsprechend geht es ihnen gut. Enrico wird sich riesig freuen, dich zu sehen. Ihr müsst ihn unbedingt beglückwünschen. Er ist ein wirklicher Held.«

Giulia umarmte nun auch Andrea.

»Bin ich froh, dass dir nichts passiert ist«, sagte er.

Giulia boxte ihn in den Arm. »Natürlich passiert mir nichts«, und dabei lächelte sie verlegen ihre Tochter an.

»Ich muss zu Rignoni. Wartet kurz, ich sage dem Polizisten Bescheid, dass er euch zu Enrico durchlassen soll.«

Giulia hetzte noch einmal zurück, wechselte ein paar Worte mit dem wacheschiebenden Carabiniere, verabschiedete sich von den beiden und lief die Treppen hinab zum Eingang des Krankenhauses, wo tatsächlich ein weiterer Polizist auf sie wartete.

»Ich bin Ihr Taxi«, sagte er, als sie ihren Namen genannt hatte. »Fahren wir.«

Giulia war, wie sie so im Streifenwagen saß, ein bisschen stolz. Der Fall war geklärt. Und sie hatte ganz wesentlich dazu beigetragen.

Dreißig

D er Fall ist nicht ganz geklärt.«
Rignoni saß ungerührt an seinem Schreibtisch, und
es war inzwischen schon mitten in der Nacht.

»Wir haben tatsächlich DNA-Spuren am Tatort gefunden.
Als man Fannis Leiche drapierte, um den Mord wie Selbstmord erscheinen zu lassen, müssen den Tätern ein paar
kleine Fehler unterlaufen sein. Wir haben ein paar winzige
Härchen gefunden. Die dort gefundene DNA stimmt aber
mit keiner einzigen DNA-Probe der Festgenommenen über-
ein – zumindest hat das ein Schnelltest ergeben. Eine weitere Eruierung dauert noch. Und übrigens nicht nur das:
Tatsächlich haben die Herren – sowohl die im Keller als
auch jene, die wir im Ferienhaus der Crivellis am Meer festnehmen konnten – unumstößliche Alibis für den Tag des
Mordes. Sie waren eindeutig nicht in Rom. Natürlich kriegen wir die Herren wegen Entführung, versuchten Mordes
als auch Einbruchs dran, aber wer Gianfranco Crivelli umbringen wollte und Silvio Fanni umgebracht hat, das wissen
wir noch immer nicht.«

»Aber das kann doch nicht sein«, regte sich Giulia auf.
»Natürlich steckt Lombardi dahinter. Vielleicht hat er noch
weitere Handlanger, die ihm die Arbeit abgenommen haben.«

»Das mag sein, allerdings sind wir noch nicht so weit.
Und es ist nicht ganz einfach. Die Ermittlungen gestalten
sich schwierig. Das wird noch eine ganze Weile dauern.«

»Man muss Lombardi sofort festnehmen. Es ist doch klar,

dass er das alles zu verantworten hat«, empörte sich Giulia.

»Er ist der Auftraggeber. Er will die Papiere. Er ist der Einzige, der einen Grund hat, Gianfranco Crivelli auszuschalten. Und Fanni. Die beiden haben irgendetwas gegen ihn in der Hand.«

»Immer langsam mit den jungen Pferden. Es ist doch gar nicht gesagt, dass er etwas damit zu tun hat.«

»Das glauben Sie doch selbst nicht.« Giulia war richtiggehend aufgebracht.

»Beruhigen Sie sich doch«, sagte Rignoni. »Ich glaube Ihnen ja«, fügte er fast flüsternd hinzu. »Ich glaube Ihnen ganz gewiss. Aber verstehen Sie, es ist nicht so einfach. Wir müssen vorsichtig vorgehen. Die Ermittlung in solchen Kreisen gestaltet sich ausgesprochen schwierig. Das ist eine sensible Angelegenheit, wie Sie sich vorstellen können.«

»Sensibel für wen?«, fragte Giulia und zog die Augenbrauen in die Höhe.

Rignoni räusperte sich, stand von seinem Stuhl auf, trat ans Fenster und blickte hinaus auf die Straße. Dann drehte er sich langsam um.

»Für Menschen, die etwas zu verlieren haben. Und wenn diese Menschen die Befürchtung haben, dass man ihnen etwas wegnehmen will, dass man ihnen auf die Füße treten möchte, dann werden sie sehr unangenehm. Das ist wie mit einem verwundeten Tier: Es nimmt all seine Kräfte zusammen, man sollte sich ihm nicht unvorsichtig nähern. Sonst wird man angefallen und im schlimmsten Fall in tausend Stücke zerrissen. Das gilt für mich. Das gilt aber auch für Sie. Glauben Sie mir, die Tat mag vielleicht aufgedeckt sein, der Fall selbst ist aber so ungelöst wie zuvor. Und zuweilen werden Fälle nicht aufgeklärt. Sie bleiben im Dunkeln, obwohl man eigentlich nur das Licht anknipsen müsste, um alles zu sehen. Wer den Lichtschalter anknipst, wird aber selbst zum Schuldigen in einem sehr viel umfassenderen Sinn. Er vergreift sich an einem System, das weder Sie noch ich genau durchschauen können.«

»Was Sie da gerade versuchen in schönen Worten zu erklären, ist doch nichts anderes als eine Umschreibung für etwas ganz Simples: Feigheit.«

»Ach, Feigheit. Mut. Schwäche. Stärke. Solche Begriffe sind doch hohle Phrasen. Man ist Teil eines Spiels, aber die Regeln geben andere vor.«

»Nun, das ist schon erstaunlich: Ich muss einem Polizisten erläutern«, sagte Giulia aufgebracht, »dass es Regeln gibt, an die sich alle zu halten haben? Dass es so etwas wie Gesetze gibt? Und dass es eine Selbstverständlichkeit sein sollte, darauf zu pochen? Alles andere wäre tatsächlich feige.«

»Vermutlich haben Sie recht«, sagte Rignoni, der sich sichtlich unwohl fühlte. Er ging nun in seinem Zimmer auf und ab, den Kopf zu Boden gesenkt. Schließlich blickte er Giulia an. »Natürlich haben Sie recht. Was ich sagen will: Es gibt das Gesetz. Und es gibt das Gesetz des Stärkeren. Und ich will, dass dem Gesetz Genüge getan wird. Und dann sind da …«

Mitten im Satz brach er ab. Wischte mit der rechten Hand durch die Luft, als wollte er eine Fliege vertreiben oder einen Gedanken, der ihm gerade gekommen war und der ihm selbst ungeheuerlich erschien und den er einfach wegfächeln wollte.

»Wie dem auch sei – ich versuche, alles dafür zu tun, nicht nur die Tat zu rekonstruieren, sondern den Fall aufzulösen.«

»Und was stellen Sie mit Lombardi an? Und mit denen, die mit ihm vielleicht noch unter einer Decke stecken?«

»Wir werden sehen. Jedenfalls fahre ich nachher zu Lombardi. Und wir werden ihn zu allem befragen, das kann ich Ihnen versichern.«

»Befragen? Sie sollten ihn hierher bestellen. Er ist der Hintermann, da besteht doch nicht der geringste Zweifel.«

»Vielleicht. Vielleicht auch nicht. Lassen Sie mich meine Ermittlungen nach meinem Ermessen führen. Sie haben genug getan, oder genau genommen fast zu viel. Und obwohl ich Sie eigentlich dafür schelten sollte, dass Sie Ihr Leben und das von anderen aufs Spiel gesetzt haben, möchte ich Ihnen danken – Sie haben uns jedenfalls schneller auf die richtige Spur gebracht.«

»Sie müssen mir nicht danken, ich weiß genau, dass ich ziemlich verantwortungslos gehandelt habe. Allerdings möchte ich Sie daran erinnern, dass Sie eine Verpflichtung haben. Gegenüber den Bürgern. Und gegenüber sich selbst. Sie sind doch nicht einfach so Polizist geworden. Sie haben mir Ihre Geschichte erzählt, erinnern Sie sich selbst manchmal daran. Lassen Sie nicht locker. Es kann doch nicht sein, dass sich irgendwelche korrupten Politiker und Geschäftsleute alles erlauben dürfen.«

Giulia war bei ihrer emotionalen Rede ganz außer Atem geraten. Rignoni sah sie betreten an. Ein bisschen viel Pathos, dachte Giulia. Aber von ihren Worten würde sie trotzdem kein einziges zurücknehmen.

Rignoni nickte. Er setzte sich an seinen Schreibtisch und reichte ihr ein Protokoll. »Lassen Sie uns das bitte noch einmal durchgehen und ergänzen. Ihre Aussage ist wichtig. Sie müssen das am Ende unterschreiben.«

Giulia las sich den Wisch durch, merkte das eine oder andere zu ihrer Aussage an. Und unterschrieb das Blatt.

»Ich danke Ihnen«, sagte der Commissario. »Und ich werde mich bei Ihnen melden. Wünschen Sie mir Glück bei Lombardi.«

Giulia war überrascht. Rignoni war wirklich in einer misslichen Lage. Und sie konnte ihm nicht helfen.

»Sie bekommen das hin – Kopf hoch«, sagte sie, glaubte aber selbst nicht so recht an ihre Worte.

Einunddreißig

Giulia bereitete einen Cappuccino zu. Sie liebte den Geruch frisch gemahlener Bohnen, der Espresso rann dunkelschwarz in die Tasse, der Milchaufschäumer bruddelte so herrlich, und wenn sich die dunkle mit der hellen Flüssigkeit verband, entstand so etwas wie ein kleines Kunstwerk. Ihr Vater saß an der Bar, und Vittorio sprang beflissen zwischen den wenigen Tischen hin und her. Er war ganz aufgekratzt. Für den Nachmittag hatte er sich freigenommen, und nachdem er sich wieder ausführlich über Luca erkundigt hatte, ahnte Giulia endlich, was vor sich ging. Er hatte sich in den jungen Crivelli verliebt. Sie fragte ihn nicht, was er am Nachmittag vorhatte, war sich aber sicher, dass er Luca besuchen würde.

Alles hatte sich wieder eingespielt. Vor zwei Tagen hatte sie den Laden erneut unter ihre Fittiche genommen, auch wenn ihr Vater ein bisschen gemurrt hatte. Es hatte ihm gefallen, in seiner alten Rolle aufgehen zu können – als Padrone. So saß er nun vor seinem Espresso, und Giulia merkte, wie sehr er sich zurückhalten musste, ihr oder Vittorio Ratschläge zu erteilen oder eigentlich: ihnen zu sagen, wie sie was zu tun hatten. Vittorio hatte ihr im Vertrauen zugeflüstert, dass er es nicht mehr lange ohne sie ausgehalten hätte, dabei aber so herzlich gelächelt, dass sie es ihm nicht ganz glaubte. Giulia war froh, dass *papà* eingesprungen war, vor allem aber, dass er es mit einer großen Freude getan hatte. Und sie hatte sich vorgenommen, ihn öfter wieder im Café aushelfen zu lassen, weil es seine Lebensgeister weckte und ihn jünger machte. Sie wusste zwar, dass es sie einige Nerven kosten würde, aber sei's drum.

»Bin ich froh, dass dir nichts passiert ist«, meinte Giuseppe nun. Er hatte es die letzten Tage ungefähr zehn Mal gesagt, und immer hatte Giulia ihm dann einen Knuff in die Seite gegeben und erwidert, dass sie ja nicht lebensmüde sei, sondern nur ein bisschen abenteuerlustig. Und immer hatte sie versprochen, in Zukunft besser auf sich aufzupassen.

An diesem Morgen war sie nach den Ereignissen der vergangenen Woche zum ersten Mal wieder etwas ruhiger. Sie genoss die Arbeit im Café und hatte sogar dem Drang widerstanden, Rignoni anzurufen und ihn nach dem Fortschritt bei den Ermittlungen zu fragen. Und sie hatte sich auch vorgenommen, sich heute nicht darüber zu wundern, dass er sich nicht von sich aus bei ihr meldete, um vom Stand der Dinge zu berichten.

Es gelang ihr nicht so recht. Mit den Gedanken war sie bei Enrico und Luca, die beide noch mindestens einen Tag im Krankenhaus ausharren mussten. Und sie wollte, dass die Entführer und ihr Auftraggeber Lombardi eine Weile im Gefängnis sitzen mussten. Von der Familie Crivelli hatte sie bislang nichts gehört.

Giulia hatte es nun auch wieder übers Herz gebracht, das verwaiste Pensionszimmer zu vermieten. Die Polizei hatte es ja vor einer Weile freigegeben, aber ihr war es doch pietätlos vorgekommen, es sofort wieder zu nutzen. Nun hatte sich ein Herr angemeldet, er sollte morgen anreisen. Ein Handelsvertreter, so hatte er in der Mail ein wenig altmodisch geschrieben, der die Unterkunft für mindestens drei Tage in Anspruch nehmen wollte. Sie musste an Lucas Onkel denken, der entweder einem Verbrechen zum Opfer gefallen war oder sich versteckt hielt und es nach all den Ereignissen der letzten Zeit vorzog, nicht auch noch in die

Schusslinie zu geraten. Giulia grübelte darüber nach, dass eigentlich nichts klar auf der Hand lag – außer, dass ein bedeutender römischer Geschäftsmann sich der Justiz ans Messer geliefert hatte, ein paar Gangster hinter Papieren her waren, deren Inhalt noch immer gänzlich unbekannt war, und ein ehemaliger Professor, der in den Siebzigerjahren mit der Linken sympathisierte und mit Avvocato Crivelli befreundet war, umgebracht worden war, obwohl es so aussehen sollte wie ein Selbstmord. So viel war geschehen, und doch schienen viele der Protagonisten in diesem Spiel im Dunkeln zu tappen. Luca wusste weder, warum sein Onkel ihn kontaktiert noch warum man ihn gekidnappt hatte. Rignoni hatte eine Leiche, aber keinen Mörder, dafür aber ein paar Entführer, die allerdings ein Alibi hatten für den Mord. Und dann war da Lombardi, der wahrscheinlich hinter allem steckte, obwohl keiner wusste, was ihn antrieb. Wovor er Angst hatte. Hier aber musste der Schlüssel zu allem zu finden sein: in der Angst. Die Angst, dachte Giulia, treibt die Menschen zu allen möglichen Taten, zu Mord, Totschlag, Betrug. Angst oder Habgier. Oder Leidenschaft. Und vielleicht war hier beides miteinander verbunden. So sehr sie ihr Gehirn aber marterte, so genau sie versuchte, die Ereignisse der letzten Tage noch einmal Revue passieren zu lassen, umso weniger erlangte sie Klarheit über den Zusammenhang all der seltsamen Verwicklungen, in die sie geraten war.

Ihre Grübelei wurde unterbrochen, als Beppo und Nello in die Bar stürmten. Nello wedelte wild mit einer Zeitung, Beppo rief laut, sodass die zwei anderen Gäste, die im Innenraum Platz genommen hatten, zusammenzuckten: »Habt ihr das schon gesehen?«

Giulia und Giuseppe blickten die beiden fragend an.

»Also nein«, sagte Nello und breitete die Zeitung auf der Theke aus.

»Schaut euch das mal an …«, sagte Beppo.

»… das ist doch ein Ding!«, ergänzte Nello.

Nello blätterte ungeduldig die Vermischtes-Seite auf und zeigte mit dem Finger auf einen Artikel.

»Hört euch das an«, sagte Nello, und Beppo begann laut zu lesen:

»*Entführer verhaftet. Ein spektakulärer Entführungsfall konnte von der römischen Polizei mit der Befreiung des Opfers und der Verhaftung von insgesamt vier Kidnappern zu einem glücklichen Ende gebracht werden. Wie der Questore sowie der ermittelnde Kommissar Claudio Rignoni gestern bei einer Pressekonferenz mitteilten, handelte es sich bei dem Entführten um den Sohn eines prominenten römischen Unternehmers. Luca C. war am vergangenen Dienstag spurlos verschwunden und für mehrere Tage im Keller eines Hauses in einem Vorort Roms gefangen gehalten worden. Dank der »aufopferungsvollen Arbeit« der Ermittler, so Questore Monti, sei es gelungen, sowohl das Versteck als auch die Entführer ausfindig zu machen. Luca C. sei aus den Händen der Kidnapper befreit worden. Bis auf leichte Verletzungen, die ihm während der Gefangenschaft zugefügt worden waren, sei der Mittzwanziger unverletzt geblieben. Die Verbrecherbande habe man, wie Commissario Rignoni bestätigte, komplett festsetzen können. Zwei von ihnen seien am Ort des Geschehens trotz Widerstands verhaftet worden, zwei andere konnten in einem Ferienhaus der Familie C. in der Nähe von Ostia dingfest gemacht werden. Die vier Täter seien dem Untersuchungsrichter vorgeführt worden, die Tat hätten sie gestanden. Nach den bisherigen Ermittlungen hätten die Verdächtigen, so der Questore, auf eigene Faust gehandelt. Hintermänner seien auszuschließen. Zum Motiv äußerte*

sich der Präsident ebenfalls: Es habe sich um eine klas-
sische Erpressung gehandelt, die Entführer wollten von
der äußerst wohlhabenden Familie C. mehrere Millio-
nen Euro Lösegeld. Das Schreiben der Kidnapper habe
die Fahnder auf deren Spur gebracht, eine vorgetäuschte
Lösegeldzahlung habe schließlich die direkte Verbindung
zu den Verdächtigten hergestellt und auch die entschei-
dende Fährte zum Versteck des Opfers aufgedeckt. Die
Befreiung sei verdeckt mit einer Spezialeinheit ausgeführt
worden. Besonderer Dank gelte dabei, so der Questore,
Commissario Rignoni, unter dessen Federführung der
»durchaus heikle Fall« einem guten Ende zugeführt wer-
den konnte. Dass man erst jetzt an die Presse gegangen sei,
habe mit Ermittlungsstrategien zu tun gehabt. Wie man
sehe, so der Präsident weiter, sei das Kalkül aufgegangen.
Der befreite Luca C. sei zwar noch in ärztlicher Behand-
lung, befinde sich aber auf dem Weg der Besserung. Eine
akute Lebensgefahr habe nie bestanden. Den Entführern
droht eine Gefängnisstrafe.«

Beppo hatte den Text atemlos vorgetragen, und jetzt schlug
Nello mit der Faust auf den Tresen. »Schweinerei!«

»Das geht doch ganz schön an der Wahrheit vorbei«,
murrte Beppo. »Ein starkes Stück.«

Giulia hatte den beiden nach ihrer Rückkehr in den Alltag
von ihren aufregenden Erlebnissen erzählt, natürlich unter
dem Siegel der Verschwiegenheit. Nun war sie konsterniert.
Sie musste sich auf den Hocker setzen, der hinter der Bar
stand und eigentlich nie genutzt wurde.

»Das ist wirklich nicht zu glauben«, sagte sie.

Giuseppe war unterdessen hinter die Theke getreten und
legte seine Hand auf ihre Schulter. »Du musst zur Polizei
gehen, du musst diesen Rignoni zur Rede stellen.«

Aber Giulia wusste, dass das nichts nutzen würde. Es ging ihr nicht im Geringsten darum, dass sich die römische Polizei mit Verdiensten schmückte, die nicht ihre waren. Solch ein Vorgehen konnte sie bis zu einem gewissen Grad nachvollziehen. Und sie war zudem ganz froh, dass sie aus den Akten dieses Falles getilgt war – obwohl sie ja ein Protokoll unterzeichnet hatte, in dem all das stand, was nun verschwiegen oder umgeschrieben worden war. Aber dass der Questore auf dreiste Weise behauptete, es habe keine Hintermänner gegeben – das ging zu weit. Es ließ sie ihre Machtlosigkeit spüren. Eine bittere Ohnmacht. Aber was hatte sie anderes erwartet? Lombardi war mit dem Questore gut bekannt. Sie machten mit Sicherheit Geschäfte miteinander, und vermutlich stand der Präsident auf der Gehaltsliste Lombardis, oder es gab andere unwiderstehliche Vereinbarungen. Absprachen. Eine Hand wäscht die andere. Sie konnte Rignoni gar keinen großen Vorwurf machen. Was blieb ihm übrig, als dieses Spiel mitzuspielen? Er war ein kleines Rädchen. Was hätte er tun sollen? Bei der Pressekonferenz die Wahrheit sagen? Sich gegen seinen Chef wenden? Man hätte ihn rasch mundtot gemacht. Ihn degradiert, auf ein Polizeirevier in irgendeinem Kaff im Süden versetzt. Oder vielleicht hatte man auch etwas gegen ihn in der Hand. Jeder war erpressbar. Oder käuflich. Giulia wurde speiübel. Sie merkte, dass sie hier an einen Endpunkt gekommen war und ihr Vertrauen in die Institutionen zu verlieren begann. Etwas, das ihr immer ein bisschen unheimlich war. Früher waren es ihre linken Freunde in Berlin gewesen, die gegen das korrupte System wetterten. Und manche hatten nicht nur gewettert, sondern waren auch mit Pflastersteinen in der Hand am 1. Mai gegen den »Bullenstaat« auf die Straße gegangen. Heute waren es die wiedererstarkten Rechten, die am liebsten alle demokratischen Errungenschaften und die politische Klasse insgesamt zu Fall bringen wollten, in Italien ebenso wie in Deutschland. Von anderen Ländern ganz zu schweigen. Nein, sie mochte nicht daran glauben, dass man gegen das Übel innerhalb des Systems nichts ausrichten konnte. Ihr gefiel der Gedanke nicht, dass es entweder um alles geht oder um nichts. Um blinde Bejahung oder gewaltsame Zerstörung. Es musste einen anderen Weg geben. Aber jetzt war sie ein bisschen mürbe, weil es sich nicht nur um diesen Fall handelte. Es ging um ein Prinzip. Es ging ums Prinzip.

»Puh«, sagte sie, »das muss ich erst einmal verdauen.«

Beppo faltete die Zeitung zusammen, Nello fluchte vor sich hin, aber auf eine freundliche Art, so, als wollte er Giulia damit aufheitern. Ihr Vater Giuseppe stand noch immer neben ihr, die Hand hatte er nicht von ihrer Schulter genommen.

»Denen zeigen wir es.« Er blickte Beppo und Nello an, die betreten die Köpfe senkten und das Furnier des Tresens studierten.

Giulia hob hingegen den Kopf und lächelte ihren Vater an. »Ja, ich werde fragen, ob Superman Zeit hat und uns helfen kann gegen die bösen Mächte.«

»Superman«, echote es plötzlich hinter Beppo und Nello. »Superman?«, wiederholte die Stimme noch einmal, allerdings hob sich die letzte Silbe zur Frage. Zwischen den dicht beieinanderstehenden Antiquaren schob sich eine schlanke Person durch und beanspruchte Platz an der Theke.

»Carla, was machst du denn hier?«, rief Giulia aus.

»Na so was«, freuten sich Beppo und Nello fast unisono.

Und Giuseppe eilte flink hinter der Theke hervor, um seine Enkelin zu umarmen.

»Carla, *cara*, wie schön, dich endlich mal wieder zu sehen«, jubelte er geradezu euphorisch.

»Du hast nach Superman gerufen, und da bin ich«, sagte Carla heiter zu ihrer Mutter gewandt.

»Du bist mir, ehrlich gesagt, viel lieber. Komm her, lass dich drücken.« Und über den Tresen hinweg wurde Carla nun auch von ihrer Mutter geherzt.

»Ich dachte, ich muss mal wieder nach meiner Familie sehen.« Und weil sie bei diesem Satz um die beiden bücherliebenden Brüder links und rechts von sich ihre Arme legten, durften die sich in die Familie aufgenommen fühlen. Sie lächelten feinsinnig, aber ihre Rührung konnten sie nicht verbergen.

»Das habe ich heute Morgen auch schon gelesen«, sagte Carla mit einem Blick auf die zusammengefaltete Zeitung, die auf dem Tresen lag. »Und ich wollte mal schauen, wie das hier so angekommen ist.«

»Nicht gut, wie du dir denken kannst«, erwiderte ihr Großvater.

»Aber so schlimm ist es auch wieder nicht«, versuchte Giulia gute Miene zum bösen Spiel zu machen. »Seien wir ehrlich: Etwas anderes war kaum zu erwarten gewesen.« Sie stand auf, um Carla einen Espresso zu machen. Im Vorbeigehen gab Vittorio der Tochter seiner Chefin einen Kuss auf die Wange und signalisierte wild gestikulierend, dass er weiterarbeiten müsse, dabei die linke Augenbraue streng hochziehend, was wohl heißen sollte, dass hier außer ihm niemand sonst an die Gäste dachte.

»Drei Caffè«, rief er Giulia noch zu, dann war er schon wieder nach draußen verschwunden, wohin sich heute erstaunlich viele Touristen verirrt hatten. Das Wetter war blendend. Trastevere leuchtete, obwohl die Straßen von einer Staubschicht bedeckt waren, die dem Viertel eine Patina verlieh, die ihm gut stand.

»Was machst du jetzt, *mamma*?«, wollte Carla wissen.

»Nichts. Was soll ich schon tun? Die Sache ist erledigt. Wahrscheinlich werden sie den wahren Mörder von Silvio Fanni nie finden, und Lombardi wird für seine verbrecherischen Taten nie zur Rechenschaft gezogen. Und unter uns gesagt, habe ich kein gutes Gefühl, was Lucas Onkel angeht. Er wäre doch längst wieder aufgetaucht oder hätte sich gemeldet, wenn ihm nichts zugestoßen wäre. Wahrscheinlich haben ihn die Kerle, die Fanni auf dem Gewissen haben, doch noch gefunden.«

Die fünf standen da und machten eine betrübte Miene.

Carla war die Erste, die wieder zu Worten fand. »Man darf sich so etwas nicht bieten lassen. *Mamma*, du gehst zu Rignoni. Du musst ihm zumindest die Meinung geigen.«

»Das hat doch keinen Sinn«, erwiderte Giulia nachdenklich. Dann nahm sie ein Geschirrtuch, trocknete ein paar Tassen ab und sah im Spiegel, wie sich die Tür zur Bar öffnete und der Commissario im Raum stand.

»Wenn man vom Teufel spricht«, sagte Carla eine Spur zu laut.

Zweiunddreißig

Luca war nach drei Tagen aus dem Krankenhaus entlassen worden, und seine Eltern hatten darauf bestanden, ihn zu sich nach Hause zu holen. Das Misstrauen gegen seinen Vater war zwar groß, doch er wusste überhaupt nicht mehr, wem er vertrauen sollte. Ihm war nach allem, was geschehen war, jede Gewissheit abhandengekommen. Die Sache war ihm nicht geheuer, und seit den dramatischen Stunden im Kellerverlies war jegliche Sicherheit dahin. Auch wenn er am liebsten allein gewesen wäre, fehlte ihm die Kraft, sich zu wehren.

Der Fahrer seines Vaters hatte ihn aus dem Krankenhaus abgeholt, zusammen mit seiner Mutter, die ihn jeden Tag im Hospital besucht hatte. Sie hatte ihm Bücher und Gebäck gebracht. Hatte ihm über den Kopf gestrichen wie dem Kind, das er einmal gewesen war. Auf dem Rücksitz des Wagens hatte er sich an sie gelehnt, die Augen geschlossen und die Fahrt genossen, als wäre er tatsächlich noch der glückliche Junge, der sich geborgen fühlen konnte.

In seinem Zimmer – mehr ein Loft mit eigenem Bade- und Ankleideraum – lag er eingemummelt in eine schäfchenweiche Decke. Nicht das Personal, sondern seine Mutter brachte ihm Tee, Suppe oder Sandwiches. Sie hatte darauf bestanden, dass ihn sonst niemand störte. Sie ließ ihn schlafen, sah aber jede Stunde in sein Zimmer, und wenn er wach war (oder nicht mehr so tat, als würde er schlafen), trat sie ein und setzte sich zu ihm.

»Soll ich dir etwas vorlesen?«, fragte sie, manchmal mit

Tränen in den Augen, und Luca fühlte sich wie in einem Roman aus dem 19. Jahrhundert, der in adligen Verhältnissen spielte und in dem die innige Beziehung zwischen Mutter und Sohn ein Symptom von Konflikten war, die in der Familie und der ganzen Gesellschaft schlummerten.

Lucas Mutter war eine andere Frau, sie konnte plötzlich wieder eine Liebende sein. Luca spürte, dass etwas in ihr gärte, aber er wusste auch, dass sie ihre Gefühle immer ein Stück weit im Zaum halten würde. Ihm war all das heimelig und unheimlich zugleich. Seine Distanz zum Elternhaus hatte auch die Beziehung zu seiner Mutter getrübt, vielleicht weil diese Verbindung einmal von einer geradezu einschnürenden Enge gewesen war. Luca ließ zu, dass sie ihn umsorgte, umgarnte, ihn schützen wollte. Es schien ihm fast so, als müsste sie etwas gut machen, als müsste sie ihn für etwas entschädigen, was ihm angetan worden war, obwohl sie damit gar nichts zu tun hatte.

Manchmal, wenn sie bei ihm saß und er die Augen schloss, wenn sie dachte, dass er längst eingeschlafen war, er aber nur vor sich hindöste, hinter den Augenlidern Bilder der vergangenen Tage aufrief oder zu verdrängen suchte – da murmelte sie Sätze vor sich hin, die er nicht verstand. Sie sprach mit sich, nuschelte aber derart, dass nur sie selbst wusste, was sie da redete. Die zu einem Murmeln gewordenen Gedanken hätten ihn interessiert, aber er wagte nicht, sie zu unterbrechen und zu fragen, was sie beschäftige. Er dachte, dass sie möglicherweise irgendwann etwas verraten würde – nicht bewusst, aber doch so, dass er verstehen konnte, worüber sie sinnierte.

Lucas Vater war ebenfalls wie verwandelt. Er sah zwar nur selten nach ihm, aber eines Abends, als er das Büro verlassen hatte, kam er herein, setzte sich zu ihm, fasste ihn am Arm und sagte etwas Erstaunliches: »Alles wird gut.«

Was gut werden sollte, war nicht klar. Vermutlich meinte er nur die körperlichen Beschwerden, die Luca noch immer quälten – die Entführer hatten ganze Arbeit geleistet, er spürte bei jeder Bewegung die Stellen, die sie malträtiert hatten, die getroffen worden waren. Überall hatte er Prellungen, blau-grüne Flecken, Blutergüsse. Sein Kopf schmerzte nicht mehr so wie noch in den ersten Tagen im Krankenhaus, aber bei einer falschen Bewegung kam das Druckgefühl zurück, das ihm den Schädel zu sprengen drohte.

Zum ersten Mal seit sehr, sehr langer Zeit fühlte sich Luca bei allem Befremdlichen an der Situation willkommen, ja, zu Hause. Er genoss es sogar ein wenig, dass man sich um ihn kümmerte, dass er wieder zum Sohn geworden war, der selbst vom Patriarchen – soweit es diesem eben gegeben war – umsorgt wurde. Einmal, es war am zweiten Tag nach seiner Entlassung, versuchte er, seinen Vater nach Gianfranco zu fragen. Am Nachmittag war noch einmal die Polizei da gewesen. Man hatte nicht aufgegeben, versuchte eine Spur des Onkels zu finden und hoffte wohl, im Hause Crivelli doch noch auf Hinweise zu stoßen. Und der Kommissar – es war diesmal ein anderer als Rignoni, den Namen hatte er sich nicht merken können – wollte mit ihm ein weiteres Mal die Aussagen durchgehen, die er im Krankenhaus gemacht hatte. Weil er da noch in einem sehr lädierten Zustand gewesen war, erhoffte man sich bei fortschreitender Verbesserung seines Zustands weitere Erkenntnisse. Ein paar Erinnerungsfragmente, die im Tumult der Entführung verschüttgegangen waren und nun wieder an die Oberfläche kamen. Auf gewisse Weise erinnerte Luca das Gespräch mit dem Polizisten an das Verhör in seinem Kellerverlies, nur wurde er nun um einiges freundlicher behandelt. Sagen aber konnte er genauso wenig wie vor einigen Tagen als Gefangener seiner Entführer.

»Weißt du etwas Neues von Onkel Gianfranco?«, fragte er seinen Vater an diesem Abend ganz direkt.

Der Patriarch schüttelte den Kopf. Aber dieses Kopfschütteln hatte etwas Fernes, als hätte es gar nichts mit der Frage zu tun, die Luca gestellt hatte, sondern mit einer, die sein Vater in seinem Innern wälzte.

»Du würdest ihm nichts antun, falls er sich meldet, nicht wahr?«, fragte Luca mit leiser Stimme. Er ahnte, dass er bei seinem Vater mit dieser Bemerkung einen Zornesausbruch hervorrufen könnte, wie er ihn oft bei ihm erlebt hatte. Aber nichts dergleichen geschah. Der alte Crivelli ließ sich, falls er sich aufregte über diese Frage, in der eine Anschuldigung versteckt sein mochte oder ein Verdacht, seine Aufregung nicht anmerken. Er schien nachdenklich.

»Nein, ich würde ihm nichts antun, natürlich nicht.« Es folgte eine lange Pause, sein Vater hatte den Blick abgewandt, schaute aus dem Fenster, wo nur die Dunkelheit war, eine stumpfe Leere, das Nichts. Luca konnte nicht sehen, was sich im Gesicht seines Vaters abspielte, ob seine Augen etwas anderes sagten als seine Worte. Es schien ihm, als wollte er etwas verheimlichen und zugleich durch seine Reaktion eine Beichte ablegen. Luca aber verstand nicht, was genau sein Vater zu beichten hatte.

»Wie könnte man seinem Bruder etwas antun, selbst wenn er einmal vor langer Zeit die Familie verraten hat?«, sagte er nach langem Zögern.

»Aber …« Nun zögerte Luca. Er wusste nicht, wie weit er gehen konnte, ob ihn seine Direktheit wirklich ans Ziel führen würde. »Aber warum«, platzte es schließlich doch aus Luca heraus, »warum ist man hinter ihm her? Warum musste Fanni sterben?«

Sein Vater zuckte wieder mit den Achseln.

»Du hast doch«, fasste Luca Mut, »mit deinem Freund

Lombardi über ihn gesprochen. Und über die Gefahr, die von ihm ausgeht.«

Sein Vater sah ihn überrascht an. Skeptisch. Vielleicht auch streng. »Wie kommst du darauf?«

»Ich habe euch belauscht. Ich weiß, um wen es ging. Um Gianfranco, seine Rückkehr, um irgendwelches Wissen, das er gegen Lombardi und vielleicht auch dich ins Feld führen könnte.«

Der alte Crivelli lächelte. »Du machst dir falsche Vorstellungen, mein Sohn. Und Lombardi vermutlich auch.«

Luca stutzte.

»Ich bin sicher, dass es nichts gibt, vor dem wir uns heute fürchten müssen«, fügte der alte Crivelli hinzu und blickte dabei versonnen ins Dunkel, als würde er dort etwas suchen.

»Und was ist mit Lombardi?«, fragte Luca.

»Lombardi? Lombardi ist ein Idiot. Ein eitler Idiot. Er hat nichts mit uns zu tun. Er macht Geschäfte, die ich nicht gutheiße.«

»Er steckt hinter meiner Entführung, oder?«

Sein Vater schwieg und sah Luca lange an, mit einer Zärtlichkeit und einer Distanz, und beides erschreckte Luca zutiefst. Der alte, ganz müde und fern wirkende Crivelli strich mit seiner Hand über den Arm seines Sohnes und sagte: »Du solltest schlafen. Das alles ist nicht gut in deinem Zustand.«

»Was ist nicht gut in meinem Zustand? Ich verstehe doch nichts. Wie soll ich schlafen, wenn mir das alles ein Rätsel ist? *Papà*, was ist denn passiert?«

»Mein Sohn.« Das war alles, was Crivelli noch herausbrachte. Dann stand er auf, wandte sich zum Gehen, blickte sich nicht mehr um, schaltete das Licht aus und schloss die Tür. Luca blieb allein zurück im Dunkel. Er wurde nicht klug aus seinem Vater und aus den Andeutungen, die er gemacht hatte.

Dreiunddreißig

Wieder war da der Geruch, der Giulia so bekannt vorkam. Das Aftershave von Rignoni versetzte etwas in ihrem Innern in Aufruhr, und es ärgerte sie, dass sie einfach nicht darauf kam, an wen sie dieser markante Duft erinnerte. Der Commissario sah ein bisschen elend aus, als er so vor ihr stand.

»Möchten Sie einen Espresso? Oder einen Grappa? Sie wirken so, als könnten Sie einen gebrauchen.«

Rignoni winkte ab. »Können wir uns setzen?«, sagte er. »Ich muss mit Ihnen sprechen.«

»Eigentlich sollte ich nicht mehr mit Ihnen sprechen – nach dieser Pressekonferenz. Wir haben gerade den Artikel gelesen.« Giulia blickte sich zu Beppo, Nello und Giuseppe um, die in Reih und Glied an der Bar saßen und Rignoni mit finsterer Miene ansahen. Carlas Blick war sogar noch ein bisschen finsterer. Der Commissario schaute schuldbewusst drein und ließ den Kopf hängen.

»Na gut, kommen Sie.«

Die beiden setzten sich an einen Tisch in der Ecke. Rignoni wirkte verändert. Seine selbstsichere Ausstrahlung schien er diesmal im Kommissariat zurückgelassen zu haben. Man konnte fast den Eindruck gewinnen, dass er ganz ernsthaft geknickt war.

»Es tut mir leid«, sagte er. »Ich habe Lombardi nicht drangekriegt.«

Giulia sah ihn aufmunternd an, nickte ihm zu, damit er weitersprach.

»Lombardi ist mit Sicherheit derjenige, der hinter der Entführung steckt. Aber solange seine Leute nicht reden, können wir ihm nichts beweisen. Er scheint alle nur denkbaren Vorsichtsmaßnahmen getroffen zu haben. Die Leute, die für ihn ins Gefängnis gehen, müssen gut entlohnt werden. Oder ihre Familien. Und …« Rignoni stockte. Giulia kniff die Augen zusammen, als würde ihm das dabei helfen können, seinen Satz zu Ende zu führen. »Und Lombardi hat mächtige Freunde.«

»Sie meinen den Questore, oder?«

Rignoni schwieg, aber das Schweigen war so beredt, dass Giulia nicht nachhaken musste.

»Ich glaube allerdings nicht« – langsam erlangte der Kommissar seine Selbstsicherheit wieder, seine Stimme gewann, während er sich auf dem Stuhl gerade aufrichtete, ebenfalls an Kontur –, »dass Lombardi etwas mit dem Mord an Silvio Fanni zu tun hat.«

»Aber«, fuhr Giulia ungehalten dazwischen, »etwas Naheliegenderes gibt es doch gar nicht! Lombardi hat, zumindest gehen wir beide davon aus, Luca entführen lassen, um an diese Papiere zu kommen. Was auch immer es für Papiere sein mögen.«

»Sie sagen es: Papiere, die er bei Gianfranco Crivelli und Silvio Fanni vermuten muss.«

»Genau. Und wie kommen Sie darauf, dass er nicht hinter dem Mord steckt?«

»Es ist bislang nur ein Gefühl. Ein Instinkt, wenn man so will. Ich habe Lombardi lange befragt – na gut, sagen wir, so lange, bis ich einen Anruf vom Präsidenten bekam, dass Lombardi nicht länger zu befragen sei. Ich habe aber keinerlei Anhaltspunkte gefunden, keinerlei Unsicherheit, was Fanni angeht.«

»Aber die Entführung trauen Sie ihm zu?«

»Ja, die traue ich ihm zu.«

Rignoni räusperte sich. Und er lehnte sich über den Tisch, ganz nah hinüber zu Giulia, die unbewusst ebenfalls näher rückte – und in diesem Moment fiel ihr ein, an wen sie der Duft Rignonis erinnerte: Es war in Berlin gewesen, und es musste bestimmt fünfzehn Jahre her sein. Sie hatte dort einen Mann kennengelernt, der sie schwer beeindruckt hatte. Einen Professor, mit dem sie ab und an Kaffee trinken war, der sich wirklich für sie zu interessieren schien, für ihre Geschichte und ihre Geschichten. Der mit ihr gesprochen hatte, als würde er sie schon immer kennen, der sie ernst genommen und auch unterstützt hatte. Und der sich kein einziges Mal inkorrekt verhalten hatte. Im Gegenteil. Einmal, da waren sie durch die Rykestraße gegangen, und sie hatte am Mittag schon Wein getrunken, hatte sich bei ihm untergehakt und war ihm ziemlich nahegekommen. Nicht zum ersten Mal war ihr da das Parfum, dieser schneidende Aftershave-Duft aufgefallen. Gar nicht unangenehm, hatte sie damals gedacht. Sie war nicht betrunken gewesen, aber durch den Alkohol doch mutig geworden, und irgendwann war sie stehen geblieben, hatte sich zu ihm gedreht und ihn – heute war ihr das ein wenig peinlich – aufgefordert, sie zu küssen. Er war gar nicht so alt gewesen, vielleicht Mitte vierzig, also ungefähr so alt wie sie heute. Aber er war zurückgewichen, mit einem Lächeln. Er hatte einen Witz gemacht, etwas gesagt, das die Situation auch für sie gerettet hatte, sodass sie ebenfalls hatte lachen müssen. Und sie hatte ihn daraufhin umarmt, aber nie mehr versucht, ihn zu küssen. Fast war das romantischer, als wenn sie wirklich ein Liebespaar geworden wären. Später hatte sie seine Frau kennengelernt und gemerkt, wie sehr die beiden sich liebten. Leider hatten sich Giulia und der Professor irgendwann aus den Augen verloren, einfach so, es war nichts vorgefallen, aber doch hatten sie sich immer seltener gesehen und dann immer seltener telefoniert und geschrieben. Dass sie nicht gleich darauf gekommen war!

»Hören Sie«, sagte Rignoni nach längerem Zögern, als hätte er gemerkt, dass sie anderen Gedanken nachgehangen war. »Hören Sie«, wiederholte er und wirkte dabei auf höchste Weise konspirativ. »Ich darf Ihnen das nicht sagen, aber Sie wissen nun ohnehin alles, und Sie würden sich kaum davon abhalten lassen, sich wieder einzumischen und sich wieder in Gefahr bringen, und überhaupt lassen Sie ja nie locker, deshalb erzähle ich Ihnen jetzt etwas.«

Giulia war ganz Ohr, und sie versuchte das Lächeln, das ihr im Gesicht stand, in einen seriösen, aufmerksamen Gesichtsausdruck zu verwandeln. »Erzählen Sie nur, ich bin verschwiegen.« Dabei blickte sie sich um und sah hin zu den drei Männern an der Bar, die zwar so taten, als würden sie sich nicht dafür interessieren, was am Ecktisch besprochen wurde, aber ihre Neugierde doch kaum zu verbergen in der Lage waren. Carla tippte in ihr Handy. Giulia rückte noch ein bisschen näher.

Rignoni blickte ebenfalls zur Bar. »Bitte«, sagte er, »behalten Sie das, was ich Ihnen sage, noch für sich.« Sein Blick hin zu Beppo, Nello und Giuseppe wurde ein bisschen strenger, sodass die drei sich abwandten und anfingen, sich zu unterhalten oder zumindest so zu tun. »Meine Kollegen haben einen sehr überraschenden Fund gemacht.« Rignoni zog die Augenbrauen hoch. »Wir haben in einem Briefumschlag mehrere Fotografien von Gianfranco Crivelli gefunden.«

Giulia streckte ihre Arme aus, die Handflächen nach oben. »Na und?«, sollte das heißen.

»Der Briefumschlag fand sich in der Innentasche eines Jacketts, das ein Mann trug, der vor wenigen Tagen kurz vor der Grenze zu Österreich einen Autounfall hatte. Er muss in einen Sekundenschlaf gefallen und auf einen bremsenden LKW aufgefahren sein. Vielleicht hatte er auch einen Herzinfarkt, wir wissen es noch nicht genau. Jedenfalls war er wohl sofort tot, und es dauerte eine ganze Weile, bis man ihn aus dem Wrack geborgen hatte. Neben den Fotos fand sich in seinem Portemonnaie noch eine Visitenkarte Ihrer Pension.«

»Das ist ja … Und wer ist dieser Mann?«

»Anton Hinterlechner – so stand es zumindest in seinem österreichischen Pass. Den Namen kennen Sie vermutlich nicht?«

Giulia schüttelte den Kopf und hielt sich zurück, die Aussprache des Kommissars zu korrigieren, dem der kehlige ch-Laut nicht über die italienischen Lippen kommen wollte.

»Aber diesen Anton Hinterlechner«, sprach er weiter, »gibt es in Österreich nicht. Und wir sind sehr eifrig dabei herauszufinden, um wen es sich bei diesem Mann in Wirklichkeit handelt. Zumal in seinem Gepäck außerdem zwei Waffen gefunden wurden.«

»Commissario Rignoni, was für eine Entdeckung! Da muss man ja von Glück reden, dass der Mann am Steuer eingeschlafen ist – auch wenn es für ihn natürlich nicht so glücklich ausgegangen ist.«

»Sie sind ja eine Zynikerin, Signora Malfante«, sagte Rignoni, und er meinte das nur ein bisschen lustig. »Aber Sie haben natürlich recht. Es ist ein glücklicher Umstand, wir versprechen uns einiges davon. Wenn wir auch noch nicht recht wissen, was dabei herauskommen wird. Was der Mann mit der ganzen Sache zu tun hat. Ob er mit Lombardi in irgendeiner Beziehung steht.«

Giulia war sich sicher, dass er mit Lombardi in Verbindung stand. Aber es würde nicht ans Licht kommen.

»Ich wünsche Ihnen viel Erfolg, Commissario«, sagte sie etwas resigniert.

Der Ermittler nickte und sah sie betreten an. Sie mochte das. Es strahlte, fand sie, eine gewisse Unschuld aus. Rignoni fing an, ihr zu gefallen. Zumindest war er ihr nicht mehr so unsympathisch wie bei den ersten Begegnungen.

»Halten Sie mich auf dem Laufenden?«, fragte sie.

»Wenn Sie möchten.«

Rignoni verabschiedete sich, winkte den drei Herren an der Bar zu, die etwas knurrten, was vielleicht ein Gruß sein sollte. Giulia machte sich wieder an die Arbeit.

Vierunddreißig

Luca saß in seinem Zimmer, gebeugt über einen Kunstband mit Werken von Andrea Mantegna. Er wusste schon seit seinem ersten Semester, dass er sich in seiner Abschlussarbeit mit Mantegna beschäftigen wollte. Nun dachte er über eine Promotion nach, einen Vergleich zwischen diesem aufsehenerregenden Erneuerer der Renaissance und seinem Schwager Giovanni Bellini. Einen Doktorvater hatte er für dieses Vorhaben schon gewonnen, auch wenn davor noch sein Examen lag – ein heikles Thema, denn seine Anmeldung zur finalen Prüfung war längst überfällig. Indem er in die unglaublichen Bildwelten Mantegnas abtauchte, hoffte er, die Geschehnisse der letzten Tage aus seinem Kopf zu bekommen, was ihm jedoch nur so halbwegs gelang. Immer wieder schweiften seine Gedanken ab. Und beim Anblick von Mantegnas Kardinal Lodovico Trevisano kam ihm sein Entführer in den Sinn. Ja, es bestand da wirklich eine gewisse Ähnlichkeit – die Augenringe, die hamsterhaften Wangen, das Doppelkinn, die hohe Stirn, der strenge Blick, das feiste Äußere, das Unnachgiebige der Mimik. Aber vielleicht bildete er sich das nur ein. Vielleicht würde auch ein Porträt Benito Mussolinis dem Mann gleichen. Wobei, wenn er es sich genau besah: Trug nicht Lodovico Trevisano die Züge des Duce, und sah sein Entführer nicht doch ganz anders aus, nicht ganz so aufgeblasen? Wie schnell die grausamsten Erinnerungen verwischen, wie schnell sich Gesichter mit anderen vermischen oder gar verwandelt werden. Was sagte das aus über die Zuverlässigkeit von Zeugen? Aus diesen, wie ihm schien, etwas wirren Grübeleien riss ihn ein Klopfen.

»Herein!«, erwiderte er darauf, obwohl er nicht die geringste Lust hatte, sich mit seiner Mutter zu unterhalten oder gar mit seinem zum Fürsorger geläuterten Vater. Ihre Herzlichkeit und Hilfsbereitschaft waren ihm inzwischen zu viel geworden. Am liebsten wäre er so schnell wie möglich in sein studentisches Apartment zurückgekehrt, aber er hätte damit einen Eklat ausgelöst. Seine Mutter wollte ihn nicht aus ihren Fängen lassen, jetzt, wo sie glaubte, dass er sie brauche.

Als die Tür sich nicht öffnete, rief er – diesmal lauter und entschlossener – »herein!« Und da wurde der Türgriff behutsam heruntergedrückt, und noch vorsichtiger lugte jemand ins Zimmer hinein. Zuerst sah er nur ein paar Locken, die freudig wippten, dann ein strahlendes Gesicht.

»Giulia«, brach es aus Luca hervor. »Giulia, was für eine Überraschung!«

Luca sprang – so gut das eben schon ging – von seinem Stuhl auf, stürmte humpelnd zur Tür und umarmte seine Lebensretterin, als hätte er sie seit Jahren nicht mehr gesehen. »*Ma che piacere*«, wiederholte er wieder und wieder, und Giulia stand ihm lächelnd gegenüber, gerührt, dass sie den jungen Mann zu solchen Begeisterungsstürmen hinzureißen im Stande war.

»Jetzt weiß ich, was damit gemeint ist, *vorgelassen zu werden*«, sagte sie. »Euer Butler hat mich sozusagen einem Verhör unterzogen, ein bulliger Herr hat mich durchsucht, und das Dienstmädchen hat mich nach oben geführt. Ich sehe, du bist hier gut versorgt.« Giulia lachte und fügte hinzu:

»*Ciao*, mein Lieber. Ich wollte dir ein paar Süßigkeiten vorbeibringen.« Sie hielt ihm eine Tüte mit in Schokolade gehüllten Mandeln hin. »Und vor allem wollte ich sehen, wie es dir geht.«

»Gut geht es mir. Wie du siehst« – Luca hüpfte etwas hüftsteif auf und ab –, »bin ich schon wieder ganz der Alte. Bald kann ich mich wieder in die Clubs aufmachen und durch die Nacht tanzen. Ich hoffe, du begleitest mich demnächst mal.«

»Es wäre mir ein Vergnügen! Sei also vorsichtig mit deinen leichtfertigen Einladungen, am Ende schreckst du mit deiner Begleitung potenzielle Liebhaber ab.«

»Ach was, alle werden mich beneiden.« Er lachte. Und wurde dann auf scherzhaft-theatralische Weise ganz ernst. »Ich muss dir noch etwas erzählen, meine Teure«, sagte er in einem Seifenopern-Ton. »Aber nicht böse sein.«

»Ich ahne, was jetzt kommt«, entgegnete Giulia, ebenfalls die Schmierenkomödiantin gebend und mit ihrer Hand dramatisch die Luft zerschneidend.

»Wirklich?«

»Fängt das, was du mir sagen willst, mit *V* an und hört mit *ittorio* auf?«

»Woher weißt du das denn?«, fragte Luca und wurde ganz rot. »Hat er dir etwas verraten?«

»Das musste er nicht. Aber gemerkt habe ich es trotzdem. Man sollte meinen detektivischen Spürsinn nicht unterschätzen. Tu mir aber einen Gefallen, Schätzchen« – jetzt spielte sie die Diva aus einem Hollywoodfilm – »heirate ihn mir nicht weg.« Sie musste lachen. Und fügte allerdings ziemlich streng hinzu: »Und wehe, du tust ihm auch nur ein bisschen weh.«

»Ich verspreche, dass ich sehr lieb zu ihm bin. Und behutsam«, beteuerte Luca.

»*Va bene.*«

»Und was ›unseren Fall‹ angeht … Es gibt nichts Neues, oder?«, fragte Luca.

Giulia schüttelte ihre Mähne. »Zumindest nicht, dass ich

wüsste. Aber der Commissario würde es mir bestimmt verraten, er ist sehr anhänglich gerade, kommt jeden Tag bei mir im Café vorbei.«

»Er mag dich halt.«

»Sag das nicht – allerdings befürchte ich das auch. Er sieht mich manchmal so seltsam an, und das könnte ein untrügliches Zeichen sein, zumindest ist es das bei anderen Männern. Er allerdings ist mir noch immer ein Rätsel.«

»Was meinst du mit ›seltsam‹?«

»Na«, sagte Giulia, »er hat seine ganze Selbstsicherheit verloren oder seine Arroganz oder wie man das nennen will. Wahrscheinlich hatte er damit ohnehin nur seine Schüchternheit überdeckt. Jetzt lächelt er immer so selbstvergessen von unten herauf zu mir herüber, wenn er seinen Caffè trinkt.«

»Na, so was! Wo das wohl hinführt …«

»Wir sollten das nicht weiter erörtern.«

Giulia erzählte von Enrico, der inzwischen ebenfalls aus dem Krankenhaus entlassen worden war und zu Hause von seiner Nachbarin Carla umsorgt wurde. Was ihm wohl zu gefallen schien.

»Ach Giulia, schön, dass du da bist. Ich werde jetzt etwas tun, was ich noch nie getan habe.«

»Und das wäre?«

»Ich werde meinen Eltern eine schöne Frau vorstellen. Die sollen sich mal wundern. Und Augen machen.«

»Meinst du nicht, dass die schlecht auf mich zu sprechen sind? Sie wissen doch sicherlich, dass ich nicht ganz unschuldig daran bin, dass du die Bekanntschaft mit der römischen Unterwelt gemacht hast.«

»Im Gegenteil, sie sind dir dankbar, dass du mich aus dem Hades zurück ins Reich der Lebenden geholt hast. Selbst mein Vater ist gerade von so ausgesuchter Herzlichkeit, dass ich ihn kaum wiedererkenne. Ich glaube inzwischen nicht mehr, dass er irgendwas mit der Sache zu tun hat. Oder er überspielt sein schlechtes Gewissen. Komm, wir gehen runter.«

»Na gut, wenn du meinst.«

Luca fasste Giulia an der Hand, und sie brauchten eine Weile, bis sie über die vielen Flure und Treppen der Villa in einem Salon ankamen. Einer gewissen Emma trug Luca auf, seinen Eltern Bescheid zu sagen, dass Besuch da sei, und sie herzuholen. Schließlich fläzte er sich auf ein Sofa, Giulia nahm in einem Sessel Platz.

»Ich habe dir gar nichts zu trinken angeboten«, sagte er plötzlich erschrocken und war sofort wieder auf den Beinen. »Was magst du denn?«

»Nichts, gar nichts. Wirklich.«

»Ach, papperlapapp«, sagte Luca. »Ich mach uns einen Campari. Mit Soda?« Er grinste. »Meine Eltern finden Campari eher ein bisschen vulgär. Eine Flasche steht aber doch immer bereit.«

Er schenkte gerade zwei Gläser ein, ziemlich voll für diese Tageszeit – es war früher Nachmittag –, da öffnete sich die Tür, und ein älteres, gut aussehendes Paar trat ein. Elegant gekleidet beide, aber mit einem gewissen Understatement.

»Ah!«, machte Luca, stellte die Flasche ab und trat freudig zwischen seine Eltern und Giulia. »Darf ich vorstellen: Giulia Malfante, meine Retterin – meine Eltern.«

Giulia streckte Signora Crivelli ihre Hand hin, die sie lächelnd nahm, lange in ihrer hielt, mit der Linken sogar tätschelte. Und auch Direttore Crivelli schien die Begegnung nicht unangenehm zu sein.

»Freut mich«, sagte er. »Sehr«, fügte er lächelnd hinzu.

Dann entstand eine kleine Verlegenheitspause, weil keiner etwas zu sagen wusste. Luca sprang ein.

»*Mamma*, *papà*, ich mache gerade einen Drink. Mögt ihr auch einen?«

Sein Vater blickt zur Bar hinüber, wo er den Campari stehen sah. »Warum nicht.«

Lucas Mutter winkte ab, wandte sich Giulia zu und bat sie, doch Platz zu nehmen. Sie sahen sich aufmerksam an, als sie einander auf Sofa und Sessel gegenübersaßen. Giulia bemerkte ein Flackern in Signora Crivellis Augen. Vielleicht lag es an ihrem Alter, an einer Nervenkrankheit. Oder an der Nervosität. Vermutlich hatten sie die letzten Tage und Wochen ganz schön mitgenommen.

»Wie schön, dass Sie kommen konnten, um Luca zu besuchen. Ihm geht es zum Glück schon viel besser«, sagte sie schließlich, während ihr Sohn die Drinks verteilte.

»Ich war neugierig, Sie kennenzulernen«, fuhr sie fort. »Ich hätte allerdings nicht gedacht, dass Luca uns das Vergnügen bereitet, Sie uns vorzustellen.«

Luca rollte mit den Augen, aber so, dass nur Giulia es sehen konnte. Giulia spürte, dass es nun an ihr war, etwas zu sagen. Sie musste sich eingestehen, dass sie sich etwas gehemmt fühlte. Ein solches Umfeld und eine etwas steife Herzlichkeit, so etwas war sie nicht gewöhnt. Aber andererseits – keiner erwartete etwas von ihr, da konnte sie auch einfach drauflosplappern, wie sie es immer tat. »Signora, ich bin ja so froh, dass es Luca gut geht. Ich fühle mich durchaus mitschuldig an der ganzen Geschichte.«

Lucas Vater winkte gelassen ab.

»Doch, doch, glauben Sie mir. Mein detektivischer Eifer ist mit mir durchgegangen, und ich habe Luca damit wohl angesteckt. Aber weil Ihr Bruder doch mein Gast war, fühlte ich mich verbunden, da dachte ich, wir müssten ihn unbedingt finden.«

Lucas Mutter hüstelte, sein Vater blickte auf das in seiner

Hand befindliche Glas, als würde darin eine tiefe Wahrheit verborgen liegen, die es aus der Flüssigkeit herauszulesen galt.

Luca rollte schon wieder mit den Augen, und Giulia war sich nicht sicher, ob nun sie damit gemeint war und sie etwas Falsches gesagt hatte.

»Jedenfalls bin ich froh«, setzte sie noch einmal an, »und ich hoffe aufrichtig, dass die Polizei Ihren Bruder finden wird. Und Sie nicht länger mit diesem Schlamassel zu tun haben. Ein wunderschönes Haus haben Sie übrigens.«

Luca musste bei diesem Satz, der eine Wort gewordene Übersprungshandlung war, fast losprusten. Aber seine Mutter stieg sofort mit der größten Ernsthaftigkeit darauf ein.

»Ja, es ist schon lange in Familienbesitz, aber ich habe in den letzten Jahrzehnten immer wieder daran gearbeitet« – sie meinte wohl eher, daran arbeiten lassen, dachte Giulia – »und inzwischen ist es unser Lieblingshaus, nicht wahr?« Sie sah aufmunternd zu ihrem Mann.

»In der Tat«, sprang der sofort ein, »meine Frau hat daraus eine paradiesische Heimstatt gemacht. Und seit ich versuche, meine Termine in der Firma zu reduzieren, habe ich auch mehr Gelegenheit, es zu genießen.«

Alle blickten sich ein bisschen ratlos an, tranken aus ihren Gläsern. Luca nahm Giulia in den Arm und sagte zu seinen Eltern: »Ist es nicht schön, dass Giulia vorbeigekommen ist?«

Und beide stimmten eifrig zu. Lucas Mutter trat näher und tätschelte überraschenderweise Giulias Bein, eine Geste, die eine gewisse Hilflosigkeit zum Ausdruck brachte, umso mehr, als sie dadurch aus ihrer Rolle der sich im Griff habenden Dame des Hauses schlüpfte.

Man unterhielt sich noch eine Weile über den die Villa

umgebenden Park. Das Wetter. Und den Sommer in Rom, den Lucas Eltern in diesem Jahr zum ersten Mal seit vielen Jahren in der Stadt verbrachten. Nicht zuletzt aufgrund der Ereignisse hatten sie sich diesmal entschieden, nicht ans Meer zu fahren, wo sie selbstverständlich ein weiteres Ferienhäuschen besaßen. Giulia war klar, dass es sich bei »Häuschen« um eine gehörige Untertreibung handeln musste. Sie kümmerte sich mit zunehmender Dauer des Gesprächs nicht mehr um den Unterschied ihrer beiden Lebenswelten und erzählte ganz unbeschwert von ihrem Café und der Pension, von ihrem Vater und der Unmöglichkeit, ihn jemals aus seinem *Quartiere* herauszubringen – ihr letztes Geschenk, ein Wochenende in einem schönen Hotel in Turin, hatte er einfach ignoriert und dann abgelehnt, sodass sie selber gefahren war.

»Sie scheinen Ihren Vater sehr zu lieben«, bemerkte Lucas Mutter in einem sehr traurigen Ton und mit einem Gesichtsausdruck, der eher zu einer Beileidsbekundung gepasst hätte.

»Das tue ich. Auch wenn er mir manchmal sehr auf die Nerven geht.«

Luca und sein Vater lachten beide auf. Und sahen sich dann verwundert an.

»Nein, er ist ein besonderer Mensch. Ich liebe Giuseppe wirklich.«

»Wir sollten einmal in Ihrem Café vorbeikommen«, sagte Lucas Mutter, mehr aus Höflichkeit denn aus vollem Herzen.

Giulia ging trotzdem darauf ein. »Ach, das wäre schön. Wenn ich auch nicht glaube, dass es Ihnen gefallen würde. Es ist wirklich eine sehr einfache Bar.«

»Dann werde ich auf jeden Fall einmal vorbeischauen«, sagte Direttore Crivelli, und Luca kam aus dem Staunen nicht mehr heraus. Sein Vater hatte sich in den letzten Tagen verwandelt. Giulia würde ihm nicht mehr glauben können, wenn er ihr von seinen hässlichen, aufbrausenden, machtbesessenen Seiten erzählte. Luca beendete das Gespräch schließlich, wie Giulia fand, ziemlich abrupt und ein bisschen rüde, indem er sagte, er müsse Giulia unbedingt noch seine Lieblingsstelle im Park zeigen. Dann nahm er sie bei der Hand, zog sie so energisch wie möglich vom Sofa hoch und leicht humpelnd mit sich, sodass sie sich nur noch im Gehen von Lucas Eltern verabschieden konnte, die wie zwei Ölgötzen in ihrem Salon zurückblieben.

Draußen wies Giulia darauf hin, dass das ziemlich unhöflich gewesen sei. Und Luca erwiderte, das müsse so sein, weil seine Eltern ihn sonst nicht wiedererkennen würden. Er lachte laut, und Giulia schien es so, als könnte Luca seine schlimmen Erfahrungen doch ganz gut hinter sich lassen.

Fünfunddreißig

Der Alltag kehrt schneller wieder ein, als es einem zuweilen lieb ist. Giulia jedenfalls kam ihren Pflichten im Café nach, als sei nichts geschehen, fast langweilte sie sich angesichts der abenteuerlichen Tage, die sie hinter sich hatte; ihre Stammgäste freuten sich, dass sie wieder bediente, und ihr Vater gab sich nach seiner neuerlichen Degradierung zum Pensionär etwas grummelig. Deshalb ließ ihn Giulia mithelfen, wenn er ihr mit seiner Besserwisserei zuweilen auch auf den Geist ging – er konnte als ehemaliger Chef des Hauses halt nicht aus seiner Haut. Alles also wieder in geordneten Bahnen. Und doch schwebte da noch etwas über Giulia – kein Unbehagen, das wäre der falsche Ausdruck gewesen. Aber doch so etwas wie eine Anspannung, von der sie nicht wusste, ob sie sich in einem mächtigen Gewitter entladen würde.

Immerhin hatte die Polizei es zwar geschafft, die Entführer hinter Schloss und Riegel zu bringen, aber Lombardi hatte man nicht überführen können. Und wer der Verunglückte war, von dem der Commissario gesprochen hatte und bei dem man die Mordwaffe gefunden hatte, war noch immer nicht geklärt. Zumindest hatte Rignoni ihr weiter nichts mitgeteilt. Und Gianfranco Crivelli – es blieb ein Rätsel, wo er steckte. Und ob er überhaupt noch lebte. Immerhin schien man davon auszugehen, dass weder Giulia noch Luca weiterhin in Gefahr schwebten. Waren in den ersten Tagen nach den Ereignissen öfter Carabinieri an der Bar vorbeipatrouilliert, so konnte man inzwischen weit und breit keinen Ordnungshüter mehr sehen. Nur die übliche Politesse drehte ihre Runden, um falsch geparkte Autos aufzuschreiben – und von denen gab es an der Piazza di San Francesco D'Assisi reichlich.

In diesem Moment jedoch schien sich der Fahrer einer schwarzen Limousine mit getönten Scheiben weder um Halteverbote noch um drohende Strafzettel zu scheren. Er parkte direkt vor dem Café, und Giulia, die gerade aus der Tür trat, ein Tablett mit drei Cappuccini und einem Cornetto balancierend, wurde es kurz mulmig. Was würde das wieder werden?, dachte sie noch – die Limousine kam ihr verdächtig vor. Da stieg ein groß gewachsener Mann mit Mütze aus dem Wagen, ging um die Luxuskarosse herum, öffnete die hintere Tür – und heraus stieg Paolo Crivelli, Lucas Vater.

Giulia rutschte beinahe die Bestellung vom Tablett, so überrascht war sie. Aber sie konnte sich und die Cappuccini gerade noch im Gleichgewicht halten, alles auf dem Tisch der drei englischen Touristinnen abstellen, eine Lockensträhne, die ihr ins Gesicht geflattert war, energisch wegpusten, die Schürze, die sie über der Jeans trug, glatt streichen (warum sie das tat, hätte sie nicht zu sagen gewusst) und auf Crivelli losstürmen.

Sie streckte ihm die Hand entgegen. Er nahm sie, drückte sie aber nicht, sondern deutete stattdessen einen Handkuss an, eine Geste, die erstaunlicherweise nichts Übertriebenes, nichts Aufgesetztes hatte – zumindest schien es Giulia so.

»Ich habe ja versprochen«, sagte Crivelli, »dass ich einmal vorbeikommen würde. Auch wenn Sie mir nicht geglaubt haben, nicht wahr?«

Giulia nickte, widersprach ihm jedoch vehement: »Aber natürlich habe ich Ihnen geglaubt.«

Sie kam sich ein bisschen dumm vor, wie sie vor ihm stand, verblüfft und neugierig zugleich.

»Haben Sie ein paar Minuten Zeit für mich? Ich will Sie natürlich nicht stören, Sie haben ja zu tun, und ich komme ganz unangemeldet. Niemand weiß, dass ich hier bin. Und ich möchte Sie nicht überrumpeln.«

»Das tun Sie nicht«, Giulia musste sich räuspern. »Nun, ein bisschen erstaunt bin ich schon. Warten Sie einen Augenblick.«

Sie rief nach Vittorio, der gerade Pause machte, Zeitung las und ein Panino verspeiste. Missgelaunt erhob er sich von seinem Platz an der Bar und kam heraus. Giulia bat ihn, die Pause doch nachher fortzusetzen. Er salutierte, verzog das Gesicht und band sich seine Schürze um, bevor er zu den neuen Gästen ging, die sich vor dem Café in der Sonne niedergelassen hatten.

»Wollen wir reingehen?«, fragte Giulia. »Da sind wir ungestört.«

Crivelli nickte und folgte ihr, sich kurz zu seinem Fahrer umblickend und ihm ein Zeichen gebend, das wohl nur er zu deuten imstande war.

Sie traten in den hübschen Gastraum, in dem es angenehm kühl war. Der Sommer hatte in den letzten Tagen noch einmal richtig an Fahrt aufgenommen, draußen hatte man das Gefühl zu schmelzen.

»Eine schöne Bar ist das«, sagte Crivelli. »Ich erinnere mich an meine Jugend. Wir waren öfter unterwegs in der Stadt, mein Bruder und ich. Und wir liebten solche Cafés. Es war dort immer so, als könnte im Handumdrehen eine neue Geschichte beginnen. Sie wissen vermutlich nicht, was ich meine.«

»Ich ahne ein bisschen, was Sie sagen wollen«, erwiderte Giulia. »Auch Sie haben sich ja nicht ausgesucht, einmal das väterliche Unternehmen weiterzuführen, stimmt's?«

Crivelli schaute sie überrascht an, er lächelte und nickte

dann. »Da haben Sie wohl recht«, sagte er. »Auch ich hatte einmal Träume«, und Giulia wusste nicht genau, ob das aus ihm herausschallende Geräusch ein Lachen oder ein irgendwie verkorkstes Seufzen war.

»Ich bin froh, dass ich die Arbeit meines Vaters fortsetzen konnte«, sagte er. »Und ich habe meinen Bruder dafür gehasst, dass er mich, dass er uns im Stich gelassen hat. Zu zweit wäre es einfacher gewesen. Zu zweit ist es immer einfacher, finden Sie nicht?«

Giulia stimmte ihm zu, und es rührte sie, dass der alte Mann so offen mit ihr sprach – und so ganz anders war, als sie sich ihn nach den Erzählungen Lucas in ihrem Kopf zusammengesetzt hatte. Andererseits: Jeder Mensch hatte mehrere Seiten, das sollte ihr inzwischen bewusst sein.

»Sie sagen, Sie hätten Ihren Bruder gehasst. Aber heute tun Sie das nicht mehr?«

»Nein, ich habe ihm verziehen. Sie mögen mir das glauben oder nicht, Luca dürfte mir darin nicht folgen. Ich habe ihm, das muss ich zugeben, auch keinen Anlass gegeben, mir in dieser Hinsicht Zutrauen zu schenken. Ich habe meinen Bruder aus dem Gedächtnis der Familie verbannt, nicht mehr über ihn gesprochen, und wenn von ihm die Rede war, habe ich ihn verdammt. Nach außen trug ich diesen Panzer. Aber im Inneren … Im Inneren war mein Bruder mein Bruder. Er war immer da, und er war das Kind und der Junge, mit dem ich gespielt habe, mit dem ich Rom erkundet habe, mit dem ich die ersten Fantasien und Liebessehnsüchte geteilt habe. Er war immer da, dieser Gianfranco. Ich konnte ihn nie wirklich hassen, auch wenn es nach außen den Anschein hatte. Auch wenn Luca das von mir denkt.«

»Aber was ist dann geschehen? Warum hat man es auf ihn abgesehen? Glauben Sie nicht, dass Ihr Geschäftsfreund

Lombardi hinter dem Mord an Fanni steckt – und Ihren Bruder gemeint hat?«

»Ja, das dachte ich zu Anfang auch. Aber ich bin mir nicht mehr sicher. Glauben Sie mir, ich habe auch meine Kontakte wie auch Mittel und Wege, Dinge in Erfahrung zu bringen. Lombardi ist ein aufbrausender Kerl. Und wenn es um seine Geschäfte geht, dann ist er unerbittlich. Er geht über … beinahe hätte ich gesagt, er geht über Leichen. Aber ich glaube, dass er zumindest in dieser Hinsicht unschuldig ist. Doch ich gehe davon aus, dass er hinter der Entführung von Luca steckt, und das werde ich ihm nie verzeihen. Er wird dafür bezahlen, früher oder später, und wenn es in meiner Macht steht, dann sehr früh. Aber der Mord? Ich weiß nicht, ich traue es ihm irgendwie nicht zu.«

»Aber Lombardi ist hinter Ihrem Bruder her. Er hat Angst, dass er etwas weiß, was ihn in Gefahr bringen kann.«

»Das ist wahr. Aber er hätte ihn nicht umgebracht – er ist klug genug zu wissen, dass Gianfranco für einen solchen Fall Vorkehrungen getroffen hätte. Ich bin sicher, dass Lombardi ihn finden, ihn einschüchtern, ihn vielleicht auch erpressen wollte. Aber ermorden? Das wäre viel zu riskant – selbst für jemanden wie Lombardi, der ziemlich gut vernetzt ist, um es einmal vorsichtig zu formulieren.«

»Und haben Sie einen Verdacht, wer es sonst gewesen sein könnte?«

»Nein, leider nicht. Und das macht mich rasend. Ich weiß es einfach nicht. Und Gianfranco weiß es auch nicht – zumindest rückt er mit nichts heraus.«

»Sie wissen, wo Ihr Bruder steckt?«, rief Giulia verblüfft aus, so laut, dass der gerade an der Bar eine Bestellung aufs Tablett stellende Vittorio einen Schreck bekam und beinahe ein Glas umgeworfen hätte.

»Ich weiß, wo Gianfranco ist. Und ich will ehrlich mit Ihnen sein: Ich weiß es schon eine ganze Weile.«

Giulia schaute ihn mit weit aufgerissenen Augen an. Sie konnte nicht glauben, was sie da hörte. »Aber war ... war ... warum?«, stotterte sie vor Aufregung, »warum haben Sie das niemandem ...? Ich meine, warum sind Sie nicht zur Polizei gegangen, das hätte doch ... vielleicht wäre Luca gar nicht ... ich meine, er war doch in Gefahr!«, rief sie schließlich empört aus.

»Ja, Sie haben allen Grund, sich aufzuregen, denn Sie waren ja auch in Gefahr. Aber ...«

Crivelli stockte, er bat um ein Glas Wasser. Giulia eilte zum Tresen, schenkte ein Glas voll, rannte förmlich zurück, ohne etwas zu verschütten, sah ihrem Gast ungeduldig dabei zu, wie er an seinem Getränk nippte und es in aller Seelenruhe auf den Tisch zurückstellte. Dann blickte er sie ernst an.

»Wissen Sie«, sagte Crivelli, »ich konnte nicht.«

Es entstand eine lange Pause.

»Ich hatte es Gianfranco versprochen.«

»Sie hatten es Ihrem Bruder versprochen. Das heißt ... das heißt, Sie wussten nicht nur, wo er war, sondern standen auch in Kontakt zu ihm?«

»Ja, in der Tat. Er ist zu mir gekommen, heimlich. Kurz nach dem vermeintlichen Selbstmord, als jeder glaubte, dass er sich umgebracht habe. Sie können sich ja nicht vorstellen, was für einen Schreck ich bekommen hatte, als er plötzlich in meinem Büro stand, mit einem tief ins Gesicht gezogenen Hut und einem hochgeschlagenen Mantel, viel zu warm für diese Jahreszeit. Er versteckte sich regelrecht in seiner Kleidung. Fragen Sie mich nicht, wie es ihm gelungen war, am Pförtner und an den Sicherheitsleuten vorbeizukommen. Und fragen Sie mich nicht, was er meiner Sekretärin erzählt hatte – sie ist der zuverlässigste Abfangjäger, den man sich vorstellen kann. Keine Armee verfügt über so ein Bollwerk.«

Crivelli musste schmunzeln, fast kicherte er.

»So war mein Bruder immer. Er hatte immer eine Idee, er kannte alle Tricks, und er wusste, wie man Leute bezirzen muss, damit sie tun, was er will. Allein daran erkannte ich ihn wieder. Er war alt geworden, er hatte sich halbwegs vermummt – aber dass er es in mein Büro geschafft hatte, das war der Beweis, dass es sich um meinen Bruder handelte.« Crivelli nahm einen Schluck aus seinem Wasserglas. »Und zugleich erkannte ich meinen Bruder nicht wieder. Er stand ihm etwas im Gesicht, das ich an ihm noch nicht gesehen hatte: Angst. Er war voller Angst. Und voller Bitterkeit. Oder vielleicht sollte ich sagen: voller Traurigkeit. Er erzählte mir, dass er einen Menschen auf dem Gewissen habe. Er sagte das mehrmals, und ich verstand kein Wort. Bis mir klar wurde, dass er von Fanni sprach. Dass der Tote eben nicht er, sondern Fanni war. Nach und nach konnte ich seine Andeutungen verstehen, nach und nach lichtete sich dieses ganze Dickicht – dass er Fanni in Ihre Pension geschickt habe, um seine Papiere abzuholen. Dass er sicher sei, dass sich Fanni nicht umgebracht habe, sondern getötet worden sei. Dass er sich verfolgt gefühlt und sich deshalb versteckt habe, dass er die Zeitungsmeldung gesehen und gewusst habe, dass man, sobald das Missverständnis aufgeklärt wäre, auf ihn Jagd machen würde. Ja, er war voller Angst.« Direttore Crivelli seufzte tief. »So hatte ich meinen Bruder noch nie gesehen, verstehen Sie?«

Nun seufzte auch Giulia, noch ein bisschen tiefer als der alte Mann.

»*Allora*, was sollte ich tun? Er zitterte am ganzen Körper. Und er bat mich – ausgerechnet mich – um Hilfe. Was immer zwischen uns stand, wir waren noch immer Brüder. Ich musste ihm helfen. Er bat mich inständig darum, ihm einen sicheren Ort zu suchen.«

»Aber welche Vermutung hatte er denn, warum hatte man es auf ihn abgesehen? Es ging doch um Informationen, die er über Lombardi hat? Über Lombardi und Sie?«

»Ach, diese Informationen … Es stellte sich schnell heraus, dass er nichts hatte. Nichts, was Lombardi oder mich belasten konnte. Es waren alles Gerüchte. Er hatte nichts in der Hand. Er versicherte mir sogar, so wie er da voller Angst vor mir stand, also glaubhaft, dass er nichts habe. Dass er nicht einmal ein Interesse daran habe, irgendjemandem etwas nachweisen zu wollen. Mein Bruder, wie soll ich es sagen, sinnt weder auf Rache noch auf Gerechtigkeit, was immer das sein mag. Nein, ich glaube, er will reinen Tisch machen. Mein Bruder ist ein alter Mann. Ein alter Mann wie ich. Aber er ist ein kranker alter Mann.«

»Das klingt dennoch weiter rätselhaft.«

»Rätselhaft«, wiederholte Crivelli ganz langsam. »Rätselhaft. Ja, mein Bruder ist mir ein Rätsel. Er ist sentimental. Vielleicht ist er mir darin gar nicht unähnlich.«

»Was meinen Sie mit ›reinen Tisch machen‹, Direttore Crivelli? Was heißt das?«

»Ach, wissen Sie, jede Familie hat doch Leichen im Keller. So etwas meint er wohl. Er will Frieden schließen. Vielleicht will er Frieden schließen.«

»Hm.« Giulia war sich nicht ganz sicher, was sie von der ganzen Sache halten sollte.

»Und ich habe das Spiel mitgespielt. Ich gab weiter den verbitterten Bruder, damit niemand mitbekam, dass ausgerechnet ich zu ihm in Kontakt stand – verstehen Sie? Dabei gehörte meine Verbitterung längst der Vergangenheit an. Ich hatte Mitleid mit ihm. Ja, Mitleid. Oder Sympathie. Liebe?«, fragte er sich selbst. »Liebe, ja, vielleicht Liebe.«

»Darf ich Sie etwas fragen, Direttore Crivelli? Warum kommen Sie zu mir, warum vertrauen Sie mir das alles an?«

Crivellis Gesicht bekam etwas Leuchtendes. Es glänzte. Er lächelte. Als wäre ein Sonnenstrahl von irgendwoher darauf gefallen.

»Weil Sie, weil Sie – wie soll ich es ausdrücken – weil Sie das Scharnier sind.«

»Das Scharnier? Falls das ein Kompliment sein sollte, dann ist es ein sehr originelles.«

»Verstehen Sie mich bitte nicht falsch. Sie haben die Dinge zusammengebracht. Sie haben auf gewisse Weise uns alle zusammengebracht. Meinen Bruder und mich, Luca und mich. Ich glaube, Sie sind die Verbindung. Klingt das … esoterisch?«

»Oh ja, das tut es. Man könnte das alles doch als einen großen Zufall begreifen.«

»Ja, Zufall. Schicksal. Wie immer man es nennen will. Sie sind jedenfalls zur rechten Zeit da gewesen, vielleicht ist das die richtige Beschreibung.«

»Und nun? Wo ist Ihr Bruder denn jetzt?«

Crivelli sah auf sein leeres Wasserglas, umfasste es mit beiden Händen, blickte dann verschmitzt auf. »Nicht weit«, sagte er. »Er ist im Gegenteil ganz nah.« Crivelli lächelte. »Er sitzt draußen im Wagen.«

»Nein!«, rief Giulia aus. »Warum lassen Sie ihn draußen sitzen.«

»Na ja, ich wollte erst einmal mit Ihnen reden. Wir haben uns entschieden, zur Polizei zu gehen. Aber zuerst wollten wir bei Ihnen vorbeikommen, immerhin liegt es ja auf dem Weg.«

»Sie müssen verstehen, dass mich das alles ein bisschen verwirrt. Sie müssen unbedingt mit Luca sprechen. Und mit Ihrer Frau. Umgehend.«

»Sie haben recht«, sagte Crivelli. »Aber jetzt hole ich Gianfranco erst einmal herein, nicht wahr?«

»Natürlich.«

Crivelli sprang förmlich auf – im wahrsten Sinne erleichtert. Giulia blieb an ihrem Platz sitzen. Vittorio warf ihr einen fragenden Blick zu. Sie sah ihn nur mit großen Augen an. Dann kamen die beiden alten Herren zur Tür herein. Der eine leicht verlegen und gebrechlich wirkend, der andere mit der Beschwingtheit eines Knaben, der gerade seine Beichtstunde hinter sich gebracht hatte. Giulia ging ihnen entgegen. Sie umarmte Gianfranco Crivelli, auch wenn sie ihn im Grunde ja kaum kannte.

»Wie schön, dass Sie wohlauf sind«, sagte sie.

Gianfranco lächelte nun auch. »Es tut mir sehr leid, dass ich Ihnen diesen ganzen Ärger bereitet habe. Und mein Zimmer verlassen habe, ohne zu bezahlen ...« Giulia fasste ihn am Arm, zog ihn zum Tisch.

»Einen Espresso, die Herren? Oder lieber ein Glas Wein?«

»Bringen Sie uns doch einen guten Rotwein«, entgegnete Gianfranco und blickte seinen Bruder mit einer gewissen Zärtlichkeit an.

»Warum nicht? Trinken wir uns ein wenig Mut an, bevor wir zur Polizei gehen.«

Die beiden wirkten wie die zwei Jungen, die sie einmal waren. Giulia brachte die Getränke, setzte sich zu ihnen.

»Begleiten Sie uns zu Rignoni?«, fragte der Patriarch wie ein Pennäler, der etwas ausgefressen hatte und nicht allein zum Direktor gehen wollte.

Sechsunddreißig

Das Kommissariat hatten sie vergeblich aufgesucht, Rignoni war nicht da. Dafür aber sein Assistent, der den drei Besuchern erklärte, dass der Commissario gerade auf dem Weg zur Villa Crivelli sei – es gebe Neuigkeiten.

Giulia und die beiden Brüder machten sich sofort auf den Weg – der Chauffeur wurde zur Eile angehalten, aber angesichts des römischen Verkehrs war die Order sinnlos. Es ging nur langsam voran. Giulia fragte noch einmal schüchtern nach, ob es den beiden denn wirklich recht sei, dass sie mitkomme. Ob Rignoni das gutheißen könne, sie nun schon wieder mittendrin zu sehen, das wisse sie nicht zu sagen. Dabei wusste sie es durchaus. Er würde die Augen verdrehen oder eher seinen Augen nicht trauen. Ob Luca zu Hause sei?

»Ja«, sagte Crivelli. »Er wird ganz schön staunen.«

Gianfranco Crivelli schloss die Augen. Giulia beobachtete ihn, sie saß vorn auf dem Beifahrersitz und lehnte sich nach hinten. Heimlich hatte er seinem Neffen geschrieben, um ihn treffen zu können. Vor seinem Bruder wollte er die Kontaktaufnahme zur Familie verbergen. Und nun fanden plötzlich alle zusammen. Wie das sein würde? Die alten Brüder, Luca, Lucas Mutter? Eine rührende Wiedervereinigung. Und welche Rolle spielten Rignoni und sie dabei?

Die Fahrt führte sie auf Straßen, die Giulia nicht kannte. Der Chauffeur schien unzählige Schleichwege zu kennen, aber dem Patriarchen ging das alles zu langsam. Mehrmals beugte er sich zum Chauffeur vor. Giulia bekam eine Ahnung davon, wie er seine Firmen führte. Vielleicht hatte Luca doch nicht sonderlich übertrieben? Gianfranco Crivelli hingegen saß ganz still, unbewegt, er blickte aus dem Fenster, zumindest schien es Giulia so, als sie nach hinten lugte. Vielleicht suchte er aber auch etwas in sich, und er hatte seinen Blick nach innen gewendet und spähte nur zum Schein hinaus in die Stadtlandschaft. Der Chauffeur überholte tollkühn andere Wagen, raste, soweit es der Verkehr zuließ, und Giulia war sich nicht sicher, ob der Fahrer es seinem Chef recht machen oder es ihm einmal so richtig zeigen wollte. Der aggressive Ton Crivellis hatte sich jedenfalls auf die Fahrweise des Chauffeurs übertragen. Giulia hielt sich sicherheitshalber am Angstgriff über der Tür fest.

Nach einer halben Stunde waren sie endlich am Ziel. Vor der Villa parkte Rignonis Auto, das sie inzwischen kannte. Und außerdem drei Streifenwagen. Vier Polizisten standen auf dem Vorhof des Hauses verteilt herum. Einer war an der Treppe postiert, ein weiterer direkt an der Tür. Giulia sah Crivelli ratlos an, der wiederum blickte verwirrt zu Gianfranco, riss sich dann aber sowohl von Giulias Ratlosigkeit los wie von seiner eigenen und nahm die Treppen in einem Tempo, das mehr an einen Dreißig- als an einen über Siebzigjährigen erinnerte.

Giulia und Gianfranco Crivelli folgten. Der Polizist hielt ihnen die Tür auf. Sie liefen raschen Schrittes dem Hausherrn hinterher, der schon im Salon verschwunden war. »Was haben Sie denn vor?«, hörte man ihn mit seiner aufbrausenden Stimme rufen. Und als Giulia und Gianfranco an der Tür standen, sahen sie das Ensemble: Rignoni stand hinter einem Sessel mit hoher Rückenlehne, die Hände darauf abgestützt, als würde er gerade dabei sein, eine Rede zu halten. Auf dem Diwan saß Signora Crivelli, die kreidebleich wurde, als sie Gianfranco in der Tür stehen sah. Sie sah ihn an wie ein Gespenst, danach wanderten ihre Augen zu ihrem Mann und zurück zu ihrem Schwager, so ging es hin und her, und niemandem im Raum blieb dieses Schauspiel verborgen.

»Gianfranco«, sagte sie mit brüchiger Stimme. Rignoni erfasste erst jetzt, wen er da vor sich hatte. Er wunderte sich so sehr über das Erscheinen Gianfranco Crivellis, dass er seiner Verwunderung über die Anwesenheit Giulias gar keinen Ausdruck verleihen konnte.

»Sie sind …«, sagte er, »Sie sind Gianfranco Crivelli?!« Man wusste nicht, ob das eine Frage oder eine Feststellung war. Obwohl der Commissario, der mit einer halben Brigade von Polizisten hier angerückt war, wohl seine Gründe haben musste, bei der Familie in dieser Form vorstellig zu werden, wirkte er nun konsterniert. Zumindest verblüfft und sprachlos. Das Heft des Handelns war ihm erst einmal entrissen worden.

»Und Sie auch hier, Signora Malfante«, sagte er schließlich, vielleicht um wieder zu einer irgendwie gearteten Sicherheit zurückzufinden, die er seiner Rolle als Kommissar schuldig war.

Giulia nickte zögerlich, ihr war nicht ganz wohl in ihrer Haut.

»Ich sollte wohl besser hinausgehen, Sie haben bestimmt einiges zu besprechen«, gab sie kleinlaut zu Protokoll.

Rignoni nickte energisch, der alte Crivelli hingegen bestand darauf, dass sie blieb, bevor er sich an den Commissario wandte: »Was machen Sie hier mit Ihrem Polizeiaufgebot? Was hat das alles zu bedeuten?«

Der Kommissar blickte von Gianfranco Crivelli zu dessen Bruder und bemühte sich um Contenance. »Ja, das werde ich Ihnen sehr gerne erklären. Zuerst aber sollten Sie mir erzählen, woher Sie gerade kommen – und wo Sie«, dabei blickte er wiederum zu Gianfranco – »gesteckt haben. Sie wissen hoffentlich, dass das halbe Polizeikorps der Stadt nach Ihnen gesucht hat.«

Giulia hätte gar nicht gedacht, dass Rignoni zu Übertreibungen neigte. Denn in den letzten Tagen hatte sie nicht gerade den Eindruck gehabt, dass die Polizei mit Hochdruck den Verbleib von Gianfranco Crivelli aufklären wollte.

»Gut«, sagte der Patriarch. »Wir sollten uns alle setzen, und ich werde Ihnen alles erklären. Wo ist denn Luca?«

Signora Crivelli sagte mit einer nicht zu verbergenden Unruhe, er sei spazieren gegangen. Giulia sah, dass sie zitterte. Sie wollte Teetassen verteilen, die auf einem Tablett standen, aber es gelang ihr nicht. Giulia kam ihr zu Hilfe und schenkte allen ein. Man merkte, dass Signora Crivelli mit der Situation überfordert war und nicht einmal wagte aufzublicken, ihren Schwager anzusehen, geschweige denn ihren Mann. Der Patriarch hatte inzwischen begonnen, Rignoni von dem Versteck zu erzählen, nachdem der Commissario ihn dazu aufgefordert hatte, alles zu berichten. Gianfranco Crivelli ergänzte, warum Fanni mit seinem Pass herumgelaufen war, dass er ihn in der Pension abgeholt hatte. Den Tränen nahe wiederholte er mehrmals, dass allein er für den Tod seines Freundes verantwortlich sei. Man sei, das habe er gespürt, hinter ihm her gewesen, er habe sich beobachtet gefühlt. Man habe ihm vor einer Weile gedroht – es sei um Unterlagen gegangen, in deren Besitz er gewesen sein soll. Die gab es aber nicht. Es sei alles völlig absurd. Man habe, sagte er, zwei Greise als Gefahr betrachtet. Lombardi. Er sei sich sicher, dass Lombardi dahintersteckte. Mit dem war er früher einmal aneinandergeraten, auch wenn die Geschichte lange her sei.

»Es ist absurd«, sagte er immer und immer wieder.

Rignoni hörte sich alles geduldig an.

»Ja, Lombardi«, sagte er dann, als würde er mit sich selbst sprechen. »Lombardi wollte etwas von Ihnen, zweifellos. Und auch wenn wir es ihm nicht nachweisen können – an der Entführung Ihres Neffen war er bestimmt als Hintermann beteiligt. Aber ich zweifle daran, dass er etwas mit dem Mord an Fanni zu tun hat, mit der fingierten Selbsttötung, mit dem Anschlag, der Sie treffen sollte, Avvocato Crivelli.«

Gianfranco sah ihn aufmerksam an, mit einer gewissen fiebrigen Neugier. Signora Crivelli ließ einen Löffel, mit dem sie gerade Zucker in den Tee gerührt hatte, auf den Holzboden fallen. Ihr Mann stützte die Hände auf seine Knie, als wäre er ein schwerer Sumo-Ringer kurz vor dem Kampf.

Giulia überkam ein merkwürdiges Gefühl, dass in diesem Raum gleich eine Bombe hochgehen könnte, und sie wusste nur, dass sie zwar eine Augenzeugin sein, aber wahrscheinlich höchstens von ein paar Splittern getroffen würde.

»Signora Crivelli, darf ich Sie fragen, ob Sie einen Herrn Hinterlechner kennen? Anton Hinterlechner?«

Giulia stutzte. Wieder sprach der Commissario den Namen in diesem harten Akzent aus – das »ch« kam ihm wie ein »k« über die Lippen.

Signora Crivelli schüttelte den Kopf, sagte aber kein Wort.

»Vielleicht aber kennen Sie einen Rudolf Amplatz?«

Crivelli sah seine Frau an, die inzwischen nicht mehr kreidebleich, sondern leichenblass aussah.

»Was sollen diese Fragen, Herr Rignoni? Wer sind diese Männer, mit welchem Recht belästigen Sie meine Frau?«

»Entschuldigen Sie, Direttore Crivelli, es handelt sich keinesfalls um eine Belästigung, sondern um eine höfliche Frage. Man könnte es aber auch ein Verhör nennen.«

Giulia war gespannt.

»Anton Hinterlechner ist, wenn man so will, der Künstlername von Rudolf Amplatz.«

»Aha, und was hat dieser Künstler mit meiner Frau zu tun?«

»Nun«, Rignoni wandte sich an Signora Crivelli, »Sie hatten doch Kontakt zu Signor Amplatz alias Anton Hinterlechner?«

»Ich ...« Frau Crivelli zögerte, schluckte, blickte hilflos zu ihrem Mann. »Ich weiß nicht, von wem Sie sprechen«, sagte sie schließlich.

»Gerne kann ich es Ihnen genauer erklären. Hinterlechner ist bei einem Autounfall an der Grenze zu Österreich gestorben. Das Auto war völlig zerquetscht, weil es auf einen Lastwagen aufgefahren war. Das hätte uns nicht weiter interessiert. Wenn ...« Rignoni schaute sich im Raum um, er hatte alle Aufmerksamkeit, »wenn sein österreichischer Pass echt gewesen wäre und nicht zwei Waffen in seinem Gepäck gefunden worden wären. Und wenn er nicht Fotos von Gianfranco Crivelli bei sich getragen hätte. Ja, von Ihnen, Avvocato Crivelli.«

Er blickte sich zu ihm um. Crivelli hatte sich nicht gesetzt, stand versteinert da, betrachtete abwechselnd seinen Bruder und seine Schwägerin.

»Was wollen Sie damit sagen?«, fragte der alte Patriarch, »was hat das zu bedeuten? Und warum nehmen Sie an, meine Frau könnte den Herrn kennen?«

»Nun«, fuhr Rignoni fort, »es dauerte eine Weile, bis die Kollegen die wahre Identität von Hinterlechner aufdecken konnten. Der österreichische Pass war gut gefälscht, aber natürlich nicht gut genug. Hinterlechner entpuppte sich als Rudolf Amplatz, geboren in Bozen. Er wurde in ganz Europa gesucht, was mit seinem Metier zu tun hatte. Er verdingte sich als Auftragsmörder und ging seiner Profession in allen möglichen Ländern nach. Die Liste seiner Opfer ist lang, er genoss also in seinen Kreisen einen guten Ruf. Aber bei seinem letzten Einsatz scheint etwas schief gegangen zu sein. Wir müssen zugeben: Es ist reiner Zufall, dass wir auf Signor Amplatz gestoßen sind.«

»Aber woher wissen Sie, dass er in Rom war und etwas mit Fannis Tod zu tun hat?«, wollte der alte Crivelli wissen, während seine Frau, wie Giulia beobachten konnte, immer tiefer in das Sofa einsank, als würde sie darin verschwinden wollen. Sie sah so aus, als würde sie gar nicht mehr zuhören, nichts mehr wahrnehmen, als sei sie weit, weit weg.

Rignoni setzte seine Ausführungen unbeirrt fort. »Zum einen konnten wir durch das Navigationssystem in seinem Wagen die Route nachvollziehen, die er zurückgelegt hatte. Zum anderen haben wir entdeckt, dass die Waffe, die bei Fanni gefunden wurde, vor etwa einem Jahr von einem Alois Tanner gekauft worden war. Es war nicht einfach, das zu ermitteln, glauben Sie mir. Ach, und die beiden anderen Waffen, die wir bei Amplatz fanden, stammten auch von Tanner.«

Giulia staunte nicht schlecht über die Fahndungsergebnisse Rignonis. Hatte sie ihm das etwa nicht zugetraut? Hatte sie geglaubt, er würde – einmal von seinem Questore in Sachen Lombardi ausgebremst – Däumchen drehen und alles andere auch auf sich beruhen lassen? Jedenfalls war sie beeindruckt. Und zugleich schwindelte ihr ein wenig, als sie daran dachte, was nun kommen würde.

»Uns ist es übrigens auch gelungen, seine Telefonverbindungen auszuwerten. Und wir haben uns gewundert, dabei auf eine römische Nummer zu stoßen. Eine Nummer, die uns zu einem Apartment in der Via Vittorio Veneto geführt hat. Nun ist es so, dass dieses Apartment der Familie Crivelli gehört und von Ihnen, Signora, als Stadtunterkunft zuweilen genutzt wird. Ist das richtig?«

Signora Crivelli nickte, aber es war nicht klar, ob sie verstanden hatte, was der Commissario da gesagt hatte. Ihr Mann sah sie fassungslos an. Und sein Bruder fuhr sich unwillkürlich mit der Hand über die Augen und hielt sie dann über seinem Mund, als wollte er nicht nur sich, sondern auch alle anderen zum Schweigen ermahnen.

»Darf ich Sie noch einmal fragen, Signora, standen Sie in Kontakt mit Signor Hinterlechner oder meinetwegen mit Signor Amplatz? Wie immer Sie ihn gerne nennen wollen.«

Signora Crivelli sah zuerst zu ihrem Mann, dann zu ihrem Schwager und schließlich auf den Boden. Wieder nickte sie. Laut und deutlich sagte sie »ja«, und noch einmal: »Ja, ich kenne Hinterlechner.«

In dem Moment sprang der alte Crivelli auf, stellte sich vor den Kommissar, drehte sich um zu seiner Frau und rief: »Nichts mehr sagst du jetzt, gar nichts. Du weißt gar nicht, was du redest. Du musst verwirrt sein. Commissario, meine Frau ist nicht zurechnungsfähig. Sie kennt diesen Signor Hinterwäldler nicht, sie kennt ihn nicht, hat nie von einem Hinterberger gehört.«

»Hinterlechner«, korrigierte Rignoni, und beinahe hätte Giulia wiederum ihn korrigiert und ihm den Reibelaut vorgesagt. Aber sie konnte sich zurückhalten.

»Ja, Hinterlechner«, erwiderte Crivelli, »natürlich Hinterlechner. Ich habe ihn angerufen, ich habe mit ihm Kontakt gehabt.«

»Paolo«, schrie nun Gianfranco Crivelli entsetzt auf. »Was bedeutet das alles?«

»Ja, ich war es, ich habe ihn angerufen.«

»Und was hatten Sie mit ihm zu besprechen?«, fragte Rignoni ganz ruhig.

»Geschäfte. Ich …«, Crivelli wusste nicht recht weiter.

»Sie haben sich auch mit ihm getroffen, nicht wahr?«

»Ja«, sagte Crivelli, »ich habe ihn getroffen. Einmal. Einmal, oder?«

»Wenn Sie es sagen. Hatte er da schon seine langen Haare blond gefärbt? Wir haben nämlich festgestellt, dass er sein Haar blond färbte.«

»Natürlich, sein Haar war blond. Wobei … es kann auch dunkler gewesen sein. Auf jeden Fall aber lang, ja.«

»Ich verstehe, das hilft uns weiter.«

»Das hilft Ihnen weiter.«

»Aber selbstverständlich. Signor Hinterlechner war ein Glatzkopf. Und das auf allen Fotos, die es von ihm gibt. Also, fangen wir noch einmal an. Darf ich Sie bitten, sich wieder zu setzen?«

Crivelli setzte sich resigniert neben seine Frau, die gerade noch kurz vor einer Ohnmacht gestanden hatte, jetzt aber kerzengerade dasaß, als hätte sie nun registriert, dass sie sich nicht einfach davonmachen konnte, sondern etwas sagen musste.

»Signora«, begann Rignoni mit sanfter Stimme, »Sie haben zwei Mal mit Signor Hinterlechner telefoniert. Und ich vermute, es ging dabei um einen Auftrag, den Sie für ihn hatten.«

»Ja, das stimmt«, sagte sie mit leiser Stimme. Dann drehte sie sich zu ihrem Mann, nahm seine Hand und flüsterte noch leiser: »Bitte verzeih mir.«

Rignoni blickte zu Gianfranco Crivelli.

»Sie sollten sich setzen«, sagte er zu ihm, und wieder zu Signora Crivelli gewandt: »Woher hatten Sie die Nummer von Hinterlechner? Ich gehe nicht davon aus, dass Sie in Kreisen verkehren, in denen er sich sonst herumgetrieben hat.«

»Ich hatte die Nummer von einem alten Freund, einem Bekannten, von dem ich wusste, dass er Kontakte in zwielichtige Milieus hat. Ich hatte ihm eine Lüge erzählt. Und ich werde Ihnen den Namen nicht nennen, wenn Sie das von mir erwarten.«

Rignoni zuckte leicht mit den Schultern und bat sie fortzufahren.

»Ja, ich habe Hinterlechner angerufen. Ich habe zwei Mal mit ihm gesprochen. Es war alles einfacher, als ich es mir vorgestellt hatte. Ich hätte nicht gedacht, dass es so einfach geht. Und im Nachhinein … Es war von Anfang an alles zum Scheitern verurteilt.«

»Bitte sagen Sie uns, warum Sie Hinterlechner angerufen haben.«

Signora Rignoni rückte ein Stückchen von ihrem Mann weg, an die Kante des Sofas. Giulia wohnte einer Beichte bei, und es schmerzte sie auf gewisse Weise, die Frau so offensichtlich leiden zu sehen.

»Es war so«, begann Signora Ross, »dass Luca vor ein paar Wochen einen Brief bekam, der hier an unsere Anschrift adressiert war. Er war da im Ausland und hatte seine Post hierher umgeleitet, weil er einen wichtigen Brief von der Studentenverwaltung erwartet hatte, den ich öffnen und bearbeiten sollte. Der Brief hatte keinen Absender, aber ich erkannte die Schrift. Ich erkannte fatalerweise die Schrift, mit der Lucas Name geschrieben worden war, seine Straße, das Wort ›Roma‹. Nach so vielen Jahren erkannte ich die Schrift wieder.«

Sie sah hinüber zu Gianfranco, der inzwischen sein Gesicht in den Händen verbarg; er hatte sich gesetzt, die Ellbogen auf den Knien aufgestützt. Sein ganzer Körper war von einem sanften Zittern erfasst.

»Es war die Handschrift von Gianfranco. Und ich konnte nicht glauben, dass er sich nach so langer Zeit meldete. Und dass er sich an Luca wandte, das wollte ich nicht glauben.

Ich habe das Kuvert aufgerissen, ich konnte nicht mehr denken und habe den Brief aufgerissen. Gianfranco schrieb, dass er Luca sehen wolle, dass er mit ihm sprechen müsse, dass er ihm etwas Wichtiges zu sagen habe, dass er aber nicht mit seiner Familie sprechen solle.«

Gianfranco nahm die Hände vom Gesicht und blickte seine Schwägerin mit traurigen Augen an.

»Ja, ich habe deinen Brief gelesen, Gianfranco, und ich wusste auch, dass es nicht damit getan sein würde, den Brief verschwinden zu lassen. Ich wusste, dass du ihm wieder schreiben würdest. Und dass du ihn früher oder später treffen würdest. Und ich wollte nicht, dass du ihn triffst und unser Leben kaputtmachst.«

Paolo Crivelli blickte entgeistert. Gianfranco schien plötzlich mit seiner Schwägerin auf eine unheimliche Weise verbunden. Für Giulia war es, als würden Strahlen oder Energielinien oder irgendetwas Undefinierbares zwischen den beiden hin- und herzischen.

»Aber wie sollte Gianfranco unser Leben denn kaputtmachen? Du wusstest doch, dass seine linken Spinnereien Vergangenheit waren. Er hatte doch gar nichts mit uns zu tun, er hatte doch …«

Signora Crivelli unterbrach ihn. »Ach, Paolo!« Das klang wie ein Seufzer, ein großes Klagewort, in dem Mitleid und Fürsorglichkeit mitschwangen. Als würde sie ein unverständiges Kind ansprechen. »Ach, Paolo.«

»Was, glauben Sie denn«, fragte der Commissario, »wollte Ihr Schwager mit Ihrem Sohn besprechen?«

»Nichts Geschäftliches«, sagte sie in aller Ruhe, »nichts Geschäftliches, nichts Politisches, nichts, was die Firma betroffen hätte.«

»Ich verstehe das nicht.« Der große Patriarch hörte sich an wie ein kleiner Angestellter, dem gerade ein Kündigungsschreiben überreicht worden war. Alle Souveränität war von ihm gewichen. »Ich verstehe das alles nicht. Was soll das? Gianfranco, was bedeutet das? Ich habe dich versteckt. Heißt das, ich habe dich vor meiner Frau versteckt?«

»Paolo, es tut mir alles schrecklich leid. Es ist so lange her, dass ich es selber nicht mehr wahrhaben wollte. Und nun ist es plötzlich da, als seien keine fünfundzwanzig Jahre vergangen, als sei alles gerade eben erst passiert. Und ich weiß nicht, wie ich es erklären soll. Und wie ich dir noch in die Augen schauen kann. Dabei ist alles ganz unwahr. Ganz falsch. Wie in einem anderen Leben.«

Gianfranco Crivelli seufzte tief. Er konnte nicht mehr sitzen, stand auf und ging im Raum umher, als sei er ein Gespenst.

»Signora, teilen Sie uns doch mit, was Avvocato Crivelli Ihrem Sohn Ihrer Meinung nach erzählen wollte.«

»Ich – er – ich wollte das nicht«, wandte sie sich an ihren Mann. »Du kannst mir nicht verzeihen, ich weiß es, niemand wird mir verzeihen.«

Langsam schien Paolo Crivelli zu dämmern, was gerade geschah. Er sank in sich zusammen, fixierte dabei seine Frau weiterhin, aber so, als würde er durch sie hindurchblicken.

»Es war – wir – Gianfranco und ich, wir waren, wir liebten uns. Nein, ich kann mich nicht erinnern, ob es Liebe war.« Sie begann zu schluchzen, versuchte aber dennoch zu sprechen, manche Wörter verschluckte sie, so als schämten sich die Wörter selbst, etwas auszudrücken, was Signora Crivelli zutiefst peinlich war. »Wir hatten eine Affäre«, brachte sie schließlich heraus. »Es war nicht einfach nur eine Nacht. Wir haben uns getroffen. Wir haben uns öfter getroffen. Und wir haben uns getroffen, bevor ich mit Luca ...«

»Sprich es aus«, sagte ihr Mann. »Sprich es aus!«

Gianfranco Crivelli drehte sich zur Wand, der Commissario schien alle im Blick zu behalten, und Giulia blickte von einem zum andern, sie folgte dem Geschehen wie einem Schauspiel, einer griechischen Tragödie.

»Ja, du hast recht, ich bin dir schuldig, alles offen auszusprechen. Wir haben miteinander ... das Bett geteilt, als Luca gezeugt wurde«, sagte sie gestelzt. »Und ich war mir vom Tag von Lucas Geburt an sicher, dass Gianfranco sein Vater ist. Dass Gianfranco Lucas leiblicher Vater ist. Du weißt nicht, wie sehr ich gelitten habe und wie schwer es war, mir nichts anmerken zu lassen.«

Alle schwiegen. Paolo Crivelli wackelte mit dem Kopf, so als müsste er etwas abschütteln. Er trat zu seiner Frau, legte ihr die Hand auf die Schulter. Sie ließ es sich gefallen. Sie weinte.

»Deshalb bin ich ganz weggegangen«, sagte Gianfranco, »ich bin Anfang der Neunzigerjahre ganz verschwunden. Meine Frau war tot, meine Geliebte hatte mich verstoßen. Ich bin vollkommen aus eurem Leben geflohen, aus der Welt, weil ich nicht wollte, dass ihr meinetwegen ...«

»Ich habe alles verdrängt. Glaub mir, Paolo«, unterbrach ihn Signora Crivelli, »glaub mir, ich hatte Gianfranco vergessen, ich hatte ihn nicht mehr geliebt. Ich habe dich und Luca geliebt, und nach einer gewissen Zeit war Luca dein Sohn. Hättest du mich gefragt, ob ich jemals mit einem anderen Mann geschlafen habe, ich hätte es verneint. Und es wäre nicht einmal eine Lüge gewesen. Gianfranco war aus meinem Herzen getilgt. Und wenn sein Name fiel, war es irgendein Name. Gianfranco«, sie wandte sich an ihren Schwager, »Gianfranco, du warst nicht einmal mehr ein Gespenst. Du gehörtest nicht mehr zu meinem Leben. Und dann kam dein Brief. Und ich wusste, dass du alles wusstest, und ich wusste, dass du alles zerstören würdest.«

Gianfranco blickte sie an, und er sah dabei aus wie ein

junger Liebender, der gerade nicht begreifen konnte, was mit ihm geschah, dass die Welt so grausam sein konnte.

»Und dann«, schaltete sich der Commissario ein, »haben Sie Hilfe gesucht. Sie wollten das Problem aus der Welt schaffen.«

»Ich wollte, dass Gianfranco, der für mich nicht mehr existiert hatte, auch weiterhin nicht mehr existierte. Ja, das habe ich getan. Ich schäme mich nicht dafür. Oder doch, ich schäme mich, aber die Scham bezieht sich auf das, was ich vor fünfundzwanzig Jahren getan habe. Dass ich zwei Männer geliebt habe. Und nur einem die Treue geschworen hatte.«

»Du wolltest mich umbringen lassen!«, sagte Gianfranco. »Das entbehrt nicht einer gewissen Ironie.« Er lachte. Er lachte so laut, fast hysterisch, dass die anderen ihn entsetzt anblickten. »Ja, das ist ironisch. Einen Todkranken umbringen lassen. Das ist lustig. Das ist schon absurd. Einem dem Tode Geweihten nachhelfen. Das ist gut!« Er lachte weiter, dann musste er husten, und es dauerte eine Weile, bis er sich beruhigte und wieder zu Atem kam.

»Ich bin nach Rom zurückgekommen«, fuhr Gianfranco fort, »weil ich nicht mehr viel Zeit habe. Ich wollte Luca sehen. Nein, du irrst dich – ich wollte ihm nicht sagen, dass ich sein Vater bin. Obwohl auch ich überzeugt war, dass ich ... ach, selbst wenn, was spielt es für eine Rolle. Vielleicht täuschst du dich. Vielleicht täusche ich mich. Ich wollte Luca sehen. Ich wollte ihn noch einmal sehen. Ich wollte ihm etwas vermachen. Nicht als sein Vater. Aber wer weiß, möglicherweise hast du am Ende doch recht. Wenn ich ihm gegenübergesessen hätte, schwach und am Ende wie ich bin, wer weiß, vielleicht hätte ich ihm doch erzählt, was wir beide zu wissen glauben. Aber ist es nicht ironisch, dass nun Silvio Fanni deiner Angst zum Opfer gefallen ist?

Und meine Angst, eines nicht natürlichen Todes zu sterben, mich in die Arme meines Bruders getrieben hat? Und dich – ach, wie konntest du nur ...«

»Es ist nicht schwer, wenn man etwas zu verlieren hat.«

»Warum ist es so schwer, wenn doch schon alles verloren ist?«, fragte Gianfranco und lehnte dabei keuchend an einer Wand, um sich abzustützen.

Siebenunddreißig

Luca kam gerade nach Hause, als seine Mutter in einen Streifenwagen einstieg. Er begriff nicht, was da geschah. Auf der Treppe standen Giulia, sein Vater und ein alter Mann, der vage Ähnlichkeit mit den Bildern seines Onkels hatte, die er kannte. Er rannte zum Polizeiauto, das gerade anfuhr. Seine Mutter hatte Tränen in den Augen und winkte ihm durch die Fensterscheibe zu. Er lief dem Auto ein paar Meter hinterher, dann blickte er sich entsetzt um. Und ging langsam zum Haus und zu den Wartenden, als würde er einem Tribunal gegenübertreten müssen.

Achtunddreißig

So früh am Morgen war kaum mit Gästen zu rechnen. Giulia stellte die Stühle und Tischchen auf, sie hatte bereits die Espressomaschine gereinigt, war ausgezeichneter Laune und sang vor sich hin. Die Piazza di San Francesco D'Assisi strahlte im ersten Sonnenlicht. Giulia hatte alle vier Pensionszimmer vermietet, und mit ihrem Vater verstand sie sich besser denn je. Carla wollte am Nachmittag vorbeikommen und mit ihr shoppen gehen. Es war ein herrlicher Tag.

Als sie wieder nach draußen in die Morgensonne trat, um die Zuckerbehälter auf den Tischen zu verteilen, saß da ein einzelner Gast mit dem Rücken zu ihr, der hinüber zur Kirche sah. Sie trat zu ihm hin, da drehte er sich um, und sie erkannte Rignoni, den sie seit dem Tag in der Villa Crivelli nicht mehr gesehen hatte.

»Commissario, was verschafft mir die Ehre? Es ist hoffentlich keinem meiner Gäste etwas zugestoßen?!«

Rignoni lachte. »Nein, da kann ich Sie beruhigen. Ich hatte ganz einfach Lust, vor der Arbeit einen Caffè zu trinken.«

»Ach, wie schön! Darf ich Sie einladen? Oder mache ich mich da vielleicht eines Korruptionsvergehens schuldig? Quatsch, ich lade Sie einfach ein, keine Widerworte.«

Rignoni wirkte keineswegs so, als wollte er Giulia widersprechen.

Sie brachte zwei Caffè, setzte sich zu Rignoni, den sie, sie musste es sich eingestehen, ein wenig vermisst hatte.

»Ich hätte kaum geglaubt, dass wir uns wiedersehen«, sagte sie, »obwohl wir ja eigentlich Nachbarn sind.«

»Tatsächlich? Ich hatte eher die Befürchtung, dass Sie sich den nächstbesten Kriminalfall im Viertel schnappen und sich wieder einmischen. Ich habe mir schon Sorgen gemacht, so lange nichts von Ihnen zu hören.«

Nun musste Giulia lachen. Dass der Mann Humor hatte, war ihr bisher entgangen. Aber sie ahnte, dass ihre Menschenkenntnis nicht immer ganz treffend war. »Und was führt Sie zu mir? Doch bestimmt nicht nur das Verlangen nach einem Espresso am Morgen.«

Rignoni nickte, aber es war ein eher unsinniges, möglicherweise verlegenes Nicken. »Sie haben recht. Ganz ohne Grund bin ich nicht hier.«

»Da bin ich sehr gespannt.«

Rignoni wollte gerade ansetzen, da kam Vittorio pfeifend um die Ecke spaziert; als er sie erblickte, trat er verwundert an den Tisch der beiden.

»Ach«, sagte Vittorio, »der Commissario.« Es klang ein bisschen spöttisch, aber war keineswegs so gemeint. Vittorio konnte nicht anders.

»Ciao, Vittorio«, sagte Giulia, »warst du bei Luca? Wie geht es ihm?«

»Tja,« seufzte der Kellner, »nicht sehr viel besser. Er besucht seine Mutter, so oft er kann und darf. Mit seinem Vater versteht er sich immer besser. Und sein Onkel ist ihm – trotz allem – sehr fremd. Dessen Gesundheitszustand hat sich wohl gebessert. Aber die Ärzte …« Vittorio unterbrach sich, denn er wusste nicht, was für die Ohren des Commissarios bestimmt sein sollte.

»Ich bin froh«, sagte Giulia, »dass du dich um ihn kümmerst. Du kannst heute schon früher Schluss machen, wenn du magst. Vielleicht willst du mit Luca ans Meer fahren.«

»Grazie. Ich überleg's mir«, erwiderte Vittorio und schlenderte ins Café, wo er sich seine Schürze umband und damit begann, die Sandwiches in die Vitrine zu legen.

»Wo waren wir stehen geblieben? Sie wollten mir erzählen, warum Sie so früh am Morgen hier sind.«

»Äh, ja, das stimmt«, sagte Rignoni, »Sie haben recht. Es ist nicht so einfach. Verstehen Sie, es ist deshalb nicht so einfach, weil es eigentlich keinen triftigen Grund gibt. Also, keinen rationalen.«

»Keinen triftigen Grund? Keinen rationalen?«

»Na ja, nein, also es gibt einen Grund, der vielleicht eher mit einem Gefühl zu tun hat.«

»Mit einem Gefühl?« Nun amüsierte sich Giulia sehr, und sie hatte Lust, Rignoni ein wenig zu triezen. Keck pustete sie sich die Locken aus dem Gesicht.

»Also, ich wollte …«

»Ja, nun sagen Sie schon, wir haben ja nicht ewig Zeit …« Giulia musste laut lachen, was Rignoni nur noch mehr zu irritieren schien.

»Ich wollte Sie sehen«, brachte er hervor. »Ich musste Sie sehen. Ich habe Sie – ein wenig – vermisst.«

Giulia schaute ihn verblüfft an. Sie hatte mit vielem gerechnet an diesem Morgen, aber damit wohl kaum. Eine Leiche vor ihrer Bar wäre ihr wahrscheinlicher erschienen als dieses Bekenntnis. Aber Giulia wollte ihn nicht so leicht aus dieser Situation entlassen. »Sie haben mich *ein wenig* vermisst? Nur *ein wenig*?«

»Nein, so habe ich das nicht gemeint, das dürfen Sie nicht missverstehen.«

»Brauchen Sie denn Hilfe bei einem Fall? Soll ich mit ins Kommissariat kommen oder zu einem Tatort?«

»Sie machen sich lustig über mich.«

Giulia merkte, dass sie es etwas zu weit trieb. Und wahrscheinlich, musste sie sich eingestehen, machte sie sich tatsächlich lustig, um sich die Rührung über Rignonis Geständnis nicht eingestehen zu müssen.

»Wissen Sie was«, sagte sie. »Ich habe Sie auch *ein wenig* vermisst. Da ist es gut, dass Sie …«, sie machte eine kleine Pause, »dass du hergekommen bist.«

»Ja, finden Sie, äh, findest *du*?«

Wie ein Schuljunge kam er ihr vor, wie er so unbeholfen da saß.

»Also, wenn Sie … wenn du magst, vielleicht könnten wir am Abend etwas essen gehen. Was meinen Sie?«, stammelte Rignoni.